ज्ञान गरिमा के
70 वर्ष

भारतीय
ज्ञानपीठ

# दीवार के पीछे

# दीवार के पीछे

(कहानी-संग्रह)

उर्मिला शिरीष

भारतीय ज्ञानपीठ

लोकोदय ग्रन्थमाला : ग्रन्थांक 1249

ISBN 978-93-263-5300-7

**दीवार के पीछे**

(कहानी-संग्रह)

**उर्मिला शिरीष**

**प्रथम संस्करण : 2015**

**मूल्य : 240 रुपये**

प्रकाशक : **भारतीय ज्ञानपीठ**

18, इन्स्टीट्यूशनल एरिया, लोदी रोड, नयी दिल्ली-110 003

मुद्रक : नागरी प्रिंटर्स, दिल्ली-110032

आवरण चित्र : नेहा चौहान

आवरण-सज्जा : महेश्वर



DEEWAR KE PICHHE
(Short-stories)
by Urmila Shirish

Published by
Bharatiya Jnanpith
18, Institutional Area, Lodi Road
New Delhi-110 003
e-mail : jnanpith@satyam.net.in, sales@jnanpith.net
website : www.jnanpith.net

**First Edition : 2015**
**Price : Rs. 240**

डॉ. आर.एस. गोस्वामी
(भाई साहब)
को समर्पित

# मेरी ये कहानियाँ...

बचपन से ही मुझे कहानियाँ सुनने का शौक था। मैंने महसूस किया कि कहानियाँ अपने लिए वातावरण स्वयं बना लेती हैं। वे यूँ ही दिन के चमकीले उजाले में, फालतू बैठे-ठाले, मन बहलाने के लिए हमारे सामने साकार नहीं होती हैं। उनका अपना संसार जब धीरे-धीरे खुलने लगता है तो वातावरण कुछ यूँ ही यथार्थ होने लगता है, मसलन सघन अन्धकार में लिपटी रात्रि, आसमान में चमकते नक्षत्र। भीषण गर्मी को ठंडा करती हवाएँ। सांय-सांय करते पत्ते, ऊपर से लटकती वृक्ष की शाखाएँ, जो अपने बीच में किसी लाल जोड़ा पहने दुल्हन की आत्मा को छुपाये रखती हैं और बिजली कौंधने पर उसके सितारे जड़े वस्त्र चमकते हुए दिखाई देते हैं... भूत-प्रेतों का आकार-प्रकार गढ़ने के लिए इससे अच्छा स्थान और कहाँ हो सकता है? दीवार पर पड़ने वाली परछाइयाँ भी डरावनी लगती थीं। बादलों में भी कितने प्रकार के चेहरे, जानवरों की आकृतियाँ, पहाड़ों की शृंखलाएँ दिखाई देतीं तब... किसी एक चारपाई से कहानी शुरू होती थी—राजा-रानी की कहानी, राजकुमार-राजकुमारियों की कहानी, राक्षसों की कहानी, पशु-पक्षी की कहानी। उस पूरे डरावने परिवेश में वे सारे पात्र हमारे सामने आकर खड़े हो जाते थे। सारा भय, सारी कँपकँपाहट दूर हो जाती थी। वे पात्र दोस्त बन जाते थे या मार्गदर्शक।

"सो गयीं का? हूँका भरो... हम बन्द कर देंगे कहानी सुनाना।" कहानी सुनाने वाला धमकी देता।

"नहीं कक्का। नहीं सोये। फिर क्या हुआ था" की जिज्ञासा लिए जब तक पूरी कहानी न सुन लेती... नींद को पानी के छींटे मारकर, आँखें मलकर भगाकर... या बैठकर सुनते थे। उन रोचक कहानियों का असर था या स्वयं कहानीकार बनने की छुपी इच्छा का बीजरूप... या बाल जिज्ञासा कि आज सोचती हूँ तो चकित हो जाती हूँ... साहित्य के प्रति इतना गहरा

अनुराग। स्मृति में एक और दृश्य उभर रहा है—ठंड से काँपती रात्रि होती... बाहर कुत्ते भौंक रहे होते... गायें रँभा रही होतीं... दूर कहीं लड़ैया रो रहे होते... या रेडियो पर दूर कहीं कोई मीठी आवाज गूँज रही होती। डाकुओं के किस्से सुनाये जा रहे होते या डाके डालने की शंका से सब भयभीत हो उनसे बचने-छुपने के उपाय सोच रहे होते। उनके आने की आहट मिलती... तो मुँह दबाकर खामोश हो जाते। उस डर को, डाकुओं को भगाने की तरकीबों को कारगर करने के लिए, पहरा देने के लिए कहानियों का ही सहारा होता। कक्का का एक अन्तिम वाक्य- 'ठनठनानाम ठनठनास्या...' से कहानी समाप्त होती। निश्चय ही यह किसी संस्कृत श्लोक का बिगड़ा हुआ रूप रहा होगा, मगर उन दिनों यह अन्तिम वाक्यांश उनकी कहानी सुनाने की कला का चरमोत्कर्ष होता था। कब रात गुज़र जाती थी... कब मन का भय उड़ जाता था और कब ध्रुवतारा हमारे सामने आ खड़ा होता था... पता ही नहीं चलता था! कक्का को इतनी कहानियाँ याद थीं कि उनका खजाना कभी खाली ही नहीं होता था। वो ध्रुवतारा... वो राजा-रानियाँ... वो राजकुमार... वो राक्षस... वो शेर... वो बन्दर-तोता... चिड़िया... वे चार भाई... वे जंगल! दिनभर बच्चों की पत्रिकाएँ पढ़ना और रात में कहानियाँ सुनना।

कल्पना का वो रंग-बिरंगा संसार जीवन की उन क्रूरताओं, कटुताओं, कठिनाइयों, भयों और दुखों से कैसे लड़ने की ताकत पैदा करता था। शायद संघर्ष के प्रति मेरा जज़्बा तभी परवान चढ़ा होगा। निरन्तर संघर्ष करते रहने की वो ताकत मैंने किसानों में देखी थी। देखा था गाँव में पड़ा सूखा... अकाल... बाढ़। देखा था उन स्त्रियों को जो रात-दिन मेहनत करती थीं और आदमियों द्वारा कूटी (मारी) जाती थीं... लांछित की जाती थीं... फिर भी काम पर जाती थीं।

आज धुँधला-धुँधला सा याद आता है कि गाँव के रास्ते में एक कुआँ पड़ता था जिसका पानी कोई नहीं पीता था, बल्कि वहाँ कोई जाता भी नहीं था, क्योंकि कहा जाता था कि वहाँ डायनें रहती हैं। गाँव की युवा स्त्रियों ने कूदकर आत्महत्या कर ली थी। क्यों! तमाम उन यादों ने... मुझे कहानी लिखने के लिए उत्प्रेरित किया। मैं बार-बार लौटती हूँ उस तरफ और कोई न कोई कहानी मेरे ज़ेहन में उतर आती है। मैं बात कर रही थी ताकत की। कहानी के प्रभाव की। इसीलिए जब मैं समकालीन कहानियों के बारे में सोचती हूँ तो लगता है जीवन का यथार्थ, जीवन की विद्रूपताएँ, जीवन में आया बदलाव आज भी कहानी की आत्मा है। मैं अपने परिवेश से, अपने आसपास के समाज से हटकर कुछ सोच ही नहीं पाती हूँ। इसलिए जब मैं

अपनी इन कहानियों—संयोजक, तिकड़ी, मज़ाक, अंगारों की हँसी, तमाशा, अपराधी, अपनी दुनिया, रोटियाँ, एक और प्रतिज्ञा तथा दीवार के पीछे के बारे में सोचती हूँ तो लगता है समकालीन जीवन, समय और समाज को लेकर लिखी ये कहानियाँ मुझे बार-बार अपनी ओर क्यों खींचती हैं। इन कहानियों को लेकर मैं इतनी पज़ेसिव क्यों हो जाती हूँ! शायद इसलिए कि इन कहानियों में मेरे अपने आसपास के मनुष्य, समाज का सन्त्रास, प्रतिरोध, प्रतिस्पर्धा, संघर्ष और इन सबसे लड़ने की छटपटाहट मौजूद है—चाहे वह 'तिकड़ी' कहानी हो या 'संयोजक' या 'दीवार के पीछे' या 'अंगारों की हँसी', ये कहानियाँ मेरे समय के यथार्थ को मानवीय जीवन की तमाम अन्तर्धाराओं को, अन्तर्विरोधों को व्यक्त करने की कोशिश करती हैं। मेरे लिए कहानी जीवन है। जीवन का सच है। मानवीय संवेदनाओं को बचाये रखने का सशक्त माध्यम है। इसलिए जब भी मेरे भीतर कोई वैचारिक या मानसिक आन्दोलन उठकर मुझे विचलित कर देता है तब मैं कहानी में अपनी मुक्ति तलाशती हूँ।

'संयोजक' कहानी का अनुभव-क्षेत्र कुछ अलग है। कुछ ख़ास बनने की इच्छा, कुछ ख़ास लोगों, महान लोगों को खरीदने-पटाने की मानसिकता और सोच हमारे समाज के लोगों में है। साहित्य और कला में सम्मान, पद, प्रतिष्ठा, पुरस्कार पाने की होड़ से उपजा विचार... सपना... लेकिन मुझे कई बार महसूस हुआ कि अन्ततः सम्मान... का हकदार सच्चा, संघर्षशील साहित्यकार या कलाकार ही होता है। मैं चाहती थी इस सोच को कुछ अलग अन्दाज़ में लिखा जाना चाहिए।

इन कहानियों के साथ मैं गहराई के साथ जुड़ी हूँ, शायद इसलिए कि ये कहानियाँ... मेरे अपने आसपास की कहानियाँ हैं... और इन कहानियों में भी मैं उन सरोकारों से स्वयं को जुड़ा महसूस करती हूँ जो सरोकार मेरे भीतर, मेरे रूह को चैन से बैठने नहीं देते।

मैं उन सभी पत्रिकाओं को धन्यवाद देना चाहती हूँ जिन्होंने इन कहानियों को प्रकाशित किया था।

इन कहानियों को मैं याद रखना चाहती हूँ ताकि ये मुझे एहसास करवा सकें कि जीवन, समय, समाज और मनुष्य का संघर्ष हमेशा चुनौती देता रहता है, इन्हीं सबके बीच से संवेदना और करुणा की धारा हमें परस्पर जोड़कर रखती है और यह जुड़ाव ही इस सृष्टि को बचाये हुए है।

**—उर्मिला शिरीष**

# अनुक्रम

# संयोजक

''तो आपने संस्था का नाम तय कर लिया?''

''नाम तो आपको ही तय करना है... हाँ नाम ऐसा हो जो लोगों की ज़बान पर चढ़ जाए। जिससे आभिजात्यपन का बोध हो... जो आपके तथाकथित साहित्य, संस्कृति और कलाओं को एक मंच पर लाने का एहसास करवाये... देखिए मुझे आप जैसी हिन्दी तो आती नहीं... पूरी शिक्षा मेरी अँग्रेज़ी से हुई तो जाहिर है साहित्यिक भाषा तो मैं नहीं बोल पाऊँगी... मगर मेरा जो आशय है वह आप समझ गये होंगे।'' अचला ने बेशकीमती मोतियों की माला को हिलाते हुए कहा। हाथ में डले हीरे के कंगन की जो चमक थी, वही उनके होंठों पर थी...अँगूठियों और दाँतों की चमक मनीष को एक जैसी लग रही थी पर सबसे अद्‌भुत चमक थी गालों पर... लगता था त्वचा के भीतर से गुलाबी प्रकाश फूट रहा हो।

''आखिर आप यह सब क्यों करना चाहती हैं? तो आप शिक्षा, समाजसेवा या बिजनेस से जुड़े क्षेत्र में क्यों नहीं पुरस्कार देतीं। दो-चार स्कॉलरशिप शुरु कर सकती हैं, बेचारे स्टूडेंट्स का भला हो जाएगा...। नये लोगों को प्रोत्साहित कीजिए...।'' मनीष ने अपनी चंचल आँखों में और चंचलता लाते हुए पूछा। वह जानता था अचला को पटाने के लिए उल्टी दिशा से बात शुरु करनी पड़ेगी।''

''क्यों, क्या मैं साहित्य और कलाओं के क्षेत्र में नहीं आ सकती... क्या साहित्य और कलाओं का ठेका आप जैसे लोगों ने ले रखा है...।'' अचला ने नकली गुस्सा दिखाते हुए कहा, ''बुरा मत मानिए... पर मैंने कभी भी आपको किसी साहित्यिक, सांस्कृतिक या संगीत के कार्यक्रमों में नहीं देखा। न आपके घर में किसी को साहित्य की पुस्तक पढ़ते पाया... आप लोग अलग फील्ड के लोग हैं। साहित्यकारों को पता चलेगा तो वे सब पूछेंगे। हमारे पास वैसा जवाब होना चाहिए। आप नहीं जानतीं ये साहित्यकार और कलाकार बड़े सनकी

और स्वाभिमानी होते हैं। इनके सिद्धान्त और विचार भी अजीब होते हैं। ये सरकारों से टकरा लेते हैं। लड़ लेते हैं। यह जानकर कि आप और आपका परिवार साहित्य और कलाओं को सम्मान नहीं देता है... आप केवल अपनी प्रतिष्ठा बनाने के लिए यह सब कर रहे हैं तो क्या पता पुरस्कार लेने से ही मना कर दे, तब आपकी संस्था की कितनी हँसी होगी...।''

''ऐसा भी होता है...।'' अचला ने अबोधपन से मुस्कराते हुए कहा, ''तो फिर क्या करना चाहिए। पुरस्कार तो हमें इसी फील्ड में देना है।''

''चलिये, आपकी बात मान ली। आगे का सोचते हैं। क्या आप पुरस्कार किसी व्यक्ति विशेष के नाम पर देना चाहती हैं?''

''व्यक्ति विशेष... यानी...''

''यानी... अपने दादा-दादी... माता-पिता... या नाना-नानी... सास-ससुर... या किसी साहित्यकार के नाम पर...''

''यह क्या बात हुई। यदि हम पैसा खर्च करेंगे तो अपने परिवार के व्यक्ति के नाम पर ही पुरस्कार का नाम रखेंगे।'' अचला ने पलकें फैलाते हुए कहा...। महानता की शुरुआत घर से होकर बाहर तक जानी चाहिए।

''सवाल वही आ जाता है कि आप परिवार के जिस व्यक्ति के नाम पर पुरस्कार शुरु करेंगी। क्या वह व्यक्ति साहित्य, कला या संस्कृति से जुड़ा था... लिखता-पढ़ता था...?''

''ऐसा तो कुछ याद आता नहीं... कि कोई लिखता-पढ़ता था... दादा का सोना-चाँदी का व्यापार था। नाना-नानी के यहाँ ब्याज का पैसा चलाया जाता था... ये परिवार भी बिजनेस कर रहा है। फिर भी पता करते हैं...।'' अचला की सुनहरी मुस्कराहट हलकी-सी फीकी पड़ गयी।

''यदि किसी साहित्यकार के नाम पर पुरस्कार का नाम रखते हैं तो उनके परिवारवालों से चर्चा करके अनुमति लेनी होगी... वरना बाद में बखेड़ा खड़ा हो जाता है... एक-दो केस ऐसे हो चुके हैं...।''

''पुरस्कार शुरु हुआ नहीं और आप तरह-तरह की बातें करके हमें डरा रहे हैं।''

''मैं डरा नहीं रहा हूँ... मैं तो आपके सामने सारी बातें स्पष्ट रूप से रख रहा हूँ...। पिछले पन्द्रह वर्षों से मैं इस फील्ड में हूँ। एक-एक साहित्यकार की, कलाकार की और संस्थाओं की नब्ज जानता हूँ।'' मनीष ने उत्साहित होकर कहा।

''तो आप ही बताइए क्या करना चाहिए...?'' अचला ने केतली में से चाय उड़ेलते हुए कहा, ''अभी एक संस्था का काफी नाम देखने में आ रहा

है... 'आरोही' नाम की संस्था... उन्होंने कैसे इतना नाम और सम्मान प्राप्त कर लिया है...!''

''आप जानती हैं उस संस्था को... उसके साथ जिसका नाम जुड़ा है वह... कितनी बड़ी लेखिका और चित्रकार हैं। वर्षों से वे इस क्षेत्र से जुड़ी हैं। सबसे सम्पर्क हैं उनके। लोग उनका सम्मान करते हैं। उन पर विश्वास करते हैं।''

''पर पैसा तो कोई ख़ास नहीं है।'' अचला ने दूसरी तरफ देखते हुए कहा।

''उनके पास पैसा कम है... पर प्रतिष्ठा लाखों की है।''

''तो... हम भी संस्था के नाम पर ही पुरस्कार देते हैं...''

''मुझे लगता है यह ठीक रहेगा।''

''आरोही कितने पुरस्कार देती है...?''

''वो तो पाँच-छः पुरस्कार देती है। बड़े पुरस्कार की राशि इक्यावन हज़ार और बाकी की पच्चीस-पच्चीस हज़ार रुपये।'' मनीष ने चाय की चुस्की लेते हुए कहा। बातें जैसे-जैसे आगे बढ़ती जा रही थीं मनीष भीतर-ही-भीतर खुश होता जा रहा था... अन्ततः वह एक बड़ी संस्था से जुड़कर अपनी धाक जो जमाने जा रहा था...

''हम ग्यारह पुरस्कार देंगे... और बड़े पुरस्कार की राशि होगी एक लाख रुपये... बाकी दस पुरस्कारों की इक्यावन-इक्यावन हज़ार...।'' अचला ने मुस्कराते हुए कहा।

''क्याऽऽ...।'' मनीष अपनी जगह से उछल-सा पड़ा। उसे अपने कानों पर विश्वास नहीं हो रहा था। सामने बैठी जिस महिला को वह खर्चीली, घमंडी और बेअक्ल समझता है, वही महिला... इतना बड़ा काम करने जा रही है। रातोंरात हंगामा हो जाएगा... लोग चकित रह जाएँगे... उसका तो जीवन सार्थक और सफल हो जाएगा... नहीं... यह स्वप्न तो नहीं। अगर यह हक़ीकत है तो... तो... उसे लगा उसके पाँव उठते जा रहे हैं।

''आप जोश में आकर यह सब तो शुरु नहीं कर रही हैं? सोच लीजिए। एकाध साल देकर बन्द तो नहीं कर देंगी अन्यथा संस्था की विश्वसनीयता खत्म हो जाएगी...। पुरस्कार राशि के अलावा दूसरे खर्चे भी होंगे... उनका आने-जाने का किराया, ठहराना... खाना-पीना, हॉल, आमन्त्रण, कार्ड, फ्लैक्स, पेट्रोल का खर्चा, स्मारिका... और भी पचासों खर्चे।'' मनीष पूरी तरह आश्वस्त हो जाना चाहता था।

''होने दीजिए, जब इतना खर्च करेंगे तो बाकी चीज़ों पर भी जमकर ही

करेंगे... आप चिन्ता मत करो... आपके साहित्यकार-कलाकार शिकायत नहीं करेंगे...'' अचला ने ज़ोर देते हुए कहा गोया वह मनीष को पूरी तरह विश्वास दिलाना चाह रही हो।

''गाड़ियाँ तो खैर आपके पास हैं ही इतनी... पज़ैरो... बी.एम.डब्ल्यू...। बाहर से लेने की ज़रूरत नहीं पड़ेगी... और हाँ... एक चीज़ तो रह ही गयी... पुरस्कार के बाद... कोई नाटक या डांस रखा जाए...। उनको भी पैसा देना होगा...! और ग्यारह पुरस्कारों के जो निर्णायक होंगे उनको भी मानदेय दिया जाता है। उनके हाथ में होता है संस्था को उठाना-गिराना।''

''उनको क्यों...?''

''देना पड़ता है... हर कोई देता है...। वे हमारे माननीय सदस्य होते हैं। उनके नाम से ही हमारी संस्था को प्रतिष्ठा हासिल होगी।''

''आप पूरी लिस्ट तैयार करके मेरे पास लाइए। हाँ... वो संस्था कहाँ से लाती है इतना पैसा...। उन्हें आरोही संस्था के बारे में जानने की उत्सुकता ज़्यादा थी बनिस्बत अपनी संस्था के।''

''मुझे ख़ास पता नहीं है...। कुछ व्यक्तिगत होता होगा बाकी विज्ञापनों से जुटाती होगी! जो भी हो... उन्होंने अपनी प्रतिष्ठा बना ली है... राष्ट्रीय स्तर पर लोग उसको स्वीकार कर चुके हैं।'' मनीष ने अचला की आँखों में देखा... जिसमें शिकारियों जैसा भाव था कि जो भी शिकार आए उसे झपट्टा मारकर दबोच लो।

''हम विज्ञापन नहीं लेंगे... हम किसी के सामने भीख माँगने नहीं जाएँगे...।'' अचला की आवाज में अहंकार था... घृणा थी... और था किसी को नेस्तनाबूद करने का सपना...।

मनीष खुशी के मारे कभी उठता... कभी बैठता... तो कभी काग़ज़ों पर कुछ लिखने लगता। डायरी के अनगिनत पेज अब तक फाड़े जा चुके थे। और सामने बैठी अचला मन-ही-मन कोई हिसाब लगा रही थी। कुछ याद कर रही थी। याद... हाँ यादों में तो वही थी... वही... एक दुबली-पतली-सी लड़की...। चौबीस घंटे अपने काम में, अपनी पढ़ाई में मग्न। अपने इरादों की पक्की। लगातार अपने लक्ष्य का पीछा करती...। शायद सात-आठ बरस हो गये होंगे जब से उन्होंने एक-दूसरे को नहीं देखा... हाँ पेपरों में, पत्रिकाओं में, दूरदर्शन या मीडिया के अन्य चैनलों पर वह लगातार दिखती रही... वह यानी महिमा...। महिमा जिसने अचला को इतना बड़ा कदम उठाने के लिए मजबूर कर दिया था। आज महिमा अतीत की कहानी बन चुकी है इस परिवार के लिए। पंचतंत्र की कहानी सुनाते वक्त दादी कहती थी—एक खरगोश था... या एक शेर था

या ... था... इसी प्रकार महिमा इस घर की बेटी हुआ करती थी। सबसे होशियार। सबकी लाडली। माता-पिता, भाई-बहिन सब उस पर जान छिड़कते थे, यहाँ तक कि अचला के बच्चे तक उसके प्रशंसक थे। उसकी बात मानते थे। उसको प्यार करते थे।

महिमा में ऐसा क्या था जो उसमें नहीं था। महिमा पढ़ी-लिखी। नौकरीपेशा। अचला एम.ए. पास, वो भी थर्ड डिवीजन। महिमा का विवाह इंजीनियर से हुआ था, वो भी मिडिल क्लास परिवार में, जबकि वह एक उद्योगपति परिवार की बहू और उद्योगपति की पत्नी। महिमा सरकारी क्वार्टर में रहती थी जबकि अचला शानदार बँगले में। पैसा... गाड़ी... फार्म हाउस सबकी मालकिन। अपना निर्णय लेना। अपने निर्णय पर अडिग रहना अचला के स्वभाव की ख़ासियत थी। इस पूरे सवर्ण समाज की वह सबसे सशक्त महिला मानी जाती थी। पितृसत्तात्मक समाज... पुरुष का वर्चस्व... घरेलू हिंसा... पैसे-पैसे के लिए मोहताज होना... ये सब चीज़ें इस घर में आ ही नहीं सकती थीं, क्योंकि इस घर के पुरुष नितान्त सीधे-सज्जन, नारी को सम्मान देनेवाले, नारी से कोई भी अपेक्षा न रखनेवाले, कमाऊ, आत्माभिमानी, आज्ञाकारी और नेकी के रास्ते पर चलनेवाले थे। पति कमाता था और अचला देश-विदेश की यात्राएँ यूँ करती थी गोया हॉट-बाज़ार जा रही हो। महिमा बेहद मेहनती, खुशमिजाज़... कलाप्रेमी महिला होने के साथ-साथ कला के क्षेत्र में बेहद लोकप्रिय, प्रतिष्ठित कलाकार-कथाकार मानी जाती थी। तमाम गुटों, विचारों, संघों और वादों से परे। सभ्य, शालीन, विनम्र। प्रतिभा सम्पन्न... महिमा ने जो स्थान वर्षों की तपस्या कहना चाहिए कड़ी मेहनत के बाद पाया था... वही काम अचला ने एक दिन में कर दिखाया था। महिमा के सामने कितने चमकते-दमकते कलाकार-कथाकार आए... खूब नाम कमाया... खूब तारीफें पाईं... और परिदृश्य से गायब हो गये, मगर महिमा अपने ही रास्ते पर चलती रही... सृजन करती रही दबे-दबे... बिना किसी के दावे के। आत्मप्रचार के! दिखावे की दुनिया से अलग-थलग। चापलूसी और लालसा से विरक्त। धीरे-धीरे उसका अपना समाज बनता गया...। कला समाज के बीच उसकी पूछ होने लगी। उसे बुलाया जाने लगा... वह समारोहों... आयोजनों में प्रमुखता से शामिल होने लगी... मित्र समाज ने मिलकर एक संस्था को खूबसूरत विचार के साथ बनाया... और महिमा की सक्रियता, कार्यकुशलता, बुद्धिमत्ता और व्यवहार ने उसे राष्ट्रीय स्तर पर स्थापित कर दिया। अचला ने बिना किसी के कुछ कहे-बताये देखा था वह सब करिश्मा। आए दिन महिमा की फ़ोटो छपती। आए दिन बाहर जाने की खबर मिलती...। टी.वी. चैनल हों या दूरदर्शन... महिमा हर जगह मौजूद

रहती। अचला क्या जाने की यहाँ तक पहुँचने में महिमा ने सिर्फ प्रशंसा ही नहीं कितनी आलोचना... कितनी उपेक्षा और कितना अकेलापन झेला था... इतने लम्बे संघर्ष में कोई भी विचलित हो सकता था, टूट सकता था, भटक सकता था, लेकिन अचला दूसरी मिट्टी की बनी थी। अचला को लगता था कि इतना महत्त्व उन्हें क्यों नहीं मिलता घर-परिवार और रिश्तेदारों के बीच। क्यों वे पीछे रह जाती हैं। क्यों-क्यों... क्यों... के आगे काँटों भरी पगडंडी दिखाई देती थी इसीलिए शायद... उन्हें... महिमा से प्रेम की जगह वितृष्णा होने लगी थी। उन्होंने धीरे-धीरे ऐसा माहौल बनाया कि महिमा का बँगले पर आना पहले कम हुआ, फिर लगभग बन्द ही हो गया। भाई के सामने महिमा की आलोचना उनका अस्त्र हो गया था। भाई को कभी समझ में ही नहीं आया कि महिमा की उपेक्षा के पीछे कौन-सा मनोविज्ञान काम कर रहा था। भाई पक्ष लेते तो अपनी पत्नी का। पत्नी का पक्ष लेना उनका सनातन धर्म था। महिमा भागी-भागी आती। अस्त-व्यस्त। दो-चार थैले टाँगे। बाल बिखरे... चेहरा रूखा...।

"क्या है यह सब? तुम्हें अपना ध्यान रखना चाहिए, जब देखो तब बाहर। बच्चों पर ध्यान दो। उनकी ऐजूकेशन देखो।" भाई तमकते।

"ध्यान तो देते हैं। हमारे बाहर जाने से क्या फ़र्क पड़ता है। हम सब कुछ करके जाते हैं।"

"ये पैसा देकर फूलमालाएँ पहनना... क्या मिलता है इनसे? ऐसे सम्मान का क्या, जिसमें पैसा न हो? पहले अपनी सेहत देखो। परिवार पर ध्यान दो।"

"आपको क्या लगता है कि हम ध्यान नहीं देते।" वह पलटवार करती।

"सब फालतू की चीज़ें हैं। फालतू के लोग बैठकर समय बर्बाद करते रहते हैं। अपना घर-परिवार तो सँभाल नहीं पाते, दुनिया को सँवारने, बनाने और गढ़ने की बात करते हैं। बस बातें करवा लो घंटों तक। सब साले शराबी दुश्चरित्र। किसी की बेटी भाग रही है तो किसी के लड़के ने आत्महत्या कर ली। किसी की बीवी पागल है तो कोई अपनी बेटी की उम्र बराबर की लड़की से इश्क फरमा रहा है। साथ में लिए घूम रहा है। जहाँ शराब देखी... दुम हिलाते हुए चल दिए... कोई है ऐसा... जो कबीर या निराला की तरह बन सके। महादेवी को छू सके। प्रेमचन्द या रेणु की तरह लिख सके...।" भइया लगातार बोले जा रहे थे और वह गुस्से और अपमान के कारण काँप रही थी। चेहरा तमतमा उठा। मन कि उठकर चली जाए। मन क्लान्त हो उठा। ज़ुबान पर सुनाने के लिए इतने शब्द आते कि भइया को छीलकर रख दे, सारी अकड़ निकाल दे... पैसे का ऐसा अहंकार... अपने को सर्वश्रेष्ठ मानते हैं...। मगर माँ टोक देती—"क्यों बहस करती हो, तुम्हारे भले के लिए कह रहे हैं।"

छोटा भाई आकर कहता—"बच्चों को मत सिखा देना यह सब। तुम उनको लेकर तो नहीं जाती। पढ़ने-लिखने दो। अपना काम करने दो...। कुछ नहीं रखा इन सबमें।"

उसे लगता... इन लोगों को बच्चों की चिन्ता क्यों होने लगी। इस नफ़रत की वजह क्या है...? इनकी बीवी तो ड्राइंग-टीचर के पीछे भागती थी। और भइया... उनकी एकाध तस्वीर कभी छप जाए तो देखो कैसे खुश होते हैं। सबको बताते हैं। बेटी एक बार पेंटिंग कम्पटीशन में फर्स्ट आ गयी थी उसकी पेंटिंग फ्रेम करवाकर बैठक में टाँग ली थी। हर आने-जाने वाले को दोनों बताते थे। भाभी की बनायी गणेश जी की तस्वीर आज भी टँगी है...। वह क्या है... कलाप्रेम या परिवार-प्रेम? महिमा का मन रूआँसा हो उठता। इन तमाम विरोधों और बुराइयों के बीच उसने लिखना और काम करना बन्द नहीं किया था बल्कि समय के साथ उसकी आस्था अपने काम में बढ़ती ही गयी। उसके हीरो-हीरोइन वे लेखक-कलाकार थे जो अपनी सृजना के कारण दुनियाभर में पढ़े जाते थे। सराहे जाते थे। जिनका जीवन इसी तरह के सृजन में बीता था। महिमा किटी पार्टी में नहीं जाती थी। घंटों पड़ोस की औरतों से बातें करने में समय जाया नहीं करती थी, क्योंकि उसे दोपहर की फ़िल्में देखना... शाम को नाटक देखना... कहानी, कविता सुनना... संगीत सुनना अच्छा लगता था। ये उसकी स्वाधीनता थी। अपने तरह का जीवन चुनने की, जीने की स्वाधीनता। उसे उन सबके बीच उन्हीं की तरह... खाना-पीना... त्यौहार मनाना... शापिंग करना बोझिल लगता था। वह मॉल जाती और खाली हाथ लौट आती। सब आश्चर्य करते कि वह नाटक करती है पर वह कैसे समझाये उन सबको कि उसका मन रमता था किताबों में। कलाओं में। उस औघड़... बेतरतीब दुनिया में जिसको बनाने वाले... एक-दूसरे ही लोक में बसते थे। धीरे-धीरे उसका अपना साहित्य और कला का जीवन्त... समाज बनता गया था। साहित्यिक मित्रों का आना-जाना। उनके बीच उठना-बैठना। उनके साथ गप्पें लगाना। बहसें करना। विरोध करना। आन्दोलन में शामिल होना। सब कुछ कितना सार्थक लगने लगा था, लेकिन घर में... घर में वह निर्वासित होती गयी थी। जाहिर है गुलाम बनने के लिए उसने इनकार कर दिया था।

तभी मित्रों ने एक सपना देखा। एक साथ बैठने का, अपने अनुभव साझा करने का, जो पढ़ा-लिखा जा रहा है उसके बारे में विमर्श करने का। मित्र लोगों का जन्मदिन मनाने का, अकेले होते लोगों को साथ में लेकर चलने का... दुख, तकलीफ और बीमारी में साथ देने का... खूबसूरत चीज़ों को आत्मसात करने का सपना था यह। महिमा ने कभी किसी से अपनी संस्था के बारे में

जिक्र नहीं किया था।

''यह संस्था किसकी है? इसको चलाने के लिए पैसा कहाँ से आता है?'' भइया के सीधे-सीधे सवाल होते थे।

''सरकार से मिलता है और कई संस्थाएँ विज्ञापन देती हैं।'' जवाब देते हुए महिमा का मन उखड़ जाता था। ज़बान कसैली हो जाती थी...।

''तुम्हारा नाम क्यों छपता है?''

''क्योंकि हम काम करते हैं।''

''अभी बच्चों का भविष्य देखना... माँ ये फालतू के काम...''

''बच्चे अपनी जगह पढ़ रहे हैं। उनका समय हम कहीं और नहीं देते।''

''तुम तो अपना घर फूँक लो!'' भइया और कटु हो उठते।

वह ज़ोर से हँस पड़ती। भीतर से कोई धक्का देता... हँसो... केवल हँसो...।

तभी शायद अचला के मन में पराजय का, प्रतिस्पर्धा का, प्रतिहिंसा का, ईर्ष्या का बीज पड़ा था और एक प्रतिरोधात्मक रास्ता भी... कि सम्मान पाने का... यश पाने का, सबके बीच अपना नाम 'इस रूप में' स्थापित करने का इससे अच्छा रास्ता और क्या होगा। बदला लेने के लिए खून बहाया जाए... गोलियाँ चलाई जाएँ यह किसने कह दिया... खामोशी और खूबसूरती के साथ भी तो मारा जा सकता है...। अचला को रोकने वाला कोई न था। पैसे का हिसाब किसी को नहीं देना था। इसलिए अपनी प्रतिष्ठा, अपनी महत्ता के लिए वह कुछ भी करती थी।

मनीष का इस परिवार में आना-जाना था। अचला के साथ उसकी खूब जमती थी। उसका दिमाग कम्प्यूटर की तरह चलता था। बुद्धि हवा की तरह अपने विचार उड़ाती थी। उसका फायदा जहाँ होता वहाँ वह कपूर की तरह स्वयं को जला देता। उसकी बातों में वो तासीर... वो ताजगी और वो आइडिया होते जो किसी को भी मुतासिर कर लेते। दो दुश्मनों के बीच दुश्मनी कैसे बढ़ाई जाए... यहाँ की बात वहाँ नमक-मिर्च लगाकर कैसे पहुँचाई जाए, इस कला में मनीष माहिर था। कहा जा सकता है कि मनीष मनोविज्ञान का मर्मज्ञ है तो अतिशयोक्ति न होगी। मनीष अचला के व्यक्तित्व से, व्यवहार से... रूप-सौन्दर्य से, उनके प्रभुत्व से अभिभूत था। प्रशंसा करके अचला को खुश रखता। प्रशंसा और प्रतिष्ठा दोनों अचला को चाहिए थी। एक दिन बातों ही बातों में कह बैठा—''आप क्यों नहीं कोई कालेज खोलकर डायरेक्टर बन जाती हैं।''

''दो-दो कम्पनी में डायरेक्टर हूँ।''

''कौन जानता है कि आप डायरेक्टर हैं... केवल चैक पर हस्ताक्षर

करनेवाली डायरेक्टर, आपका हस्तक्षेप है कम्पनी में? आपको तो लाइम-लाइट में होना चाहिए।''

''ज़रूरी है? आप तो बहका रहे हैं...।''

''कुछ ऐसा काम करिये कि समाज के लोगों का भला हो। और आपका नाम हो... आपको प्रशंसा मिले...।''

''क्या...? क्या करना चाहिए...?''

''कोई स्कॉलरशिप या...।''

''या...?'' अचला ने अपने पक्ष में आता वाक्य छूटते देखा तो उत्सुक हो उठी।

''या गरीब... बूढ़े... अनाथ कलाकारों को आर्थिक मदद पहुँचाने वाला काम...।''

''अनाथ बच्चों के लिए सरकार और संस्थाएँ खूब काम करती हैं। आप एक दिन साहित्यकारों और कलाकारों की बात कर रहे थे... उनके लिए कुछ किया जाए तो...।''

मनीष अचला का चेहरा देखता रहा। सामने बैठी महिला जो अपनी पिन तक किसी को नहीं देती है। जो अपने मजदूरों और बाइयों को एक कप चाय नहीं पिलाती... जो अपने रिश्तेदारों को घर में नहीं आने देती... वह यकायक इतनी दयालु और संवेदनशील कैसे हो उठी है, वो भी साहित्यकारों और कलाकारों के प्रति...? आखिर राज़ क्या है। कौन-सी चोट है। कौन-सी अभीप्सा है। कौन-सा लोभ है। किसको मात देना चाहती है। बिना मकसद के कोई काम करे अचला... ऐसा तो ही नहीं सकता।

फिर मनीष ने अपने भीतर उठे विचार को ज़ोर का झटका दिया... करें पैसा खर्च... मुझे क्या... बाँटें पुरस्कार... हाँ मुझे मेरी जगह मिलनी चाहिए। शक का एक क्रीड़ा भी काटने लगा... कहीं ऐसा तो नहीं कि सारा काम मुझसे करवाये और स्वयं मंच पर जाकर बैठ जाए। इतनी ऊँची उड़ान तो मैं भरने नहीं दूँगा। अपना वर्चस्व बनाकर रखूँगा। मनीष भी शैतान बुद्धि अपने हितों के बारे में सोचने लगा। यहाँ हर कोई अपने भीतर एक खेल खेल रहा था।

''विचार अच्छा है, आप सोच लीजिए।''

मनीष मन-ही-मन मुस्कराया। कीड़ा तो डाल दिया है, देखो क्या होता है।

एक हफ्ते बाद मनीष ने देखा... अचला के तीन मिस कॉल्स पड़े हैं।

''हाँ भाभी जी,... शाम को आता हूँ... अभी कहीं बिजी हूँ।'' मनीष ने कॉल-बैक किया। थोड़ा नखरा बातचीत में डाल दिया। अपनी इम्पोर्टेन्स

बतानी भी ज़रूरी है।

क्या-क्या बताना चाहिए और क्या-क्या छुपाना चाहिए... ताकि मैं हर जगह मौजूद रहूँ। मनीष के भीतर एक स्वार्थी आदमी घुस आया! मनीष ने डायरी में लिखा—'साहित्य, कला, संस्कृति एवं लोककला को प्रोत्साहित करनेवाली संस्था। नाम..... खाली।'

प्रथम पुरस्कार राशि..... खाली।

दस अन्य पुरस्कार राशि ..... खाली।

प्रत्येक पुरस्कार की निर्णायक समिति। एक संयोजक चार निर्णायक।

निर्णायकों का मानदेय रुपये.... खाली।

आने-जाने का किराया राशि .... खाली।

ठहरने की व्यवस्था... बढ़िया होटल।

हॉल, स्मारिका, गाड़ियाँ, स्मृति चिह्न, शॉल, आमन्त्रण, पत्र-फ्लैक्स, पोस्टेज, पत्र, मीडिया आदि.... खर्चा.... कुल राशि.... खाली।

नीले रंग की डायरी बगल में दबाये जब मनीष मुस्कराता हुआ अचला के घर पहुँचा तो अचला किटी पार्टी खतम करके, अपने दोस्तों के साथ... ड्राइंग रूम में बैठी थी। आज उनका मादक रूप देखते ही बनता था। इस महिला के चेहरे पर रेशा-भर चिन्ता... तनाव और खिंचाव दिखाई नहीं देता है... क्या इसके जीवन में कोई कमी नहीं है, कोई चिन्ता नहीं है... कोई दुख-दर्द नहीं है। मुस्कराना... हर पल मुस्कराते रहना बस यही आता है इनको।

"बड़े मुस्करा रहे हो?"

"एक महान काम करने जा रही हैं आप... खुश तो होऊँगा ही। आप देखते जाइये... तहलका मच जाएगा। इतने पुरस्कार... एक साथ कौन-सी प्राइवेट संस्था दे रही है...। पैसा तो सैकड़ों के पास भरा पड़ा है, पर देने का दिल... दिल होना चाहिए। आपका दिल बहुत बड़ा है। आपने बहुत बढ़िया निर्णय लिया है। लोग सोचते हैं पर कर नहीं पाते हैं। चलिये अब हम काम की बात करते हैं।" कहते हुए मनीष ने डायरी के पन्ने खोल दिए।

संस्था का नाम बताइये—

"आरोह"

अध्यक्ष—आर.के. पंडित

उपाध्यक्ष—नन्दिता पंडित

सचिव—अचला पंडितसहसचिव—सुनीता दुबे

कोषाध्यक्ष—अजीत दुबे सदस्य—कम-से-कम सात होने चाहिए।

"नाम लिखिए..."

संयोजक - संयोजक ही सारा काम करता है। संयोजक की जिम्मेदारी बड़ी और महत्त्वपूर्ण होती है।

''क्या काम करता है संयोजक...''

''मसलन... पत्र-पत्रिकाओं में प्रविष्टियों/अनुशंसाओं के लिए विज्ञापन देना। किताबें या अन्य जानकारी प्राप्त करना। निर्णायकों के पास भेजना। पत्र-व्यवहार करना। निर्णायकों को बार-बार फ़ोन करना। फिर पेपरों में समाचार देना। प्रेस कान्फ्रेन्स बुलाना। कार्यक्रम की रूपरेखा बनाना। संचालन करना... इतने काम रहते हैं कि आप कहाँ-कहाँ जाएँगी। अध्यक्ष भी ये काम नहीं कर सकता... फिर भाईसाहब को वक्त कहाँ रहेगा इन कामों के लिए।''

मनीष... सारे पदाधिकारियों को परिदृश्य में रखना चाहता था।

अचला मनीष का चेहरा देख रही थी... विस्मित होकर खुश होकर। इतनी जानकारी। इतना काम होता होगा वरना संस्थाएँ चलती कैसे हैं, कोई एक व्यक्ति तो जान फूँकता होगा। समय देता होगा। डायरी के पन्नों पर बिखरा हिसाब-किताब... रिक्त था... यानी पैसों का हिसाब-किताब शेष था। क्षणभर के लिए मन में आया कि क्या फालतू का झंझट मोल ले रही हूँ। मुझे किस पागल कुत्ते ने काट लिया अपनी आराम की ज़िन्दगी में खलल डालूँ और इस आदमी के हाथ की कठपुतली बन जाऊँ... पर तत्क्षण उनकी आँखों में उतर आया वो दृश्य... जब महिमा मंच पर बैठी थी, बड़े-बड़े साहित्यकार, कलाकार उसकी प्रशंसा कर रहे थे। खचाखच भरे हॉल में खड़ी वह कैसे मुस्करा रही थी... एक पवित्र और सफल हँसी। महिमा जब माईक पर आई तो सारा हॉल तालियों से गूँज उठा था। एक-एक शब्द में घुली मिठास... आँखों में चमक, चेहरे पर आत्मविश्वास... दर्शक... खामोशी के साथ उसका भाषण सुन रहे थे। उसके भाषण के बीच में कम-से-कम छः बार तालियाँ बजी थीं। वे पल कितने खूबसूरत थे। कितनी अलौकिक थी उसकी हँसी...। प्रोग्राम के बाद... गले लगते-लगाते लोग। बधाई देते लोग। हँसी-ठहाकों के बीच खड़ी महिमा...। अचला ने अपनी लम्बी गर्दन को सीधा किया और नरम आवाज में बोली—''आपको ही सँभालना होगा सारा काम। बीच में से भाग तो नहीं जाओगे। सोच लेना। अगर यह काम करना है तो सर्वश्रेष्ठ ढंग से करना है... इतना शानदार और भव्य कि कभी किसी ने किया न हो...। मुझे नहीं लगता ये तैयार होंगे इस सबके लिए।''

मनीष ने लिखा—संयोजक—मनीष झा।

''अरे भाभी जी, भाईसाहब ही सबसे पहले आएँगे, आप देखना तो... इतना शानदार फंक्शन होगा कि क्या मन्त्री... क्या अधिकारी... क्या छोटे-बड़े

साहित्यकार-कलाकार... सब आएँगे। आपका यही काम आपके खानदान का नाम रोशन करेगा। आपको प्रतिष्ठा दिलाएगा वरना कितने धन-कुबेर पड़े हैं इसी शहर में, कौन जानता है उनको? क्या इज़्ज़त है उनकी? मनीष ने अचला को आकाश में उड़ने के लिए पंख दे दिए। अचला इस बीच भविष्य के सपनों में खोयी थी।

और इधर मनीष ने अपना काम शुरु कर दिया। यह बात बहुत बार कही जा चुकी है कि इस संस्था के द्वारा वह इतने बड़े अभियान का कर्त्ता-धर्त्ता बनकर अपनी स्थिति सुधारना चाहता था। संस्था का नामकरण... उसका रजिस्ट्रेशन, उसके पदाधिकारी... उसके सदस्य... उसकी नियमावली। बैंक में उसका खाता खुलवाना... मनीष जानता था कि अचला का दिमाग किसी राजनीतिज्ञ... कूटनीतिज्ञ से कम नहीं है। उन्हें हर बात में विश्वास में लेना होगा। संस्था के पदाधिकारी के रूप में वह स्वयं को कहाँ रखे, क्योंकि जितने महत्त्वपूर्ण पद थे, उन सब पर अचला ने अपने पति... भाई... माँ का नाम डलवा दिया था। वह जानता था कि पैसे का लेन-देन अध्यक्ष और कोषाध्यक्ष या सचिव और कोषाध्यक्ष कर सकते थे। अचला ने इन तीनों पदों पर मनीष का नाम नहीं आने दिया। उपाध्यक्ष और सह-सचिव पर अचला के परिवार के लोग थे। सदस्यों में उनके ख़ास दोस्त थे। हाँ, मनीष संयोजक का पद पाने में कामयाब हो गया। मनीष अपने जीवन के अभावों को दूर करने के लिए सालों से हाथ-पाँव मार रहा था। आज तक उसकी पहचान भी नहीं बन पायी थी। पेपरों में लिखना... कुछ कविताएँ या लेख छपना, उससे क्या हासिल होता? आज तक वह अपने माता-पिता को अपने पास नहीं रख पाया था और न ही अपना घर बसा पाया था। मनीष हर जगह अपनी बुद्धि, वाचालता और ऊर्जा खर्च करता, मगर अन्त में खाली हाथ रह जाता इसलिए... इस बार वह एक-एक कदम सँभालकर रख रहा था। अचला उसकी भाग्यविधाता बन सकती थी, उसका उद्धार कर सकती थी। यद्यपि दाँव ऊँचा था। तगड़ा था। पर सफल होने की सम्भावनाओं से पूर्ण था।

संस्था के मोनो की डिज़ाइन उसने शहर के नामी कलाकार से बनवायी।

"ठीक है... लग रहा है किसी बड़ी संस्था का मोनो।"

"बहुत सुन्दर।" अचला ने खुश होकर कहा। अचला खुश थी... अभिभूत थी, उत्तेजित भी... कि कुछ दिनों बाद उनका नाम भी देश की प्रतिष्ठित और लोकप्रिय पत्र-पत्रिकाओं में छपेगा। मीडिया के सामने बैठकर वह भी उनके सवालों का जवाब देंगी। उनके गुलाबी गालों की चमक और गहरी होती जा रही थी। मुस्कान में सफलता का रंग घुल रहा था। मनीष के लिए सबसे

चुनौतीपूर्ण काम था पुरस्कारों की निर्णायक समिति बनाना। रात-दिन वह लोगों के नाम सोचता... बड़े कहे जाने वाले कवि-कथाकार, आलोचक-कलाकार... निर्देशक। एक-दो लोगों से बात की तो उन्होंने कोई तवज्जो ही न दी...। फिर वह वर्षों से साहित्य और कला के क्षेत्र में काम कर रही संस्था के अध्यक्ष के पास गया सलाह लेने।

"क्या करना चाहिए, सर?" उसने सीधे-सीधे पूछा।

"दो रास्ते हैं। पहला कि, सब कुछ आप अपने हाथ में रखिये। उससे आपका महत्त्व भी रहेगा और नियंत्रण भी। दूसरा, निर्णायक समिति बनाओ और जो वह कहें वैसा करो। उसमें आपकी पसन्द-नापसन्द का कोई रोल नहीं रहेगा। संयोजक या संस्था के उच्च पदाधिकारी कुछ कहेंगे तो बात बाहर जाएगी। सम्भव है निर्णायक आपकी संस्था छोड़ दें। कंट्रोवर्सी होगी। पुरस्कार की विश्वसनीयता पर सवाल खड़े होंगे।"

मनीष चुप। सपना टूटता सा लगा। सोचता रहा। गुनता रहा। शुरु-शुरु में सब कुछ कितना आसान चमकीला और भव्य लग रहा था। मगर आगे का रास्ता... सवालों, संकटों और चुनौतियों से भरा था। पहचान का संकट था। लोग पूछ सकते हैं कि उसका या अचला का साहित्य और कला से क्या वास्ता? साहित्यकार और कलाकार पूछेंगे कि उसके नाम का चयन किसने किया है। उनकी साहित्यिक समझ क्या है? कौन है मनीष? कौन है अचला? तब!

साहित्यकारों और कलाकारों को इससे क्या मतलब... क्या ग़ैर-साहित्यिक लोग साहित्य और कला के लिए काम नहीं कर सकते? मनीष का मन उद्वेलित हो उठा। सपने के सूत्र बिखरते हुए लग रहे थे। कोई उसकी बात को संजीदगी से ले ही नहीं रहा था। वह अपने मित्र के पास गया। मित्र लम्बे समय से इस क्षेत्र में काम कर रहा था। मित्र का परिचय शहर के लगभग हर साहित्यकार-कलाकार से था। वे उसकी बात सुनते थे। उसे मानते थे। सुनते और मानने का यहाँ बेहद महत्त्व था। शब्दों के जादूगर... शब्दों के मसीहा... शब्दों के कद्रदां... यहाँ... किसी को आसानी से भाव नहीं देते थे...

"तुम चलो यार। बात करवा दो। यह सब बहुत बड़ा काम होने जा रहा है।" मनीष ने मित्र को सारी योजनाएँ बतायीं। संस्था से जुड़े लोगों को बारे में बताया। संस्था के रूप में उसके अपने सपनों की क्या जगह थी, कितनी ऊँची उड़ान थी... यह भी बताया...

"यह तो बड़ा खेल हो जाएगा। बहुत बड़ा खेल। चमत्कार। मैं तुमको उन सबसे मिलवाता हूँ...। उनकी सहमति दिलवाता हूँ... बाहर के लोगों को भी शामिल करो।"

मित्र जानता था मनीष की हालत। उसका एक भाई नक्सलियों के हाथों मारा गया... यह बात मनीष छुपाकर रखता था। अपनी गरीबी और असफलता को भी वह छुपाकर रखता था!

वह रविवार की शाम थी। कोहरे में डूबी शान्त सुन्दर ठंडक भरी शाम। मनीष अपने मित्र को लेकर जब देश के ख्यातिप्राप्त आलोचक के घर पहुँचा तो वहाँ पहले से ही दो-तीन कवि-मित्र बैठे थे। चारों तरफ पत्रिकाएँ और किताबें रखी थीं। चिट्ठियों का ढेर लगा था। टेबल पर शराब की बोतल और नमकीन रखा था। उनके बीच सरकारों को लेकर गरमा-गरम बहस चल रही थी। विचारधारा को लेकर वे अपने-अपने मत रख रहे थे।... दसेक मिनट बाद उन्होंने पूछा- "और रवि बताओ कैसे आना हुआ? लिखना-पढ़ना कैसा चल रहा है?"

"ये मेरे मित्र हैं मनीष झा। बहुत अच्छे पाठक हैं। साहित्य की गहरी समझ है। इन्होंने अपने साथियों के साथ मिलकर एक संस्था बनाई है। संस्था साहित्य और कलाओं के लिए काम करना चाहती है। बड़े पुरस्कार देना चाहती है।"

"एक और संस्था... आलोचक महोदय हलके से मुस्कराये, किसकी संस्था है और क्या बैकग्राउंड है संस्था का? संस्था के पीछे क्या सोच है? किसके प्रति प्रतिबद्ध है...?"

मनीष इतने सवालों से हड़बड़ा गया...। रवि ने उसका हाथ दबाया।

"जी, अचला पंडित... और उनके पति आर.के. पंडित हैं। बड़े उद्योगपति हैं। चार-पाँच इंडस्ट्रीज हैं। उनकी पत्नी अचला पंडित साहित्यप्रेमी हैं। सुसंस्कृत महिला हैं। वे कलाओं के लिए काम करना चाहती हैं। पैसे की कोई कमी नहीं है।" एक ही साँस में कह गया मनीष।

"तो क्या इनकमटैक्स बचाने के लिए यह सब करना चाहती हैं?" आलोचक महोदय ने हलका-सा कटाक्ष किया।

"नहीं सर, ऐसी बात नहीं है। उनका मन है साहित्य और कला से जुड़ने का।"

"उनकी विचारधारा क्या है? क्या राजनीतिक बैकग्राउंड है? अगर है तो किस पार्टी का? हम धर्मनिरपेक्षता में यकीन रखते हैं। साम्प्रदायिक सोच वालों से हमारा कोई सम्बन्ध नहीं है।"

"इन सारी बातों से उनका कोई लेना-देना नहीं है। आप तो निर्णायक समिति के लिए कुछ अच्छे नाम बता दीजिए और आपको तो जुड़ना ही है।"

"सीधे निर्णायक समिति के संयोजक। परामर्शमंडल बनाया है? शीर्ष

समिति है? संस्था का संविधान क्या है? चरित्र क्या है? दृष्टि क्या है?''

मनीष निरुत्तर। क्या जवाब दे? इतने सवाल... इतनी पड़ताल? यह तो सोचा ही न था। मनीष तो सोच रहा था कि पुरस्कार और पुरस्कार की राशि के बारे में सुनकर हर कोई दौड़ा चला आएगा। उसके इशारों पर नाचेगा... पर जहाँ... यहाँ तो कड़ी परीक्षा ली जा रही है... विचारधारा... राजनीति... प्रतिबद्धता... की बातें की जा रही हैं... ऐसा कौन-सा खेल है जिसे पलटा नहीं जा सकता है।

''देखो मनीष... हमने जीवन में ऐसी तमाम संस्थाएँ देखी हैं जो अच्छे और बड़े लक्ष्य की बात करके सामने आती हैं। एकाध साल काम भी करती हैं। काम करने के बाद उन्हें लगता है कि अपना दायरा बढ़ाना चाहिए और शायद इसीलिए बाद में वे सत्तापक्ष की गुलामी करने लगती हैं। उनके काम करने के तरीके बदल जाते हैं, एजेंडा बदल जाता है। वही मन्त्री... वही अफसर... वही सरकारी मदद... हम लोग ठगे से देखते रह जाते हैं...। हमारी प्रतिबद्धता और सिद्धान्त धरे के धरे रह जाते हैं। हमारी प्रतिष्ठा पर प्रश्नचिह्न लग जाता है।''

''सर, हम लोगों को सरकारी मदद की ज़रूर नहीं है।''

''पैसे का क्या स्रोत है?''

''किसी गलत स्रोत से पैसा नहीं आएगा, सर। हम लोगों का बिजनेस भी बढ़िया है। भाईसाहब का नाम है... कई संस्थानों से वे जुड़े हैं। भाभीजी भी भली महिला हैं। आप चाहेंगे तो उनसे आपकी भेंट करवा देंगे।'' मनीष पूरी ईमानदारी से अपनी बात रख रहा था।

''चलिए सोचते हैं। थोड़ा-सा समय दो। अगले हफ्ते फुरसत से आओ।'' आलोचक महोदय ने उसे दो टूक जवाब दे दिया। मनीष हतप्रभ! अब क्या कहे और क्या न कहे!

मनीष रवि का चेहरा देखने लगा। रवि ने उसके कन्धे थपथपाये। मैं बात करता हूँ... उसने इशारे से कहा।

''सर, हमारे शहर की एक नवोदित संस्था इतना बड़ा कार्य करने जा रही है तो आपको सहयोग और मार्गदर्शन तो देना ही पड़ेगा न...।'' रवि ने अपने विशिष्ट अन्दाज़ में कहा।

''हमने कब मना किया... पर... एकाएक किसी निष्कर्ष पर नहीं पहुँच सकते हैं... सोचना पड़ेगा कि संस्था की नीयत क्या है?... यह तात्कालिक रूप से उठाया गया कदम है या सचमुच कोई गम्भीरता के साथ लम्बे समय तक काम करना चाहता है... आपने देखा होगा कि कई पुरस्कारों की राशि बहुत

कम होती है पर उनका कद बड़ा होता है, उनका सम्मान होता है... पैसा ही सब कुछ नहीं होता है रवि... मूल्य और सिद्धान्त... भी मायने रखते हैं। हमने जीवन भर इन्हीं मूल्यों और सिद्धान्तों के लिए लड़ाई की है...। एक बार... फिर से बैठते हैं... बात करते हैं। मैं आप लोगों को हतोत्साहित नहीं कर रहा हूँ बल्कि... हक़ीकत बता रहा हूँ। ठंडे दिमाग़ से विचार करने की ज़रूरत है।''

मनीष ने नमस्ते की और उठकर खड़ा हो गया। उसके पाँव अपनी जगह पर जम से गये थे। मन उदभ्रान्त था...। अपना काम होकर भी यह काम दूसरों के हाथों में ज़्यादा था...। रवि और मनीष गाड़ी में बैठे और कॉफ़ी हाउस में जाकर बैठ गये।...

''एक काम करते हैं अपन चन्द्रहास जी के पास चलते हैं। वे कविता, कहानी, रंगमंच और नृत्य के लिए नाम बात देंगे... हमारा काम आसान हो जाएगा। ज्यूरी ज़ोरदार बननी चाहिए। आप संस्था को प्रतिष्ठित करना चाहते हैं तो हमें हर प्रतिष्ठित व्यक्ति को अपने साथ जोड़ना होगा। अच्छा मनीष, ये बताओ ज्यूरी को कुछ देने का प्रावधान है। सारी बातें स्पष्ट होनी चाहिए। अचला जी से पूछ लो। ये लोग एक-एक बात को पकड़कर चलते हैं।''

''मैं जो कहूँगा अचला जी वही मानेंगी।''

''आप हँस क्यों रहे हैं, मनीष?''

''इसलिए कि पैसा देना चाहते हैं तो पैसा लेने वाले इतने नखरे दिखा रहे हैं...

इसलिए कि संस्थाओं और पुरस्कारों की भरमार है... ऐसे में एक और संस्था... एक नहीं दो नहीं पूरे ग्यारह पुरस्कार... फिर देनेवालों का स्टेटस क्या है... यह भी पता नहीं है उन लोगों को।''

कॉफ़ी का टेस्ट मनीष के लिए स्वादहीन था...। वह मन-ही-मन... इन स्थितियों से निपटने की जुगत बैठा रहा था...।

वे दोनों सीधे चन्द्रहास के घर आ पहुँचे। चन्द्रहास जी बरामदे में बैठे फ़ोन पर बात कर रहे थे। चारों तरफ़ बिखरी खूबसूरत लताएँ... बरामदे को सुन्दर बना रही थीं छोटे से बरामदे में गमलों में तरह-तरह के पौधे लगे थे। चन्द्रहास जी टी-शर्ट और शार्ट्स पहने हुए एकदम सहज लग रहे थे...

''सर, ये मनीष झा हैं... ये आपसे कुछ जानना चाहते हैं। मार्गदर्शन चाहते हैं...। यदि आप थोड़ा-सा समय निकाल सकें।''

चन्द्रहास आँखें मूँदकर... मनीष की बातें सुनते रहे।

''मैं जब तक संस्था को लेकर आश्वस्त नहीं हो जाता हूँ... तब तक कैसे हाँ कर दूँ। क्या आपकी संस्था ने पिछले वर्षों में कोई साहित्यिक कार्यक्रम

किया है?''

''जी, नहीं।''

''सीधे पुरस्कारों से शुरुआत कर रहे हैं।''

''जी हमारे पास अपने संसाधन हैं। पैसे हैं। हमें किसी की आर्थिक मदद नहीं चाहिए। बस हम तो आप लोगों के सहयोग से संस्था की शुरुआत करना चाहते हैं।''

''हमारा अनुभव रहा है कि बाद में संस्था वाले मन्त्रियों को बुलाना शुरु कर देते हैं। साहित्यकार और कलाकार उनके लिए महत्त्वहीन हो जाते हैं...''

''नहीं सर, ऐसा नहीं है। हमारी संस्था केवल और केवल साहित्य और कलाओं के लिए है। हम किसी वाद-विचारधारा, गुट, संघ... और पार्टी से अलग केवल इसी क्षेत्र में काम करना चाहते हैं। हमारी संस्था का उद्देश्य पैसा कमाना, नाम कमाना या इसके माध्यम से अफसरों और मन्त्रियों तक जाना नहीं है... न हमें विज्ञापन और प्रचार-प्रसार चाहिए...।'' मनीष एक-एक शब्द पर ज़ोर देते हुए बोलता जा रहा था। उसे लगा... इन लोगों द्वारा दुत्कारा जाना... कहाँ तक और क्यों सहन करे? क्या मैं नहीं जानता कि... ये सब कहाँ, किसके पीछे भागते हैं। अफसरों के सामने दाँत निपोरते हुए गिरे-गिरे जाते हैं... एक-एक पुरस्कार के लिए लॉबिंग करते हैं, अपना-अपना नाम डलवाने के लिए सिफारिशें करते और करवाते हैं।

''किस-किस विधा में पुरस्कार दे रहे हैं।'' चन्द्रहास जी ने सुस्त आवाज में कहा।

''लगभग सभी विधाओं में। कुल ग्यारह पुरस्कार हैं।''

''इतने पुरस्कार... इतने पुरस्कारों की ज़रूरत है...? जो विधाएँ छूटी हुई हैं, उनमें क्यों नहीं देते... आपको क्या लगता है कि 'गीत' के लिए कोई फ़िल्मी गीतकार आएगा... जन-आन्दोलन के गीत क्यों नहीं शामिल करते हो... या लोक साहित्य के लिए...''

''वो मैडम चाहती हैं कि...''

''कि गुलजार आएँ... कि राजेन्द्र गुप्ता आएँ... कि जया बच्चन आए... कि प्रसून जोशी आएँ... हमें क्या... पैसाा है तो दो... इससे तो साहित्यकारों का ही भला होगा।... कुछ लोगों से बात करनी होगी...। चलिए कुछ सोचते हैं। बैठते हैं। इतनी भी जल्दी क्या है...? '' आश्वस्त करने की मुद्रा में चन्द्रहास जी ने कहा और सामने रखी बिस्किट और नमकीन की प्लेटें उनके सामने खिसका दीं।

मनीष ने डायरी के पन्ने पलटे। ग्यारह पुरस्कार। ग्यारह पुरस्कारों की

निर्णायक समिति... और परिणाम शून्य। केवल बातचीत। केवल सुझाव। केवल जानकारी।

"देखो मनीष, यदि इतना बड़ा काम करने जा रहे हो तो... समय तो लगेगा ही। बहुत परिश्रमवाला काम है यह। दस चक्कर लगाने पड़ेंगे। पचासों फ़ोन करने पड़ेंगे। सबके नखरे उठाने पड़ेंगे। फिर इन लोगों की आपसी खींचतान में सन्तुलन बनाकर चलना होगा...। आप अपनी बात और तार्किक ढंग से रखिये...। जो सब कर रहे हैं, वही आप भी करने जा रहे हैं... फिर नया क्या है...? अलग क्या है... इस बात के लिए हम सबको कन्वेन्स करना होगा। पुरस्कार की नियमावली बनानी होगी... अन्यथा विवाद खड़ा हो जाएगा। एक काम करो। मैडम से पूछ लो। मैं सुधीर वर्मा को ले आऊँगा। वे भी कहानी और उपन्यास के लिए ज्यूरी के नाम बता देंगे। चित्रकारों के लिए अलग बैठक कर लेंगे। अचला जी और उनके पति से मिलकर ये लोग आश्वस्त भी हो जाएँगे।" मनीष को रवि की, यह बात ठीक लगी। मनीष अपनी विफलता का अवसाद चेहरे पर नहीं आने देना चाहता था।

अचला के सामने उसने सारी वस्तुस्थिति रख दी।

"उन सबको अच्छा लगेगा। आप लोगों से मिलकर वे लोग आश्वस्त हो जाएँगे। लीजिये आप स्वयं आमन्त्रित कर लीजिये।"

"हम क्यों! आप ही आमन्त्रित करिये।"

"उनको अच्छा लगेगा। आखिर संस्था की सचिव तो आप ही हैं। लोगों को विश्वास ही नहीं हो रहा है कि इतनी बड़ी संस्था इसी शहर में है..."

अचला ने मोबाइल नम्बर मिलाया और मीठी आवाज में मुस्कराते हुए बोली– "आपको कल शाम को डिनर पर आना है। मनीष ने बताया होगा। जी... जी... गाड़ी... हाँ गाड़ी भेज देंगे...। मनीष आपको ले लेंगे। धन्यवाद। तो हम आप लोगों का इन्तज़ार करेंगे।"

फिर दूसरा फ़ोन... तीसरा फ़ोन... अचला को लगा वह कितनी विशिष्ट हो गयी है... एक अनजानी दुनिया के 'बड़े-बड़े लोगों' से बात करने का आनन्द ही कुछ और था। उनका चेहरा दर्प से चमक उठा।... इन्हीं लोगों का नाम रहता था महिमा की ज़बान पर। प्रशंसा करते नहीं थकती थी। इतनी बड़ी हस्तियाँ बताती थी... लो... उन्हीं हस्तियों से मैंने बात कर ली है। जिनके घर तुम भागी-भागी जाती थी, वही सम्माननीय साहित्यकार और कलाकार मेरे घर में, मेरे ड्राइंगरूम में, मेरे सामने आकर बैठेंगे। मेरे साथ खाना खाएँगे।

साहित्य और कला पर बातचीत करेंगे। तुम भागती रहो। बनी रहो साहित्यकार... चित्रकार...। महिमा के बारे में सोचकर अचला मन-ही-मन मुस्करा रही थी। इठला रही थी। इतरा रही थी। किसी को पराजित करने का मज़ा कितना रोमांचकारी होता है, यह कोई अचला से पूछे।

"मनीष... तुम मुझे लोकल साहित्यकारों और कलाकारों के बारे में बताओ। हमारी संस्था के उद्देश्यों के बारे में समझाओ। यह भी बताओ कि यहाँ किस तरह की गतिविधियाँ होती हैं और हम क्या करना चाहते हैं...?"

"जीई... भाभीजी...।" मनीष उत्साहित होकर बोला।

दूसरे दिन की तैयारियाँ शुरु हो चुकी थीं। कौन क्या खाता है...? चाय, कॉफ़ी... या ड्रिंक्स में क्या-क्या होगा?... मेवे, नमकीन, सलाद... फल होना चाहिए। स्वागत इतना शानदार होना चाहिए कि उसकी खबर उन्हीं की ज़ुबान... पूरे साहित्य और कला-जगत में पहुँचे। संस्था की सचिव क्या है... कैसी है? क्या चाहती है... आदि बातों को फैलना चाहिए। अचला पंडित... किसी के पास नहीं जाएगी बल्कि अचला पंडित के पास... सब आएँगे... शुरु से ही ये संकेत जाना चाहिए।

अचला सारी तैयारियाँ अपनी निगरानी में कर रही थी। उन्होंने शीशे के सामने जाकर स्वयं को देखा साहित्य और कला के बीच सादगी और सौन्दर्य का समन्वय होना चाहिए। बुद्धि और वाक्-चातुर्य की बानगी देखने को मिलनी चाहिए। संवेदना, सेवा, विनम्रता और कार्य-कुशलता हर क्रियाकलाप में दिखना चाहिए। वर्षों पुरानी कोसा की साड़ी निकाली। यह साड़ी बस्तर से लाये थे पंडित जी। कोसा की साड़ी में देह हलकी-सी मोटी लग रही थी... अन्यथा जींस... सलवार कुर्त्ता... से लेकर वह हर ड्रेस में आधुनिक कमसिन और सुन्दर स्त्री के रूप में रहना पसन्द करती। अपनी नींद, अपने खान-पान और अपने स्वास्थ्य के साथ अचला कोई समझौता नहीं करती है। देश के बड़े-बड़े स्वास्थ्य केन्द्रों में जाकर वह अपने स्वास्थ्य के बारे में जाँच करवाकर इस पर अमल करती रही हैं। दुनिया में आग लग जाए... पर अचला का तीन घंटे दिन में सोना तय है। उन्होंने हलका-सा मेकअप किया। सुन्दरता में चार चाँद लगाने वाली हीरे की चैन गले में डाल ली। अब उनसे इन्तज़ार नहीं किया जा रहा था। आखिर इतनी देर कहाँ लग गयी। मनीष में गप्पें लगाने की आदत है, बैठ गया होगा। मोबाइल पर नम्बर घुमाया, पता चला रास्ते में है। वे सब यानी आलोचक महोदय, चन्द्रहास जी, चित्रकार, कलाकार... और मनीष का मित्र रवि। बड़ी गाड़ी का गेट खोलने के लिए दो नौकर दौड़े हुए आए। उस भव्य बँगले के सामने... वे सब... खड़े थे। सबने बँगले को ऊपर से नीचे तक देखा। हरी-

भरी दीवारों पर कलात्मक चित्र। करीने से गमले रखे थे। फूलों का इतना सुन्दर कलेक्शन था कि निगाहें ही न हटती थीं। दायीं तरफ बेंत की कुर्सियाँ रखी थीं। एक तरफ छतरी लगी थी। दूसरी तरफ झूला। भीतर जाने के लिए एक बरामदा पार करना था। बरामदे में पीतल की बाल्टियों में गमले रखे थे। साइड में वॉश-वेसिन था। दूसरे कोने में पीतल की मूर्ति रखी थी। सीढ़ियों पर चढ़ते हुए... जाने पर कई बेशकीमती वस्तुएँ दीखती थीं जिनमें सबसे आकर्षक थी—गणेश जी की काष्ठ की मूर्ति। ड्राइंगरूम की लम्बाई-चौड़ाई देखकर क्षणभर के लिए सबकी आँखें आश्चर्य से चौड़ी हो गयीं। यहाँ तो सौ लोग बैठकर कविता/कहानी सुन सकते हैं। कवि ने आलोचक से धीमी आवाज में कहा।

सामने चौड़ी-सी मेज़ थी जिस पर मेवे, नमकीन, और फलों की प्लेटें सजी थीं। अंकुरित दालें... कॉफ़ी चाय, जूस और ड्रिंक्स रखा था। पाँचों लोग अभिभूत। अचला पंडित की खूबसूरत मुस्कान। न भूलने वाली चमकीली हँसी। बातचीत का सिलसिला, कामकाज... शौक... बच्चों की पढ़ाई-लिखाई और उनकी अपनी पसन्द-नापसन्द से आरम्भ होकर मूल मुद्दे पर आ गया।

''आप क्या चाहती हैं?''

''अचला ने सधी आवाज में अपनी बात रखी।''

''आइडिया अच्छा है... पर आपकी संस्था की प्रतिष्ठा तभी बनेगी जब आप पूरी तरह श्योर हों कि इसे चलाएँगी ही। एकाध साल के बाद बन्द नहीं होना चाहिए। कई बार देखा गया है कि एक दो साल तो लोग पूरे उत्साह से काम करते हैं... लेकिन... धीरे-धीरे उनका उत्साह कम होने लगता है। और देखिए अचला जी, इस शहर में कई किस्म की संस्थाएँ काम कर रही हैं, आपकी संस्था किस रूप में भिन्न होगी। कुछ अलग और विशिष्ट होना चाहिए। नया होना चाहिए।

''यह सब तो आप लोगों को तय करना है।''

''आपकी प्रतिबद्धता क्या है...?''

''प्रतिबद्धता...।'' अचला ने मनीष की तरफ देखा।

''जब इतने पुरस्कार हम देना चाहते हैं तो जाहिर है कि हमारी प्रतिबद्धता साहित्य और कला के प्रति है। हाँ, ये अलग बात है कि इस फील्ड में हमारा अनुभव जीरो है, परिचय भी सीमित है। लेकिन हम यह सारा काम बहुत अच्छे से करना चाहते हैं।''

''आप अपना दखल रखना चाहती हैं। या सब कुछ निर्णायकों पर छोड़ना चाहती हैं?''

''ठीक क्या रहेगा... आप बताइये?''

‘‘संयोजक या सचिव का दखल होना चाहिए, ताकि किसी अमान्य स्थिति में आप अपने मताधिकार यानी वीटो पावर का इस्तेमाल कर सकें। पुरस्कार समिति में समन्वयक भी होना चाहिए, जो सभी समितियों के बीच समन्वय स्थापित कर सके। एक परामर्शमंडल भी होना चाहिए, ताकि संस्था की कार्यप्रणाली पर कोई आक्षेप न लगा सके।’’

अचला गौर से एक-एक बात सुनती जा रही थी और मनीष को हिदायत देती जा रही थी—नोट करो। यह भी। यह भी। भूल मत जाना। सलाहकार मंडल के लिए नाम सुझाएँगे तो... उन्हीं से बात करना...। मनीष को उन सबके सामने अचला का इस तरह आदेश नागवार गुज़र रहा था। लेकिन भीतर के भावों को वह बाहर नहीं लाना चाहता था। उसने गम्भीरता का आवरण ओढ़ रखा था। संस्था आकार ले रही थी... उसमें विशिष्टताओं का समावेश किया जा रहा था।

...बस कुछ ही महीनों बाद अचला पंडित एक बहुत बड़ी शख़्सियत के रूप में उभरने वाली थी। भावी रणनीति की तैयारी में मग्न अचला बेहद प्रसन्न और सन्तुष्ट लग रही थी।

मनीष ने डायरी में नोट किया—परामर्श मंडल का गठन। संरक्षक का नाम। संस्था का मोनो। समन्वयक का नाम।

मेहमानों ने जी-भर कर खाना खाया। शराब पी। दुनिया-जहान की बातें कीं। दीवार पर टँगे चित्रों को देखा, जिनमें प्रधानमन्त्री... राष्ट्रपति... मुख्यमन्त्री, वित्तमन्त्री से लेकर शर्मा बन्धुओं (भजन गायक) तक के फ़ोटो थे। यानी... मालिकों की ठोस ज़मीन थी। सम्पर्क-सूत्र थे। पैसा था। पैसे का प्रभामंडल था। संस्था की सचिव का अपना व्यक्तित्व था। उनके भाई सेना में मेजर थे। चाचा विदेश में थे। लड़का विदेश में पढ़ रहा था। पिता किसान थे। बुआ कालेज में पढ़ाती थी। वे स्वयं तबला बजाती थीं। और क्या चाहिए था... मेहमानों को उनकी प्रतिबद्धता जाँचने के लिए।

अब एक ही व्यक्ति के नाम पर मुहर लगनी थी और वो नाम था—मनीष झा का। संयोजक के रूप में मनीष झा के नाम का तय किया जाना, क्योंकि जो भी पत्र, विज्ञप्ति जाएँगी वह संयोजक के ही नाम से जाएँगी...। संयोजक को सारी भाग-दौड़ करनी होती है। उसे विनम्र और व्यवहार कुशल होना चाहिए। अचला को इस काम के लिए फिलहाल मनीष से अच्छा कोई व्यक्ति नज़र नहीं आ रहा था। मनीष की उड़ान की डोर अचला के हाथ में रहेगी।

एक महाअभियान की शुरुआत हो चुकी थी।

मेहमानों को विदा करके अचला पति के साथ मुस्कराती हुई झूले पर जा बैठी। लेकिन पंडित का मुँह फूला हुआ था। इन्हें इन कलाकारों, कवियों और आलोचकों में कोई स्पार्क नज़र नहीं आया। ये लोग केवल बातें... खूबसूरत शब्दों में घुली बातें करना जानते हैं। देश, समाज... या बिजनेस के लिए इनका क्या योगदान होता होगा... पर... अचला चाहती है कि इन लोगों का समागम तो होना चाहिए। मन में उठने वाली खीझ वे अचला पर तो निकाल नहीं सकते थे। इसीलिए मनीष को लताड़ते हुए बोले—''उस व्यक्ति (रवि) को लाने की क्या ज़रूरत थी। वह हमारी सारी बातें बाहर एक्सपोज़ कर देगा। लोग हमारी संस्था की नकल करेंगे।''

''वह मेरा दोस्त है भाईसाहब। कहीं कुछ नहीं बताएगा और ये जो बड़े लोग यहाँ आए थे, उसी के कहने पर आए थे।''

''उसके कहने पर आए थे फिर तुम क्या कर रहे थे इतने दिनों से।''

मनीष चुप।

''वे सब तो दौड़े-दौड़े आएँगे। हम औकात जानते हैं इनकी। एक बोतल शराब के लिए दौड़े-दौड़े आएँगे। पुरस्कारों के पीछे पागल रहते हैं ये सब...।''

''सब एक जैसे नहीं होते हैं...।'' मनीष ने विरोध करते हुए कहा। मनीष को पंडित की ये बातें गहरे तक चुभ गयीं। जिस संस्था और जिन लोगों के द्वारा वे मान-सम्मान और प्रशंसा पाना चाहते हैं, उन्हीं का मखौल उड़ा रहे हैं। अपमानित कर रहे हैं। लालची और गुलाम समझ रहे हैं। अपनी सज्जनता में यदि कोई व्यक्ति आपको महत्त्व दे रहे हैं तो आप उन्हें हलके में आँक रहे हैं...

मनीष ने अपनी डायरी उठायी और चल दिया। वह किसी प्रकार की बहस करके बनते हुए काम को बिगाड़ना नहीं चाहता था। उसे जो कुछ कहना होगा, अचला से कह देगा। कह देगा कि वह उन लोगों के ख़िलाफ़ एक शब्द नहीं सुनेगा।

और पाठकों, साहित्यकारों, प्रकाशकों तथा संस्थाओं के कर्त्ता-धर्त्ताओं ने पढ़ा, देखा... पत्र-पत्रिका के पूरे के पूरे पृष्ठ विज्ञापन से भरे हैं- प्रविष्टियाँ/अनुशंसाएँ आमन्त्रित हैं।

1. वरिष्ठ साहित्यकार के लिए, जिनका समग्र योगदान साहित्य में रहा है — एक लाख रुपये।
2. कविता संग्रह के लिए — इक्यावन हज़ार रुपये।
3. कहानी संग्रह के लिए — इक्यावन हज़ार रुपये।
4. रंगमंच के लिए — इक्यावन हज़ार रुपये।

5. नृत्य के लिए - इक्यावन हज़ार रुपये।
6. आलोचना के लिए - इक्यावन हज़ार रुपये।
7. साहित्यिक पत्रकारिता के लिए - इक्यावन हज़ार रुपये।
8. लोकसाहित्य में सृजन के लिए - इक्यावन हज़ार रुपये।
9. शास्त्रीय गायन के लिए - इक्यावन हज़ार रुपये।
10. मौलिक चित्रकर्म के लिए - इक्यावन हज़ार रुपये।
11. लोक कलाकारों के लिए - इक्यावन हज़ार रुपये।

उपरोक्त विधाओं में सृजनरत साहित्यकारों, कवियों, कलाकारों, चित्रकारों, रंगमंचीय कलाकारों से उनकी श्रेष्ठतम कृतियाँ आमन्त्रित की जाती हैं। पुरस्कृत साहित्यकारों, कलाकारों, चित्रकार तथा नृत्यांगना को अप्रैल माह में सम्मानित किया जाएगा। पाठकों, प्रकाशकों, साहित्यकारों, चित्रकारों तथा अन्य विधा से सम्बद्ध कलाकारों से अनुरोध है कि वे दि. 15 जनवरी..... तक अनुशंसाएँ भेज दें।....

नाम : मनीष झा संयोजक .............

पता : .......................

फ़ोन/मोबाइल/ईमेल..............।

प्रकाशित विज्ञापन की प्रति अचला और उनके पति के सामने खुली रखी थी। दोनों पति-पत्नी खामोश बैठे थे। मनीष सामने खड़ा था। दोनों हाथ बँधे हुए...। चेहरा झुका हुआ।

"मैंने सभी पुरस्कारों में संयोजक का नाम देखा है। पढ़ा है। इसीलिए दे दिया था।"

"अध्यक्ष और सचिव का नाम कहीं तो जाना चाहिए था।" उन्होंने आँखें तरेर कर कहा। काले रंग का चेहरा काले सूट पर और डार्क लग रहा था पंडित का चेहरा...। इन शब्दों को बोलते हुए उनका चेहरा बदसूरत और क्रूर दिखाई दे रहा था।

"संस्था के प्रमुख लोगों का नाम नहीं जाएगा तो तुम्हें कौन पूछेगा। तुम्हारी हैसियत क्या है? तुम्हारी पहचान क्या है? आखिर कोई भी क्यों जुड़ना चाहेगा?" वे मनीष को डपटते हुए बोले।

"एक काम करो... एक बार और विज्ञापन दे दो।" अचला ने बात सँभाली।

"दुबारा..."

''तो क्या हुआ...? तुम क्या चाहते हो हम पैसा भी खर्च करें और पता भी न चले।''

मनीष मारे अपमान के भीतर-ही-भीतर काँप रहा था। पिछले डेढ़ महीने से उसने न रात देखी थी न दिन। इतने लोगों से कैसे सम्पर्क किया... कैसे उन्हें कन्वेन्स किया, नियम बनाये... पत्र बनाये... और आज... जब नाम छप गया तो...

दुबारा विज्ञापन तैयार किया गया।

अचला और पंडित से सहमति लेकर।

इस विज्ञापन में अचला का नाम प्रमुखता से छपा था और मनीष का पत्र-व्यवहार के लिए।

अचला पंडित...! कौन है ये पंडित...! कौन-सी संस्था है यह आरोही...! खोजबीन की जाने लगी। फ़ोन लगाये जाने लगे। संस्था का नाम... पता... फ़ोन... ईमेल... सबको सर्च किया जाने लगा...। मनीष का मोबाइल घनघनाता रहता। अचला दिनभर मुस्कराकर जवाब देती रहती। मनीष का एक ही काम होता अचला मैडम की तारीफ करना...। संस्था की महानता के गुणगान करना। वह सारा अपमान भूलकर इन दिनों मुस्कराने में लगा था।

और इधर महिमा ने पढ़ा... देखा... एक बार नहीं दस बार। क्या ये वही अचला है... अचला पंडित... यानी मेरी भाभी। आर.के. पंडित यानी मेरे भाई। साहित्यकारों-कलाकारों और चित्रकारों की हँसी उड़ाने वाले भाई। हेय दृष्टि से देखने वाली भाभी। उन्हें क्यों ज़रूरत पड़ी यह सब करने की! क्यों! क्या मुझसे प्रतिस्पर्धा करने के लिए! मुझे नीचा दिखाने के लिए! नकल तो मेरी संस्था की ही की है... हाँ इतना पैसा... मेरे पास नहीं है जितना वे दे रही हैं... लेकिन भइया कैसे तैयार हो गये। इतना पैसा खर्च करेंगे! उन्हें तो विज्ञापन भी मिल जाएँगे इतने के! क्या अचला भाभी मंच पर आकर बोलेंगी? किताबों से हाथ न लगाने वाली अचला भाभी साहित्यकारों को सम्मानित करेंगी। कलाकारों को सम्मान देंगी। और साहित्यकार, क्या उन्हें अपने सम्मान का, अभिमान का ज़रा भी भान नहीं होगा? वे चले जाएँगे... उनके प्रोग्राम में! क्या ये सब तब भी चलें जाएँगे जब उन्हें पता चलेगा कि भइया शराब के ठेकेदारों के साथ बिजनेस करते हैं... या शराब माफ़िया के साथ उनका उठना-बैठना है... या भाभी के पिताजी ब्याज पर पैसा चलाते हैं...। उन पर पैसा वसूलने की बर्बरता के कारण कई लोगों को आत्महत्या करने के लिए विवश करने के केस चल रहे हैं।

महिमा को एक-एक घटना याद आने लगी। कैसे उसे तीस साल लग

गये इस मुकाम तक पहुँचने में। उसका कोई गॉड-फ़ादर नहीं था। वह किसी गुट में नहीं थी। किसी लेखक संघ की सदस्य नहीं थी। किसी से उसकी दोस्ती नहीं थी। वह शराब की पार्टियों में नहीं जाती थी। उसके पास पैसा नहीं था। कोई प्रभावशाली पद नहीं था। वह आकर्षित करनेवाली 'रूपसी' भी नहीं थी। धीरे-धीरे अपने बल पर आगे बढ़ती गयी। पत्रिकाओं में छपा देखा संस्थाओं का ध्यान उसकी तरफ गया होगा...। उसे बुलाया जाने लगा था कहानी पाठ के लिए। वक्तव्य देने के लिए। चित्रों की प्रदर्शनी के लिए! उसकी प्रतिभा, उसके लेखन, उसके चित्रकर्म और उसके वक्तृत्व कला ने सबको खूब अभिभूत किया होगा... तब कहीं जाकर वह... शहर के प्रमुख लेखक-समूहों से जुड़ पायी थी। जिन मंचों पर उसने बड़े-बड़े कथाकारों, साहित्यकारों और विद्वानों को बोलते हुए सुना था, देखा था... उन्हीं मंचों पर वह जब स्वयं को खड़ा पाती... तो रोमांचित हो उठती थी...। उन दिव्य प्रतिभाओं को सामने पाकर वह अभिभूत हो जाती थी... उसने पाया कि वे सब उसके आसपास हैं...। उन सबके बीच में वह है। अकेली... सहमी-सहमी सी खड़ी वह... कितना संकोच करती थी।

एक बार वह दौड़ी-दौड़ी एक लेखिका के पास गयी और बोली—"यहाँ का पान खाइएगा, बहुत अच्छा है।" लेखिका ने उसे आपादमस्तक देखा था...। वे किसी पुरुष लेखक से बात कर रही थी। धीमी किन्तु उपेक्षा भरी आवाज में बोली थी—"आप देख रही हैं न, मैं बात कर रही हूँ।" उसे काटो तो खून नहीं...। इतना घमंड... इतनी उपेक्षा... आँखों में उमड़ आये आँसुओं को उसने छुपाते हुए, 'ठीक है' कहते हुए वहाँ से हटना ही मुनासिब समझा था। वे लेखिकाएँ जो बाहर से आती थीं और जो अपनी कहानियों से, भाषणों से श्रोता-समाज को अभिभूत कर देती थी... अकेले में कितनी रूखी हो जाती थीं। उनके बीच जाना... यानी... तब से महिमा ने सोच लिया था कि वह होकर कभी भी किसी के पास नहीं जाएगी। लेकिन वह दुनिया भी सामान्य गुणों वाले लोगों की दुनिया थी, जिनमें लोभ-लालच था। 'बड़ों' के प्रति आसक्ति थी। इतने उपन्यास... इतने कहानी संग्रह... इतनी अन्य किताबें फिर भी वह कहाँ थी? कहाँ था उसका स्थान? कहाँ था उसका लेखन? उसके लेखन की चर्चा! और क्यों नहीं थी? क्यों! कोई क्यों नहीं उसका नाम लेता। क्यों उसके लिखे की चर्चा नहीं करता। अगर उसके लेखन में 'कुछ ख़ास' नहीं है तो पाठकों के पत्र क्यों आते हैं! क्यों वे लोग उसकी इतनी प्रशंसा करते हैं! महिमा को समझ में नहीं आता था कि साहित्य की इस राजनीति में वह स्वयं को कहाँ खड़ा करे। कभी उसको लगता कि फलाँ-फलाँ साहित्यकार अभिन्न मित्र

हैं... तो दूसरे दिन पता चलता कि उनमें भयानक मतभेद चल रहे हैं। वे एक-दूसरे की टाँग खींच रहे हैं। एक-दूसरे के ग्रुप के लेखकों को उठाने-गिराने में अपनी पूरी ताकत लगा रहे हैं...। इन तमाम बातों के बावजूद भी कुछ ऐसा अनोखा, अद्‌भुत और आकर्षक था, जो महिमा को इस दुनिया में खींचकर लाता था। उसके अवसाद को, उसके तनाव को... उसकी कमियों को दूर करता था। उसे ऊर्जा मिलती थी...। यद्यपि वह जानती थी कि उसका वजूद इन सबके बीच... नगण्य है। ख़ासकर अफसर या नेता की बीवियों के बीच। मुँह खोलकर प्रशंसा करते लोगों को देखकर वह खिन्न हो उठती थी। ...फिर वह देखती शाम होते ही... वे तमाम लोग... एक जगह जा बैठते। उनकी महफ़िलें सजतीं। उनके बीच हँसी-मज़ाक होते। उनके बीच साहित्य की चीर-फाड़ होती। उनके बीच रूप-सौन्दर्य को लेकर रसिक बातें होतीं...। बहसें होतीं...। उनका अच्छा-बुरा सब... पानी पर उतराती पत्तियों की तरह बाहर आ जाता। दिन में शालीन, सभ्य, सुन्दर, आभिजात्य दिखने वाले साहित्यकार, कलाकार, शराब की धार भीतर गिरते ही अलग दुनिया के प्राणी बन जाते। उनमें से कुछ तो सत्ता के पुजारी, चापलूस और कुत्ते की तरह दुम हिलाते नज़र आते... और कुछ... अपनी उपस्थिति से, अपनी बातों से, अपनी कला से इतना अभिभूत कर देते कि लगता अन्ततः कला और साहित्य सबसे उदात्त, सबसे महान और सबसे अलग क्यों होती है! इस अनूठी दुनिया की वह एक हिस्सा थी!

"क्या आप नहीं पीती?" एकाध कोई व्यक्ति झिझकते हुए पूछता!

"नहीं।"

"क्या आप शराब को बुरा मानती हैं?"

"नहीं।"

"तो पीने में क्या बुराई है?"

"न पीने में क्या बुराई है।" वह मुस्करा देती।

फिर वह देखती स्त्री-पुरुष का भेद बातचीत में दूर हो जाता। सब एक 'जीव' हो उठते। 'सृजनकर्त्ता' सृजनधर्मी, महान कृतियों के रचयिता! कलाकार! ऐसी ही महफ़िलों में तय किया जाता कि कौन-सा लेखक... क्या लिख रहा है, किसकी पुस्तक कितनी घटिया या कितनी महान है...? किन कलाकारों को प्रमोट करना है? किसको पुरस्कार दिलवाना है? किसने क्या कहा...? कौन... किस अफसर या मन्त्री के निकट है। कौन क्या फायदा उठा रहा है या कौन अकादमी के निदेशक के पद के लिए आन्तरिक रूप से जुगाड़ बैठा रहा है।

लेकिन इन सबमें महिमा कहीं नहीं थी। वह तो मात्र श्रोता या दर्शक थी। महिमा के लिए यह दुनिया... परायी होते हुए भी अपनी थी, पर उसके

अपने मूल्य थे। सिद्धान्त थे। कई बार उसे घोर निराशा होती कि वह क्यों लिख रही है? उसके लिखने का क्या मकसद है? क्या उसे लिखना छोड़ देना चाहिए? महिमा की दुनिया यहीं से शुरु होती थी और यहीं पर समाप्त। इसलिए लिखना उसकी ज़रूरत थी!

तभी एक हादसा हुआ। उसके पारिवारिक मित्र की दुर्घटना में मृत्यु हो गयी। वह सदमा ऐसा था जिसे महिमा महीनों तक अपने दिमो-दिमाग से नहीं निकाल पायी थी... उसके मित्र का एक ही सपना था, एक संस्था का बनाया जाना। अपने मित्रों का जन्मदिन मनाकर उस दिन कुछ कविताएँ या क़िस्से-कहानियाँ पढ़ी जाएँ। वे इस सबके लिए बड़ी कोशिशें करते थे। मित्र लोगों को आमन्त्रित करते। खूब खिलाते-पिलाते। खुद कविताएँ सुनाते। दूसरे की सुनते। घरेलू गोष्ठियों का यह रूप... उन्हें खूब भाता था...। उस टूटे-बिखरे सपने को साकार करना महिमा की जिम्मेदारी बन गयी थी। तब चार-पाँच लोगों ने मिलकर उस संस्था के बैनर तले कार्यक्रम करने शुरु कर दिए थे। फिर... यह सिलसिला चल पड़ा था...। धीरे... धीरे... कुछ पुरस्कार शुरु किये गये... और... महिमा की मेहनत... इतने वर्षों के परिश्रम का यह परिणाम निकला था कि उस संस्था ने देशभर में प्रतिष्ठा अर्जित कर ली थी...।

महिमा अपनी धुन में लगी रहती। लगातार काम। लगातार लिखना। लगातार छपना। उसने इस काम में कभी भी अपने परिवार को शामिल नहीं किया था। जब भी वे महिमा, उसके कार्यक्रमों के बारे में सुनते, देखते, नाराज़ हो उठते। उनके मुँह से हमेशा बुराई निकलती—"ये क्या दाँत निकालती रहती हो... तुम्हें क्या लगता है बहुत बड़ा काम कर रही हो। दो कौड़ी के तुम्हारे फालतू के साहित्यकार/चित्रकार...।"

और आज वही भइया... वही काम करने जा रहे हैं... महिमा को यकीन नहीं हो रहा था...। उसे समझ में नहीं आ रहा था कि वह भइया भाभी को बधाई दे या... उनके इस कदम पर कटाक्ष करे... सवाल करे या खुद पर गर्व करे कि अन्ततः वे उसी रास्ते पर चलकर आ रहे हैं जिस रास्ते पर चलते हुए उसे हज़ारों लानतें-नसीहतें मिलती थीं।

लेकिन मैं क्यों बात करूँ! क्यों पूछूँ! उन्होंने बाहर वालों से सलाह ली मुझसे नहीं! उन्होंने बाहरवालों को शामिल किया मुझे नहीं! उनकी संस्था में, उनके पुरस्कारों में मैं कहीं नहीं हूँ। जबकि वे जानते थे कि मुझे कितनी जानकारी है? मेरे कितने सम्पर्क-सूत्र हैं... उस घर से निर्वासित करते हुए जब उन्हें दुख नहीं हुआ तो अब क्या होगा...? वे वही करेंगे जो उनकी पत्नी चाहेगी और पत्नी वही करेगी जो उसको ठेस पहुँचाएगी...। महिमा का दिल भर आया...

बचपन की बातें... बचपन का वो सारा जीवन आँखों के सामने झरने लगा...

नहीं, मुझे नहीं रोना है। न उदास होना है... न मलाल करना है। हरेक के अपने रास्ते हैं...। अपनी सोच है। अपनी महत्त्वाकांक्षा है। पारिवारिक विरोध... पारिवारिक दूरियाँ... अब सार्वजनिक हो जाएँगी। होने दो। मुझे क्या? वे खेल खेल रहे हैं तो खेलें। मेरा अपना रास्ता अलग है। मेरी तरह क्या वे जाएँगे गाँव-देहातों में? मेरी तरह क्या वे जाएँगे अनाथों के बीच? अपंगों के बीच! बीमारों के बीच! मेरी तरह देंगे क्या वे गरीबों को मदद...? नहीं... नहीं... महिमा को लगा उसके आत्मसम्मान को चोट पहुँची है। उसको किसी ने चुनौती दी है? उसके वजूद को किसी ने ललकारा है... और तुम अपना ही अधिकार क्यों समझती हो? तुमसे अच्छा सोचने वाला, काम करनेवाला, क्या कोई और नहीं हो सकता?

कहो... कहो कि तुम ईर्ष्या से भर उठी हो?... कहो कि तुम... नहीं चाहती कि तुम्हारी भाभी तुम्हारी तरह मंच पर बैठे! बोले! तुम और उनमें फ़र्क कितना है? इतना... न कि... तुम लिखती हो, छपती हो, बोलती हो... वह यह सब नहीं करती है... पर इससे आगे का काम वह तुम्हारे मुकाबले बड़े स्तर पर कर रही है। यही काँटा है ना... जो तुम्हारे हृदय में गढ़ रहा है... तुम्हारे हृदय में टूटकर वहाँ मवाद पैदा कर रहा है... अपनी अवहेलना की खराश तुम्हें सहन नहीं हो रही है... महिमा... महिमा... अब... नाम होगा अचला... अचला... अचला पंडित। और अचला पंडित के पास है पैसा... अकूत पैसा... जितने का उनका एक पुरस्कार है उतने के तुम्हारे सारे पुरस्कार। तुम्हें हर कदम पर पैसे का हिसाब-किताब रखकर चलना पड़ता है। हर काम सलीके से होना चाहिए। हर बात में गम्भीरता, नफ़ासत और नज़ाकत होना चाहिए... तुम.. रेत में सुई ढूँढ़ते हुए काम करती हो, रात भर महिमा सो न सकी। मन बेचैन था। लग रहा था किसी ने उसको ललकारा है... कोई कुटिलता से मुस्करा रहा था।

और इधर पुरस्कारों की घोषणा के लिए प्रेस विज्ञप्ति बनायी जा रही थी। जो पुरस्कार के लिए चुने जा रहे थे, उनकी सहमति लेकर पत्र लिखे जा रहे थे। हॉल की बुकिंग से लेकर कार्ड और स्मारिका छपवाने के काम में मनीष व्यस्त था। शहर के नामी-गिरामी लोगों की सूची बनायी जा रही थी। डिनर... शराब की पार्टी, लंच, ठहराने के लिए शहर का पाँच सितारा होटल आने-जाने के लिए लग्ज़री गाड़ियाँ... प्रेस कान्फ्रेन्स के लिए पत्रकारों तथा मीडिया के लोगों को आमन्त्रण देने की भाग-दौड़...। प्रोग्राम की कवरेज कितने शानदार ढंग से हो इसके लिए सलाह-मशविरा... और सबसे महत्त्वपूर्ण बात... स्वागत भाषण... वो भी संस्था की सचिव द्वारा। पुरस्कृत साहित्यकारों और कलाकारों

के साथ मंच पर केवल सचिव और अध्यक्ष बैठेंगे...। संयोजक... संयोजक... तो निगरानी रखेगा! संचालन! संचालन... कोई प्रोफ़ेशनल व्यक्ति करेगा! मनीष का चेहरा उतर गया। बार-बार दिया जाने वाला झटका उसे करेंट की तरह लगता था। उसने इन पुरस्कारों को लेकर, इस संस्था को लेकर जो परिकल्पना की थी, उसे लिखकर तैयार किया था। महीनों से पीछे काम करनेवाला संयोजक... यानी मनीष... आज कहाँ खड़ा होगा... पीछे... बगल में... सबके आगे-पीछे।

सारी तैयारियाँ हो चुकी थीं। पुरस्कारों की घोषणा के बाद वह पहली प्रेस-कान्फ्रेन्स थी, जो रखी गयी थी। होटल का एक हॉल लिया गया था। पत्रकारों के लिए सनेक्स के बाद लंच का प्रबन्ध किया गया था। गिफ्ट के तौर पर बेशकीमती फाइल कवर, पेन और डायरी दी गयी थी। तीन कुर्सियाँ डली थीं सामने। एक कुर्सी सचिव अचला पंडित के लिए। दूसरी अध्यक्ष आर.के. पंडित के लिए और तीसरी संयोजक मनीष झा के लिए!

"क्या बोलना है... बताओ...?" अचला ने दबे स्वर में कहा।

"अपनी संस्था के बारे में... और इनके जो सवाल होंगे उनका जवाब...।"

"तुम जाकर मेहमानों को देखो।" पंडित ने रूखे स्वर में कहा।

"रहने दो... ज़रूरत पड़ेगी।" अचला ने मनीष को वहीं बैठा लिया...।

मैडम, सामने देखिए... इधर... हाँ अब बोलिये। धीमे-धीमे बोलिये... हाँ... मैडम... अब ठीक है खटाखट... फ़ोटो खींचे जा रहे थे... कम-से-कम चालीस-पचास कैमरे और चैनल वाले होंगे...। अर्चना को जीवन में कभी भी इतना रोमांच, इतनी खुशी और इतना आनन्द नहीं मिला होगा जितना... इन पलों में मिला था...। एक साथ इतनी फ़ोटो... कल के अख़बारों में वही छायी होगी...।

"क्या बात है मैडम, आप तो छा गयीं। इतना बढ़िया बोला... वाह क्या बात है...।" पंडित अचला की तारीफ किये जा रहे थे। और अचला का चेहरा, आँखें इस खुशी से दमक रही थीं। यह सफलता की खुशी थी या किसी को झकझोरने, नीचा दिखाने की कवायद...। प्रेस-कान्फ्रेन्स के बाद अचला का आत्मविश्वास बढ़ गया था। उन्होंने अगले दिन दोपहर को मनीष को बुलाया।

"डायरी सामने रखिये।"

"क्यों क्या हो गया!"

"एक-एक काम के बारे में बताइए। कहाँ पर किसकी ड्यूटी लगायी गयी है। सबको लेने की जिम्मेदारी किसकी है... होटल में कोई परेशानी न हो। समझे..."

"जी...।" मनीष को लगा जिस सहज ढंग से वह अचला से पहले बात किया करता था... वो सहजता अब आदेश में बदल गयी है। अचला उसकी बॉस बन गयी थी!

"कार्ड बँट गये... कोई छूटा तो नहीं।"

"नहीं।"

"और लोगों की क्या राय है?"

"सब लोग तारीफ कर रहे हैं।"

"ड्राफ्ट... शॉल, श्रीफल और स्मृतिचिह्न कौन लेकर जाएगा... यह एक दिन पहले तय करके मुझे बता देना। स्टेज के पीछे चार लोग होना चाहिए।"

"जीई...।"

"और मेरा स्वागत भाषण...।"

"आपने कुछ तो सोचा होगा।"

"सोचा तो बहुत कुछ है पर उसे लिखना... कोई अच्छे से लिखने वाला हो तो बताओ...।" अचला की मुस्कराहट फैलती जा रही थी...। मनीष को लगा कि वह मुस्कराहट नहीं है बल्कि... छाया है... छाया है... छाया... जादूभरी छाया जो सबको अपने जादू में क़ैद कर लेती है।

"मैं सोचकर बताता हूँ।"

"सोचकर क्या बताता हूँ... तुम्हीं लिखकर दे दो... तुमसे बेहतर कौन लिख सकता है... कौन बता सकता है इस संस्था के बारे में...। "

"जीई...।" मनीष को इतना तेज़ गुस्सा आया कि लगा स्वयं के गाल पर ज़ोर से तमाचे मार ले और देख सपने...। और दौड़ लोगों के पास। और सोच अपने बारे में! पूरे देश में नाम चाहता था! शोहरत चाहता था! सम्मान चाहता था...! मिला? क्या मिला? पहले तू स्वतन्त्र था... अब तू पीछे चलनेवाला कुत्ता बनकर रह गया है। ये सब जब चाहेंगे तब तुम्हें निकाल देंगे...। नहीं... नहीं... ऐसा कुछ भी नहीं होगा...। मनीष ने अपने लिखे काग़ज़ों को छुपा लिया... मैं अपना लिखा तो हरगिज नहीं दूँगा। एक काम करके तो देखें तब पता चलेगा।

सम्मान-समारोह का एक दिन शेष बचा था। कल सुबह से मेहमान आने शुरु हो जाएँगे। सबसे मिलना-जुलना। लंच पर बुलाना। शाम को घुमाना...। अचला ने अपनी साड़ियों और ज्वैलरी का सेट जमाया। फाइल तैयार की। फाइल में सब कुछ था... सिवाय स्वागत भाषण के।

"मनीष, कहाँ हो, भाषण तैयार हो गया?"

"दे जाऊँगा।"

"अभी देकर जाओ। कल से हम लोग बिजी हो जाएँगे।"

"जीइ...।" मनीष अब तक दस बार लिखकर स्वागत भाषण के पेज फाड़ चुका था। कुछ लाईनें जमतीं तो कुछ बिगड़ जातीं...। करे तो क्या करे... उसकी समझ में नहीं आ रहा था...। वह ज़िद्दी महिला है, जब तक स्वागत भाषण नहीं पहुँचेगा चैन नहीं लेने देगी...।

"आप मेहमानों के स्वागत में बोल दीजिए बाकी संस्था और पुरस्कारों के बारे में मैं बोल दूँगा।"

"नहीं..., नहीं इतना वक्त नहीं है कि दस-दस लोग माइक पर जाएँ... आखिर मुख्यमन्त्री आ रहे हैं।" पंडित ने आदेश दिया।

"जीई... ठीक है।" कहकर मनीष ने अपना लिखा भाषण उन्हें थमा दिया। मनीष महसूस कर रहा था कि वह हर बात में पराजित योद्धा की तरह हथियार डालता जा रहा है...। आखिर उसे किस बात का लालच है? क्या प्रकाशक... पत्रिका के सम्पादक... पुरस्कार देनेवाली संस्थाएँ... उसे इसलिए छापेंगी, पुरस्कृत करेंगी कि वह भी उन्हें या उनके लेखकों को पुरस्कार दिलवा देगा...? नहीं... नहीं... ऐसा मेरे मन में कुछ भी नहीं है... तो फिर क्या है...? कौन-सा प्रलोभन है, कौन-सी दबी हुई मनोकामना है?

जैसे-जैसे प्रोग्राम की घड़ियाँ नज़दीक आती जा रही थीं, मनीष की खुशी कम होती जा रही थी। सुबह तीन मेहमान आ चुके थे। दोपहर का खाना अचला ने अपने बँगले पर रखा था। कुछ और स्थानीय लोग थे...। मिलना-जुलना... बातचीत... और अन्त में उनका यह कहना कि... अगर गाड़ी की व्यवस्था हो तो हम लोग यहाँ के साहित्यकारों से मिल आते हैं। अचला को हलका-सा झटका लगा। कौन-से साहित्यकारों से। क्या महिमा से!

"ठीक है, जाने दो।" अचला ने अपनी उत्सुकता जाहिर न होने दी।

"शाम को समय पर पहुँच जाएगा। मनीष ध्यान रखना।"

"जीई...।"

वो शाम! डूबती शाम। बाहर अँधेरा था पर भीतर उजेला। गाड़ियाँ आती जा रही थीं। लोग आ रहे थे... अचला और उनके पति गेट पर खड़े थे। हाथ जोड़कर नमस्कार करते हुए। शहर के जाने-माने साहित्यकार अब भी नदारद थे... यानी उसका इन्तज़ार था...। हॉल खचाखच भर गया था...। संचालक सबको बैठने का आग्रह कर रहा था। हर व्यक्ति अपने काम को लेकर मुस्तैद था। कहीं कोई चूक न हो जाए...।

...और तभी... जब महिमा ने गेट के भीतर प्रवेश किया... तभी बाहर चाय पीते कुछ साहित्यकारों/कलाकारों और... दूसरे लोगों का ध्यान महिमा की

ओर गया। उनमें से सात-आठ लोग महिमा को घेरकर खड़े हो गये... किसी ने उसको गले से लगाया तो कोई उससे हाथ मिला रहा था... कोई हालचाल पूछ रहा था... समय... जैसे अपनी जगह थम गया था...।

अचला ने इशारा किया... 'आ गयी...।'

''आप लोग अन्दर चलिये...।'' मनीष ने उन सबसे आग्रह किया।

सारा हुजूम गेट के भीतर चला गया। महिमा पीछे की कुर्सी पर जा बैठी।

चारों तरफ निगाहें दौड़ाई...।

तालियाँ... तालियाँ... लगातार बजती तालियों के बीच प्रदेश के मुख्यमन्त्री पधार रहे थे। कार्यक्रम का आरम्भ बाहर दीप जलाकर होना था... अचला सामने थी। साथ थी। पंडित बगल में थे। मनीष पीछे था।

हॉल तालियों की गड़गड़ाहट से गूँज उठा...।

संचालन करनेवाला व्यक्ति एक-एक शब्द यूँ बोल रहा था गोया मोती चुन रहा हो...। फिर वो घड़ी आ पहुँची जब संचालक ने उद्घोषणा की कि स्वागत वक्तव्य के लिए आ रही हैं... संस्था की सचिव श्रीमती अचला पंडित...। संचालक ने देखा... हॉल खामोश है...! हॉल में बैठी जनता को, श्रोता—समाज को इतनी तमीज नहीं है कि तालियाँ बजाए... संचालक ने फिर कहा- ''इस संस्था की परिकल्पना को साकार करनेवाली श्रीमती अचला पंडित का ज़ोरदार तालियों से स्वागत कीजिए...।''

ज़ोरदार तालियाँ बजीं। बजती रहीं। हॉल ने स्वागत किया एक खूबसूरत महिला का 'सचिव' का।

अचला पंडित ने जीवन में कभी-भी माइक पर कोई भाषण नहीं दिया था। कोई उद्घोषणा तक नहीं की थी। पहली बार इतने बड़े मंच पर इतने बड़े अतिथियों के सामने सीधे आकर खड़ी हो गयी थी। अचला ने पढ़ने वाला चश्मा लगाया। गला साफ किया... और पढ़ने लगी... जो हर पल जूझता रहा था... तैयारी करता रहा था... इस व्यक्ति को यानी मनीष को परदे के पीछे कर दिया गया था। सो सीधे... जो लिखा था वह अटकते... घबराते हुए जल्द-जल्द पढ़ दिया। भाषा का ज्ञान अल्प था... व्याकरण का तो बिलकुल ही नहीं... सो एक अल्पबुद्धि सचिव... द्वारा एक प्रभावहीन भाषण की प्रस्तुति हुई...। श्रोता यहाँ सबको सुनते थे उच्चकोटि के ज्ञानियों को, चिन्तकों को, विशेषज्ञों को, साहित्यकारों को, आलोचकों को... और बेवक़ूफ़ वक्ताओं को भी... सो उन पर ज़्यादा प्रभाव नहीं पड़ा... बस वे सामने बैठी हस्तियों को देख रहे थे। एक के बाद एक साहित्यकारों/कलाकारों और अन्य विधा के कलाकारों को सम्मानित किया जाने लगा... उनका प्रशस्ति-वाचन किया जा रहा था... अचला

पंडित लिफ़ाफ़ा थमा रही थी... पंडित माननीय मुख्यमन्त्री को शॉल और श्रीफल थमाते जा रहे थे...। कुछ ही समय में यह प्रक्रिया पूरी हुई... और मुख्यमन्त्री का उद्‌बोधन हुआ... फिर सम्मानित होने वाले साहित्यकारों का। एक वरिष्ठ साहित्यकार ने सभा को सम्बोधित किया—इस प्रदेश के माननीय मुख्यमन्त्री जी... संस्था के अध्यक्ष श्री आर.के. पंडित... सचिव श्रीमती अचला पंडित... संयोजक श्री मनीष झा... और सभागार में बैठी... देश की प्रतिष्ठित कथाकार सुश्री महिमा गौतम जी... तथा...

अचला पंडित की सारी खुशी... सारा उत्साह... मानो एक क्षण में काफ़ूर हो गया... उसका नाम इस तरह सुनकर...। मन-ही-मन एक गाली साहित्यकार को दी... बुलाया हमने, सम्मानित कर रहे हैं हम... पैसा दे रहे हैं हम... और नाम... नाम... उसका लिया जा रहा है...। फिर एक अन्य कथाकार ने जिन्हें इक्यावन हज़ार का पुरस्कार मिला था, उन्होंने अपने सम्बोधन में कहा—"माननीय... आदरणीय... और जिनकी कहानियों को पढ़कर मैं बड़ा हुआ, मुझे लिखने की प्रेरणा मिली... इस शहर की ही नहीं देश की सम्मानित लेखिका आदरणीया... महिमा जी... और बाद के सम्मानित वक्ताओं ने शहर में रहने वाले अपने प्रिय कथाकार... चित्रकार... कवि... आलोचक... नृत्यांगना या नाटककार का नाम लिया तो... पर महिमा का नाम... कई बार लिया गया।

बहुत शुरु के दिनों में महिमा को मलाल रहता था कि... उसका नाम कोई मंच से क्यों नहीं लेता... क्या उसका लिखना व्यर्थ है... आज उसे एहसास हुआ कि... उसका लिखना व्यर्थ नहीं था... बल्कि... सार्थक था। वह सभी को बधाई देने के लिए रुकना चाहती थी। कार्यक्रम की समाप्ति के बाद बधाई देनेवालों की भीड़ लग गयी... सब एक-दूसरे को गले लगा रहे थे... बधाई दे रहे थे... भीड़ बाहर निकलती जा रही थी... अचला इस भीड़ में कहीं नहीं थी... वह मंच के सामने खाली पड़ी कुर्सियों के सामने खड़ी थी... मनीष सामान समेट रहा था... थोड़ी देर में ही... हॉल के प्रबन्धक आ गये... लाइट बन्द की जाने लगी...। अचला भारी कदमों से बाहर निकली... सबको डिनर पर लेकर जाना था। वहाँ बढ़िया व्यवस्था की गयी थी...। बाहर रोशनी की पीली चादर बिछी थी। आसमान में तारे टिमटिमा रहे थे... हवा ख़ामोश थी... उस ख़ामोशी के आलम में सम्मानित सृजनधर्मी... शहर के कुछ साहित्यकारों और कलाकारों के बीच खड़े ठहाके लगा रहे थे और कुछ महिलाएँ कहना चाहिए... कलाकार महिमा का हाथ पकड़े उससे साथ में चलने का आग्रह कर रहे थे... पर महिमा उन सबसे कैसे कहती कि सम्मानित साहित्यकारों और कलाकारों के सम्मान में आयोजित इस रात्रिकालीन भोज में वह आमन्त्रित नहीं है...।

अचला पंडित ने मनीष की तरफ देखा... वह बुझा-बुझा-सा खड़ा था... वह जो कुछ कहना चाहता था न कह सका... और अचला को लगा... उनके भीतर गहरी उदासीनता भर गयी है... मनीष और अचला... ख़ामोश थे... एक-दूसरे से नज़रें चुराते हुए से दोनों एक-दूसरे को बधाई दे सकते थे। प्रशंसा कर सकते थे, पर नहीं दे सके बधाई, नहीं कर सके प्रशंसा। वे दोनों उन सबके पीछे चल रहे थे। अचला को उसकी पीठ दिखाई दे रही थी... उस पीठ पर... देश के सबसे सम्मानित और प्रतिष्ठित साहित्यकार का हाथ रखा था...

"क्या आपने महिमा जी को कहा है भोजन के लिए..."

"नहीं, न कहा है और न कहना है।" अचला ने तल्ख आवाज में कहा।

बाहर पंडित खड़े थे। मनीष को क्रोधभरी निगाहों से देखते हुए। पास बुलाकर बोले—"बेवकूफ़... तुमने लिखा था अचला का भाषण...। सम्बोधन तक नहीं लिखा था... ऐसे लिखा जाता है... किसलिए रखा है तुम्हें...बोलो। इतना पैसा इसलिए खर्च किया था कि..." मनीष ने चारों तरफ देखा... पंडित द्वारा की जा रही उसकी बेइज्जती को कोई देख तो नहीं रहा है।

"सुबह मिलो मुझसे।"

"जीई ई...।" मनीष को समझ में नहीं आ रहा था कि दोनों नाराज़ क्यों हैं?

मनीष ने डायरी में रखा खुद का लिखा, खुद के लिए लिखा पन्ना जिसमें साहित्य और कलाओं, साहित्यकारों और कलाकारों के लिए लिखा था... फाड़कर अपनी जेब में रख लिया। बस एक वही टुकड़ा उसके हाथ में रह गया, जिसमें नीचे लिखा था—मनीष झा संयोजक। उसने पर्ची का टुकड़ा हथेली में दबाया और तब तक रगड़ता रहा जब तक कि वह पर्ची पूरी तरह से मुड़-तुड़कर गोली नहीं बन गयी।

# तिकड़ी

कालचक्र के किसी कालखंड में पृथ्वी पर स्थित किसी देश के, किसी प्रदेश के, किसी जिले के, किसी तहसील के, किसी गाँव के, किसी मुहल्ले में दो परिवार रहते थे। एक परिवार था पटेल साहब का और दूसरा परिवार था पंचायत अध्यक्ष पंडित रमाकान्त तिवारी का। दोनों परिवारों का डेढ़ सौ परिवारवाले गाँव में अच्छा-ख़ासा रुतबा था। मान-सम्मान था। पटेल साहेब का प्रभाव पंडित तिवारी की अपेक्षा ज़्यादा था, क्योंकि उनके पास पुश्तैनी ज़मीनें थीं, हवेली थी। साहूकारी का पूरे क्षेत्र में जाल बिछा था। छोटे-मोटे गरीब-गुरबा, बेबसी के मारे, भूखे-नंगे लोगों का बचा-खुचा सोना-चाँदी और गिलट—जो जेवरों (गहनों) के रूप में होते—गिरवी रखे जाते थे और जिनका ब्याज मूल से ज़्यादा हो जाता था, जो उनकी हाय के रूप में इनकी पेटियों में भरे होते। लेन-देन के कारण उनकी साख बनी हुई थी। अजीब खेल था बल्कि मनोविज्ञान था कि देनेवाले का 'देना' तो सबको दीखता था पर लौटाने वाले की बात किसी के सामने न आती... यानी सामाजिक रूप से वह कर्ज़दार होता... जिसकी गर्दन झुकी होती... जिसकी आँखों में दयनीयता होती।

पंडित तिवारी के पास पूर्वजों से प्राप्त मन्दिर, मन्दिर की ज़मीन, ज़मीन से पैदा होने वाली पैदावार, ज्ञानी-ध्यानी होने का गौरव, पूजा-पाठ, धर्म-कर्म, यज्ञ-अनुष्ठान करवाने की विरासत गाँव में सर्वस्वीकृत थी। इसके अलावा पुरखों द्वारा बनवाया गया तालाब उसके आसपास की ज़मीन भी थी। कहा जाता है कि उनके परदादा राजपुरोहित हुआ करते थे। महाराजा हाथी पर बैठाकर उन्हें बुलाया करते थे। यह भी कहा जाता है कि पूर्वजों ने बड़ी-बड़ी पोथियाँ लिखी थीं—यानी सम्मान और गौरव उनके रक्त में बहता था और चेहरे पर झलकता तेज़—उनको देवत्व के करीब ले जाता था। अपने विनम्र और उदार व्यवहार के कारण तिवारी जी ब्राह्मण देवता की तरह पूजे जाते थे। गाँव में जाति-व्यवस्था के आधार पर लोगों का 'स्टेटस' बना हुआ था। दोनों का व्यक्तित्व और आपसी

मेल गाँव की शक्ति और शान माना जाता था। दस-बीस कोस तक बसे गाँवों में उनकी महिमा बखानी जाती थी। यही कारण है कि रामलीला हो या नौटंकी, भजन-कीर्तन हो या हवन-पूजन, अखंड भागवत कथा हो या आल्हा-गान हो या सामूहिक तीर्थयात्रा का आयोजन हो या ब्राह्मणों, साधु-सन्तों, पीर बाबाओं को दान-दक्षिणा देने की बात दोनों परिवार मिलकर सारी जिम्मेदारी उठाते थे। फिर पूरा गाँव उनके साथ था या कहिए एक आवाज देने पर उनके साथ हो लेता था। तिवारी जी पटेल साहेब को 'दद्दा' कहते थे और पटेल साहेब तिवारी जी को 'महाराज'।

ऐसे ही सुखमय समय में जब बाढ़... अकाल... सूखा... जैसी प्राकृतिक आपदाओं से यह गाँव महफूज था। हैजा... महामारी... या ऐसी ही जानलेवा बीमारियाँ... इस गाँव को छू नहीं पाती थीं... ईश्वर की कृपा से सुख-समृद्धि की वर्षा हो रही थी... दोनों परिवारों में छः-सात माह के अन्तराल में दो कन्याओं का जन्म हुआ। इसे महज संयोग ही माना जाएगा। नाम भी क्या रखे गये, जिनमें दोनों के बीच रागात्मकता दिखाई देती थी—छुनिया और मुनिया। प्यार के नाम। घर के नाम। बोलचाल के नाम। पटेल साहेब ने तिवारी के घर जाकर बधाई देते हुए कहा—"महाराज! हमारे घरों में देवियाँ आयी हैं। भाग्य उनका बलवान है और... रूप-रंग भी खानदान पर गया है।" "हाँ दद्दा, दोनों परिवारों में लक्ष्मी अवतरित हुई हैं। क्यों न एक दिन कथा बचवा ली जाए।

चूँकि दोनों परिवारों में गाढ़ी और गहरी आत्मीयता थी। रोज़ का उठना-बैठना था। हुक्के-पानी का साझापन था, इसलिए दोनों परिवार की बेटियाँ भी उसी आत्मीयता और प्रेम के बीच उम्र की एक-एक सीढ़ी चढ़ती जा रही थीं। अपने-अपने परिवार की परम्पराओं का पालन करते हुए वे दोनों भी पक्की गुईंया (सहेलियाँ) बन गयीं। उनका निष्कलुष, निर्दोष भोलाभाला बचपन गाँव की गली-गलियारों में, हरे-भरे खेत-खलिहानों में, मन्दिर के अँधेरे-उजले कोनों में, बाग-बगीचों में उछलते-कूदते, पेड़ों पर चढ़ते-उतरते, ताल-तलैयों में तैरते-तारते, पलाश के घने जंगल में छुपते-छुपाते, घरों और बरामदों में छुपा-छुपी का खेल खेलते-खेलाते, नीम-पीपल के पेड़ों पर डले झूलों पर झूलते-झुलाते, पैग मारते हुए उल्लास और रोमांच से चीखते-चिल्लाते, तालाब में पायजामा फुलाकर... कमर के नीचे फँसाकर या टायर पकड़कर तैरते-तारते, गीली मिट्टी के खिलौने बनाते-बिगाड़ते... बारिश की फुहारों में भीगते-भागते, बुलबुलों के पीछे दौड़ते-दाड़ते... गाँव जब बारिश के पानी से पूरी तरह तर हो जाता, ऐसे में खेतों की मिट्टी में धँसते-धसाते अमिया (आम) या बेर या कैथा या इमली या अमरूद या अनार छीनकर, चुराकर... तोड़कर फ्रॉक में छुपाकर खाते-खिलाते,

साथी लड़के-लड़कियों को बात-बात में छकाते-परेशान करते हुए... हँसी-ठिठोली करते हुए बीता था। हाँ, एक ध्यान देने योग्य बात यह थी कि छुनिया-मुनिया को उनके बचपन की हरकतों का, अनुभवों का, भविष्य में बड़ा लाभ मिलने वाला था। सम्भावित घटनाएँ... जो घटित हो सकती थीं... जैसे उनका शरारा फुलाकर बाँधकर तैरना सीखना स्विमिंग में काम आनेवाला था... और झूला झूलते हुए पेड़ की ऊँची से ऊँची डगाल की पत्तियों को दाँतों से तोड़कर लाना हवाई जहाज के टेक-ऑफ़ और लैंडिंग करते समय घबराहट से बचा लेने के काम आनेवाला था। जब भी वे दोनों ऐसे स्थानों पर जाएँगी, उन्हें बचपन के वे साहसी कदम... रोमांचक घटनाएँ... दृश्य... बातें... आत्मविश्वास से भरने वाली थीं...

छुनिया जहाँ गोरी-चिट्टी, तीखे नाक-नक्श वाली, इकहरे बदन की आकर्षक लड़की थी। उसे देखकर रीतिकालीन काव्य में वर्णित नायिकाओं की याद हो आती। छुनिया को अपनी इस अछूती, दहकती सुन्दरता का खामियाजा इस रूप में भुगतना पड़ा कि गाँव में युवा, मनचले, रूपलोभी प्रौढ़ और रूपपिपासु बूढ़े उसके आगे-पीछे घूमने लगे थे। उसे गाहे-बगाहे छूने, सहलाने, चिपकाने की कोशिश में लगे रहते...। आज जिन यौन शोषण की घटनाओं पर बहसें छिड़ जाती हैं, पकड़ा-पकड़ी हो जाती है... ऐसी बातें छुनिया के साथ पचासों बार खामोशी के साथ घटित हुई थीं। एक घटना वह कभी नहीं भुला पाती है... जब आइस-पाइस खेलते हुए पटेल साहेब के रिश्तेदार ने उसे अँधेरे में ज़ोर से चिपकाकर उसकी छातियों को इतनी ज़ोर से मसल दिया था कि वह दर्द के कारण रातभर सो नहीं पायी थी... और एक बार एक आदमी ने उसकी फ्रॉक में रखे अमरूद उठाने के बहाने उसकी जाँघों के बीच अपनी कठोर उँगलियाँ गोल-गोल घुमा दी थीं... और वो शाम जब एक लड़के ने पतंग लूटने के बहाने उसको खँडहर में बुलाकर पकड़ लिया था। छुनिया समझ गयी थी कि लड़के-लड़की के बीच ये खेल इसी तरह चलते रहेंगे... इसलिए उसने भी उन सबको सबक सिखाने की तरकीबें सोच ली थीं... बाद में सबक सिखाने के वे तरीके उसे भी मज़ा देने लगे थे...। उसे लगने लगा था कि वह कितनी 'ख़ास' है... कितनी सुन्दर कि सब उसके पीछे कुत्ते की तरह लार टपकाते हुए भागते रहते हैं। बाद में वे कच्चे-पक्के अनुभव उसके जीवन में बड़े काम आनेवाले थे... वह पुरुषों को सम्मान के साथ नहीं बल्कि बराबर के स्तर पर... बल्कि ज़्यादातर को अपने इशारों पर नचाने वाली थी। उसके मन में उनके लिए 'सफेद कुत्ते', 'काले कुत्ते' सम्बोधन स्थायी रूप से... ज़बान पर बैठने वाले थे।

जबकि मुनिया मध्यम कद की साँवले रंग की हलका-सा लचीलापन लिए नाक-नक्शे वाली लड़की थी। मुनिया समय के पहले ही जवान हो गयी थी। यौवन ने उसकी देह को बेवक्त ही आकर्षण का केन्द्र बना दिया था। मुनिया अब सोचती है तो उसे पत्थर की तराशी... खजुराहो की मूर्तियाँ अपना ही प्रतिरूप लगती थीं। उसकी छातियों, गर्दन और कन्धों में गजब का आकर्षण था। जब दोनों किशोरावस्था में कदम रख रही थीं और दोनों की माँओं को उनके 'पाँच लाल' दिनों के बारे में जब पता चला तो चौकस और चिन्तित हो गयीं। उन दोनों को क्या पता था कि जाँघों को रंगने वाला वह रक्त उनकी स्वतन्त्रता, अल्हड़ता और उड़ान को क़ैद कर देगा...। हलका-हलका चिनचिनाता वह रक्तस्राव... उनके मन को भी चिनचिना रहा था। छुनिया-मुनिया ने इस बन्धन को, इस पहरेदारी को, इस बदलाव को शिद्दत के साथ महसूस किया। बगावत के बीज उनके चपल-चंचल मन में प्रस्फुटित होने लगे। परिवार की चौकस निगाहों और टोका-टाकी के बीच भी उन दोनों के भीतर अपने समवयस्क लड़कों के प्रति अजीब-सा मीठा-मीठा खिंचाव तेज़ी के साथ बढ़ता जा रहा था। वे तमाम लड़के जो बेवक़ूफ़, आवारा और कुत्ते नज़र आते थे, अब राजकुमार बनकर न सिर्फ सपनों में बल्कि देह में उठती-गिरती लहरों में भी प्रवेश कर गये थे। इस नयी बेचैन कर देनेवाली अनुभूति के बारे में वे दोनों पेड़ों की घनी छाँव में बैठकर या ज्वार-बाजरे के खेत में घूमते हुए बातें करतीं...। वे गर्मी के दिन हुआ करते थे। तेज़ चलती गरम हवाएँ। उमस। आसमान से लेकर धरती तक को धधका देनेवाली धूप, ढलती शाम में, धूल भरे आसमान में दूर पक्षियों की तरह दिखाई देती पतंगों को उड़ाते, अल्हड़बाजी करते लड़कों की गतिविधियों को वे दोनों हसरत भरी निग़ाहों से देखतीं और देर रात तक उनके बारे में बातें करती। उनकी बातें, उनकी फुसफुसाहटें, उनकी खिलखिलाहटें सबको चौंका देती थीं।

''कर लो जितनी बातें करनी हों। शादी के बाद कौन कहाँ मिलने वाला। एक-दूसरे की सूरत देखने को तरस जाओगी।''

शादी उनके लिए रोमांचक घटना थी—मगर ससुराल नामक स्थान डरावना, रहस्यमय और चिन्ता में डालने वाला था। छुनिया-मुनिया तब भी अपने वर्तमान में जी रही थीं। उनके तथाकथित प्रेमी जब परिवारवाले खेत-खलिहान पर चले जाते और औरतें घरेलू कामों में व्यस्त हो जातीं, तब वे भौंरों की तरह मँडराते हुए सांकेतिक भाषा में मिलने का स्थान बताकर मिलने की प्रतीक्षा करते। वे दोनों भी लोटा लेकर दिशा मैदान के बहाने निकल जातीं—यह एक ऐसी अनिवार्य दैनिक क्रिया थी जिसके लिए कोई मना नहीं कर सकता था—मुँह

अँधेरे तक वे अलग-अलग दिशाओं से अपने-अपने मार्गों से लौट आतीं और प्रेमी दूसरे मार्गों पर अदृश्य हो जाते...। उनकी काँपती... सिहरती देह, डरा हुआ मन...और मिलने की पुनः अभीप्सा... हर पल बढ़ती जाती। पवित्रता-अपवित्रता... उनके लिए मायने नहीं रखती थी... नैतिकता-अनैतिकता से वे शून्य थीं। उनका मन...जो माँग रहा था, उसको वे पाकर प्रसन्न थीं। पर निर्द्वन्द्व चलती इस प्रेमलीला को कोई देख रहा था... पीछा कर रहा था। कौन? क्या आसमान में टिमटिमाते तारे, हवा में झूमते वृक्ष या सुनसान खेत या वृक्षों पर बैठे परिन्दे या देर से लौटते पथिक नहीं... वे नहीं। फिर कौन...? वह थी लच्छो।

लच्छो स्कूल जाती थी। पर हमउम्र बच्चों के बीच न तो कोई औकात थी, न ही पहचान थी...। मास्टरजी भी उसको तवज्जो न देकर तथाकथित उच्चकुलों की लड़कियों की चापलूसी करते। लेकिन अब लच्छो के पास अपनी उपेक्षा और अपमान का बदला लेने का स्वर्णिम अवसर था। उसकी आँखों में बिल्ली की आँखें दीखती थीं। मौके की तलाश में थी वह। लच्छो खुश थी और... एक दिन जब छुनिया-मुनिया घर में नहीं थीं... प्रेमालाप में लीन थीं... उनकी माताएँ... पानी भरने के लिए आयी थीं... बाकी औरतें घरों को लौट गयी थीं, आसपास सन्नाटा था, शाम की बेला थी... सूरज डूबने को था... परछाइयाँ लम्बी होती जा रही थीं, तब ठिगनी कद की लच्छो अन्दर से स्वयं को लम्बा महसूस करती हुई, दृढ़ कदमों से चलती हुई उन दोनों के बीच जा खड़ी हुई। जानती थी उसकी बात पर वे दोनों यकीन नहीं करेंगी, इसलिए नाम एवं स्थान के बारे में बताते हुए उसने 'सम्पूर्ण आँखों देखा हाल' सुना डाला। वह देख रही थी अपनी चुगली की प्रतिक्रिया... उन दोनों का आश्चर्य... क्षोभ... डर और घर में आने दो... हाथ-पाँव तोड़ देंगे... जैसे वाक्यांश की पीड़ा। दोनों परिवारों में हड़कम्प मच गया। दोनों को अपने कुलच्छनों के लिए घर में क़ैद कर दिया गया और उन दोनों के प्रेमियों की इतनी धुनाई की गयी कि उनकी सात पुश्तें आँख उठाकर देखने की हिम्मत और हिमाकत नहीं कर सकती थीं। छुनिया-मुनिया को जितने तमाचों की मार पड़ी थी... वे दोनों लच्छो को सूद समेत लौटाने की प्रतिज्ञा कर चुकी थीं। छुनिया-मुनिया वैसे भी लच्छो को दो कौड़ी की बदसूरत, जलनखोर, कमीनी आदि-आदि कहकर झूठा साबित करने में लगी थीं, लेकिन उनके माता-पिता अब किसी प्रकार की रिस्क लेने को तैयार न थे। छुनिया-मुनिया के बहकते कदमों, मन में उमड़ती प्रेमाकांक्षाओं और चरित्रहीन होने की प्रक्रिया से रोकने वाली लच्छो उनके लिए सबसे विश्वसनीय खबरनबीस बन गयी थी। हितचिन्तक और समझदार बनी लच्छो की हैसियत उनकी नज़रों में बढ़ गयी थी। और लच्छो मुस्करा रही थी। लच्छो की मुस्कराहट

धूप की तरह असीम थी। झुलसा देनेवाली थी।

लच्छो मुस्करा रही थी... और उधर छुनिया-मुनिया की हँसी-ठिठोली, मुस्कराहटें कम होती जा रही थीं...। परस्पर मिलना-जुलना, लम्बी-लम्बी बातें करना बन्द हो गया था। वे अपने-अपने घरों में क़ैद थीं। अकेली औ:र उदास थीं। भयभीत और सहमी हुई थीं। उनका वर्तमान अतीत बन चुका था और जिया हुआ जीवन सपना। कभी-कभार मिलने पर उनकी बातचीत का एक ही विषय होता- लच्छो। लच्छो को सीख सिखाने की तीव्र इच्छा। उसको दबाने, बदनाम करने की कशमकश...। समय जैसे उनके बीच थम-सा गया था। जीवन निरर्थक लगने लगा था। बाहर की दुनिया, मस्ती, चूल्हा-चौकी, घिनौची और दालान तक सिमटकर रह गयी थी और इस सिमटी, निराश, प्रेमविहीन दुनिया में छटपटाती छुनिया-मुनिया को तब और गहरा आघात लगा जब मुनिया अपने ताऊ के साथ शहर चली गयी। शहर में उसके चचेरे भाई पहले से ही रहकर पढ़ाई कर रहे थे।

उसके ताऊजी राजनीतिज्ञ थे... राजनीति में उनकी छोटी-मोटी महत्त्वाकांक्षाओं को स्थान मिल जाता था। स्वतन्त्रता संग्राम में भाग लेने का श्रेय उन्हें जाता था। उससे जुड़ी स्मृतियाँ उनके जेहन में थीं जिन्हें वह अकसर नेताओं के बीच किसी रोचक वीर-कथा की तरह सुनाया करते थे। उनकी प्रतिष्ठा थी। नाम था। यूँ भी उदारवादी विचारधारा के व्यक्ति थे... ख़ासकर लड़कियों को लेकर उनकी सोच खुली और व्यापक थी। लड़कियों की शिक्षा को लेकर वे प्रगतिशील थे। ज्ञान की वैतरणी में लड़कियों को तैरना चाहिए तभी वे परिवार को सही ढंग से चला सकती हैं, ऐसा उनका मानना था। उनका यह भी मानना था कि जिस घर में बहू-बेटी खुश नहीं होती और जहाँ उसको सम्मान नहीं दिया जाता, उस घर में सुख-समृद्धि नहीं आती। यहाँ तक कि देवता नाराज़ हो जाते हैं, अतः उन्होंने मुनिया का एडमिशन स्कूल में करवा दिया। मुनिया का नया नाम लिखा गया—मीनाक्षी तिवारी।

मीनाक्षी तिवारी ने मुनिया के रूप में छुनिया को आखिरी बार गले लगाकर आँसू पोंछते हुए जीवन भर न भूलने की कसमें खाकर अपने गाँव और अपनी प्यारी सखि से विदाई ली थी, उस सूर्योदय की बेला में जब तक बैलगाड़ी आँखों से ओझल नहीं हो ग थी, छुनिया अपनी जगह पर खड़ी हाथ हिलाती रही थी। आँसुओं से उसके गाल धुल रहे थे। घर लौटते हुए उसकी हिचकियाँ बँध गयी थीं। भीतर का खालीपन... चारों तरफ बर्फ़ की तरह जम गया था। पूरा गाँव उसे निर्जन और उदास... अकेला और वीरान लगने लगा था, न रात कटती थी न दिन बीतता था। छत पर बनी अटारी में पड़ी वह विरहणी नायिका

की तरह आहें भरती... छुनिया दो महीने में ही सूखकर काँटा हो गयी थी। घरवालों को उसकी चिन्ता सताने लगी थी। चूँकि पटेल साहब का परिवार खेतीबाड़ी... ज़मींदारी में अव्वल था। हाँ, लड़कियों की पढ़ाई-लिखाई को वो उतना महत्त्व नहीं देते थे... न जीवन के लिए ज़रूरी मानते थे, अत: अब उन्हें छुनिया की शादी ज़रूरी लगने लगी। पटेल साहब अपनी लाडली बेटी के लिए ज़मीन-जायदाद का मालिक, सुन्दर और... रौबदार लड़का ढूँढ़ रहे थे और उधर लच्छो गाँव के ही निकट दूसरे गाँव के स्कूल में जाने लगी थी। उसने बोर्ड की परीक्षा में पूरे जिले में प्रथम स्थान प्राप्त किया था। सर्वोच्च अंक प्राप्त करने के कारण उसे वजीफ़ा मिल गया था... आगे चलकर वह शहर के आदर्श हायर सेकेंडरी स्कूल में चली गयी थी। उसका सपना था बहिन जी बनने का। होशियार लोकप्रिय बहिन जी, जो कक्षा में बच्चों के बीच... अपने लिए प्रशंसा और सम्मान का भाव देखना चाहती थी...। लच्छो ने अपने भीतर कुछ आदर्शवादी संकल्प ले रखे थे, जैसे नम्बर एक—वह छुआछूत नहीं मानेगी, न उस तरह का व्यवहार होने देगी। दो—जाति और धर्म को हमेशा अलग रखेगी... जिसका सामना उसे कदम-कदम पर करना पड़ा था। वो तो छुनिया-मुनिया की प्रेमलीला उसके पिता को न बताती तो क्या वे कभी उससे बात करते... उसे अपने घर में आने देते। तीन—गरीबी-अमीरी को दोस्ती के आड़े नहीं आने देगी, जो कि उसके अपमान का कारण बनी हुई थी।

पर सपनों की गिनती यकायक... थम गयी... क्योंकि इस बीच लच्छो का रिश्ता तय कर दिया गया। उसकी जाति में ज़्यादा पढ़े-लिखे लड़के नहीं मिलते थे इसलिए उसका आगे पढ़ना उसके परिवार की नज़रों में बेकार था... पर लच्छो का विवाह उसके लिए वरदान साबित हुआ... ससुराल में रहते हुए पति के साथ खूब-खूब अलमस्त जीवन जीते हुए... माँ बनते हुए भी वह पढ़ाई करती रही, क्योंकि इन सारी बाह्य क्रियाओं की बनिस्बत उसके भीतर चल रहे सपने कहीं ज़्यादा मजबूत विराट और सकारात्मक थे। उसकी इस चमत्कारिक प्रतिभा से उसका पति अभिभूत था...। पति छोटी-सी नौकरी में लग गया था और लच्छो पढ़ाई में। पहले बेटा... फिर बेटी... फिर तीसरी सन्तान बेटा... उसी क्रम में लच्छो ने बी.ए. किया... फिर एम.ए., फिर बी.एड.... और अन्तत: लच्छो स्कूल में टीचर बन गयी। चूँकि लच्छो आरक्षित कोटे में आती थी इसलिए उसे कामयाबी के अवसर उसी तरह से मिलते गये। लच्छो का जीवन जैसे चिकनी राहों पर भागता जा रहा था। भाग्य उस पर मेहरबान था। पति-परिवार उसके साथ था। परिस्थितियाँ उसके अनुकूल थीं। सपनों को पंख लग चुके थे। कालेज की नौकरी में आते ही लच्छो लक्ष्मीप्रसाद सिंह बन गयी थी। इतनी

कम उम्र में तीन बच्चों की माँ। माँ के पदचिह्नों पर बच्चे चल रहे थे। समय लक्ष्मी की मुट्ठियों में था। चारों तरफ से सफलताओं के दरवाज़े खुल चुके थे। ठिगने कद की साधारण रंग-रूप पर भरी छातियों और उभरे कूल्हों वाली लक्ष्मी को न रंगों की समझ थी न शहरी ढंग से बात करने का अभ्यास... उसकी वेशभूषा और पूरा व्यक्तित्व देखकर कोई भी उसे अपने बीच बैठाने में संकोच करता था। वही लक्ष्मी एक नये रूप में नये रंग में नयी साज-सज्जा में दिखाई देने लगी थी। कहते हैं सफलता आत्मविश्वास को सूरज की तरह चमका देती है। स्वयं को गढ़ने के लिए वह निरन्तर मेहनत कर रही थी।

योगा क्लास ज्वाइन करने के कारण लक्ष्मी की देह गठीली, आकर्षक और चिरयौवना की तरह हो गयी थी। घुँघराले घने काले बालों को उसने गोलाकार कटवा लिया था... जिससे उसकी छोटी गर्दन दिखाई देने लगी थी। भौंहों को उसने एक विशेष शेप दिलवा लिया था। गहरे कट के ब्लाउज उसके सामने यानी वक्ष पीछे यानी पीठ को सेक्सी दिखाने में मदद करते थे। होंठों पर गहरी कॉफ़ी कलर की विदेशी लिपस्टिक लगी होती, जिससे उसके होंठ रसीले लगने लगे थे। दाँतों का इलाज करवाकर उसने सारे गेप भरवाकर, ब्लीच से चमकीले कर... मुँह की दुर्गन्ध को दूर कर लिया था। एक हाथ में कंगन दूसरे में घड़ी होती। दोनों हाथों की उँगलियों में बेशकीमती अँगूठियाँ... साड़ियों का सिलेक्शन लक्ष्मी अपनी अति-आधुनिक सहेलियों की मदद से करती थी। सबसे अच्छी जगह यानी राजधानी में उसे सरकारी आवास मिल गया था। बाहर बाउंड्री, घने पेड़... मखमली दूब... कतारों से सजे गमले... अन्दर महँगा कालीन... सोफ़े और दो विदेशी... पूँछ हिलाते मुँह खोले दाँत और... जीभ लपलपाते काले कुत्ते। हालाँकि लक्ष्मी का पति तृतीय श्रेणी कर्मचारी था पर... इस बीच... लक्ष्मी की दोस्ती... बल्कि अंतरंगता... अंतरंगता की दीवार को ढहाते सम्बन्ध अपने ही गाँव के... एक बड़े अधिकारी से हो गये थे... जिसके चर्चे राजधानी के उच्च तबके में शराब के दौर के बीच चटकारे लेकर होते। उस आदिवासी अफसर ने लक्ष्मी की धाक जमा दी... धाक इस मायने में कि लक्ष्मी को उनकी लालबत्ती की गाड़ी कई दफा कालेज छोड़ने आती... और लालबत्ती वाला अधिकारी उच्च शिक्षा विभाग में कमिश्नर बन गया था। बस फिर क्या था... कालेज में महिला-पुरुष सभी लक्ष्मी के चारों तरफ यूँ भिनभिनाने लगे जैसे गुड़ पर मक्खियाँ। लोग देखते लक्ष्मी का रुतबा, लक्ष्मी की मालकियत।

वह आई.ए.एस. अफसर लक्ष्मी के गाँव से था। अपने लोगों को प्रोत्साहित करता था। मौका देता था। फिर लक्ष्मी जैसी स्मार्ट, वाचाल, बुद्धिमान और

आधुनिक शहरी महिला उसके लिए ख़ासा महत्त्व रखती थी। उम्र की ढलान पर एक बदशक्ल आदमी के लिए हर वक्त ताजा-तरीन लगने वाली स्त्री की हँसी, उसका सामीप्य, उसकी दैहिक मादकता उन्हें अन्दर तक जवान कर देती। कहा जाता था कि गाँव में उसकी कुरूप पत्नी... परित्यक्ता की तरह संघर्ष भरा जीवन जी रही थी। इसलिए लक्ष्मी उनकी अघोषित दूसरी पत्नी के रूप में ख्याति तथा रुतबा हासिल कर चुकी थी। पुरा-पड़ोसी वाले देखते सुबह-शाम... नियमित रूप से... अफसर की लालबत्ती की गाड़ी लक्ष्मी के दरवाज़े पर खड़ी होती... ठीक उसी समय उसका पति अपने दोनों कुत्तों को बाहर घुमा रहा होता। इस अधिकार के चलते ही लक्ष्मी उनके पद का, उनके अधिकारों का इस्तेमाल अपने लिए और अपनी मित्रमंडली के लिए कर रही थी। लोग सा:हब की पावर लक्ष्मी में देखते थे। लक्ष्मी एस.पी. मैडम के रूप में स्थापित हो चुकी थी। काम करवाने वाले लोग साहब के पी.ए. से कम लक्ष्मी मैडम से ज़्यादा सम्पर्क करते। जब सब तरफ से लोग हताश हो जाते तो लक्ष्मी उनकी उद्धारक बनने का श्रेय लूट लेती और वह शान से चश्मा पहनकर... शानदार गाड़ी में यूँ चलती-उतरती गोया इस शहर की वही मालकिन हो। इस जीवन का लुत्फ कैसे उठाया जाना चाहिए... कोई लक्ष्मी से सीख सकता था... चर्चा तो यहाँ तक चल पड़ी थी कि लक्ष्मी बहुत जल्द राजनीति में आनेवाली है। साहब उसको सांसद बनवाने का मन बना चुके हैं... तो भावी राजनेता से कौन मधुर सम्बन्ध नहीं रखना चाहेगा। लक्ष्मी उड़ रही थी... मौसम का मिजाज देखकर उड़ रही थी... हवा का रुख देखकर उड़ान भर रही थी और उधर छुनिया, जिसका नाम ससुराल वालों ने 'छवि' रख दिया था, का भाग्य... परमात्मा के हाथों की कठपुतली बना था। समय ने उसके साथ ऐसा क्रूर खेल खेला कि वह स्वयं को खड़ा ही न कर सकी। माता-पिता बेवक्त बूढ़े हो गये थे। सास-ससुर की खामोशी उसे घायल कर रही थी। वह जितनी दूर तक देखती उसे निर्जन, अन्धकार में डूबा भविष्य नज़र आता। जिस समाज में वह रहती थी उस समाज में पति के बिना पत्नी का कोई अस्तित्व ही न था। जीने का, खुश रहने का... पहनने-ओढ़ने का मतलब था पति। गोद में पल रहा शिशु जैसे-जैसे बड़ा होता जा रहा था छवि का क्रोध, अवसाद और अकेलापन विक्षिप्तता की हद तक बढ़ता जा रहा था। बीमार पति का मरना तय था पर छवि का जीना मृत्यु तुल्य क्यों था... मुनिया यानी मीनाक्षी को चार-पाँच माह बाद जब खबर लगी तो वह रातभर... छत पर घूमती... फिसलती... आकाश को तकती रही...। दूसरी रात भी उसकी करवटें बदलते हुए बीती। बचपन एक बार फिर अपनी उद्दीपता लिये खड़ा था।

ऐसे शोकाकुल माहौल में अपनी सखि को सामने पाकर छुनिया यानी छवि का बाँध टूट पड़ा। वह दहाड़ मारकर जो रोई तो पूरा घर क्या... आसमान और धरती क्या... वृक्षों पर बैठे परिन्दे तक सहमकर उड़ान भर बैठे। दुबली-पतली छवि और दुबली हो गयी थी... मात्र हड्डियों का ढाँचा। छवि को इस हाल में छोड़ना मीनाक्षी को गवारा न था। मीनाक्षी इस बीच जो सीखी हो... अपनी बात मनवाना अलबत्ता सीख गयी थी। दो-तीन दिन की मान-मनौवल के बाद छवि के ससुराल वालों ने उसे जाने की अनुमति दे दी।

''उसका मन बदल जाएगा। रात-दिन वही बातें सोचकर कलपती रहती होगी।''

''जल्दी वापस भेज देना।'' उसकी सास ताकीद कर रही थी।

''हम तो अपने नाती का मुँह देखकर ज़िन्दा रह लेंगे।''

''और छवि कैसे ज़िन्दा रहेगी, जिसने आपके नाती को जन्म दिया है?''

सब खामोश थे...।

''अब और नहीं रोना है... बस...'' मीनाक्षी ने उसके कन्धों पर हाथ रखते हुए कहा।

''तो क्या करें...?''

''वहाँ चलकर सोचते हैं... पर तुम मान लो कि यहाँ रहकर तुम दस साल भी ज़िन्दा नहीं रहोगी... तुम्हें स्वावलम्बी बनना चाहिए... अपने लिए न सही... अपने बेटे के लिए...।''

''हमसे कुछ न होगा मुनिया....।''

''कुछ नहीं होगा से क्या मतलब। ये शब्द तो तुम्हारी जुबान पर आना ही नहीं चाहिए। सोचकर देखो क्या तुम्हारे ससुराल वाले तुम्हें जीने देंगे? गाँव की हवेली में भूतों की तरह भटकती रहोगी। क्या तुम्हें अपने बच्चे का भविष्य नहीं सँवारना है? अपने आपसे और हम सबसे वायदा करो कि वापस नहीं जाओगी।''

''वे सब नाराज़ हो जाएँगे। इसके भविष्य का खर्चा कौन उठाएगा। इसका हक़ मारा जाएगा।''

''वही देंगे, लेकिन इन शर्तों पर नहीं कि तुम उन सबके लिए अपना जीवन बर्बाद कर दो।'' मीनाक्षी एक के बाद एक तर्क दिए जा रही थी, वह जानती थी वृक्ष आँधी में गिरते हैं जड़ों से उखड़ा नहीं करते... अभी भी उसे सीधा करके खड़ा किया जा सकता है। एक सन्तप्त जीवन... जो सारी कामनाओं से दूर भाग रहा था, बस उसे ज़ोर से थामने की ज़रूरत थी।

इस प्रकार छवि की नयी जीवन यात्रा ने... यहाँ से एक नया मोड़ पार

किया। उस मोड़ के पीछे वाली गली को छोड़ दिया, जो अन्धकार में डूबी थी। जहाँ के साये उसका पीछा करते रहते थे। मीनाक्षी के साथ रहकर वह अपने लिए ज़मीन तैयार कर रही थी यानी... उसने पढ़ाई आरम्भ करने की कोशिश शुरु कर दी थी। हालाँकि यहाँ का खुला आकाश... खुला वातावरण... बेरोक-टोक ज़िन्दगी अच्छी लगती थी। अपने बच्चे को लेकर कुछ करने की तमन्ना... इस अवस्था तक आने में उसे हफ्तों लग गये थे। मीनाक्षी के साथ उसका उठना-बैठना, विभिन्न स्थानों पर जाना, हाट-बाज़ार, कला-केन्द्रों, अलग-अलग साहित्यिक-सांस्कृतिक कार्यक्रमों में शामिल होना उसके लिए अलग जादुई दुनिया में जाने जैसा था। उसने महसूस किया कि ज़्यादातर लोग उसकी गहरी काली जादुई आँखों... आकर्षक देह और उसकी मुस्कराहट को विस्मय तथा प्रशंसा भरी निगाहों से देखते थे। उसकी आमन्त्रित करती आँखें और होंठ... कशिश पैदा करते थे। जबकि मीनाक्षी जानती थी कि उसकी देह में थोड़ा-सा और भराव आ जाए तो वह विदेशी फ़िल्म अभिनेत्रियों की तरह अपनी मादक अदाओं से इस रसिक समाज को अपने मोहपाश में बाँध सकती थी।

मीनाक्षी का अपना रंग-रंगीला मित्र समाज था। कवि, कलाकार, नाट्यकर्मी, अभिनेता समाज के अलग-अलग तबकों के उच्च पदस्थ लोग अकसर ही उसके घर में धमा-चौकड़ी मचाये रहते। शराब और शायरी के दौर चलते...। नाटकों की रिहर्सलें होतीं... एक-दूसरे की टाँग खिंचाई होती... तो दूसरे ग्रुप के लोगों का मज़ाक उड़ाया जाता... अब इस रंगीन महफिल में छवि का आगमन एक नये सुरूर को पैदा कर रहा था। वैधव्य की उदासी ने उसको सबके बीच सहानुभूति का पात्र बना दिया था। हर कोई उसके भविष्य को लेकर चिन्ता व्यक्त करता, कुछ न कुछ करवाने के लिए प्रयत्न करता। लगता कि वह किसके कितने निकट है... कितनी आत्मीय है या रहेगी। इसके लिए रसिक समाज के बन्दे अपनी सेवाएँ देने के लिए प्रस्तुत रहते। धीरे-धीरे छवि ने भी अपने गँवई संकोच की जंजीरें तोड़ीं, अपनी शान्त... गम्भीर दर्द भरी मुस्कान को मादक बनाया... साड़ी जैसी परम्परागत देह ढांपू वेशभूषा को त्यागकर सलवार-सूट तथा जीन्स पर आ गयी। वह तमाम दुनिया जहान के साथ थिएटर में रुचि लेने लगी। पढ़े-लिखे आधुनिक बौद्धिक समाज ने उसको हाथोंहाथ लपक लिया और उसके नन्हे बेटे को एक साफ-सुथरी पढ़ी-लिखी आया के हवाले कर दिया। आहिस्ता-आहिस्ता बच्चा अपनी माँ से ज़्यादा अपनी आया को प्रेम करने लगा। छवि अपने जीवन की दिशा को पकड़ रही थी—वैधव्य का ठप्पा... ससुराल वालों का भय, माता-पिता की नसीहतें बहुत पीछे छूट गयी थीं... अब

सब कुछ थी तो मीनाक्षी। मीनाक्षी को नौकरी की ज़रूरत थी, जो आज के ज़माने में मुश्किल थी। वह प्रखर बुद्धि की मलिका थी। वाचाल थी। तर्क-वितर्क करना जानती थी। उसे पुरुषों को पटाना-रिझाना और नचाना आता था, ख़ासकर ऐसे बूढ़ों को जो बाहर की दुनिया में बड़े-बड़े नामों और कामों से जाने जाते थे, लेकिन भीतरी दुनिया में वे बेहद सामान्य किस्म के रूपलोभी... रसलोभी, सुराप्रेमी सामान्य जन ही थे।

अन्ततः मीनाक्षी एक संस्था के संस्थापक के पास जा पहुँची।

''मैं आपकी संस्था से जुड़ना चाहती हूँ।''

''आपका स्वागत है। आप जानती ही होंगी कि हमारी संस्था के नियम और अनुशासन बड़े सख़्त हैं, चाहे विचारधारा के स्तर पर हों या आचार-व्यवहार के स्तर पर। पहले आपको उनके बारे में जानना होगा। उनमें कोई समझौता नहीं किया जाता।'' संस्था प्रमुख ने एक-एक शब्द पर ज़ोर देते हुए कहा।

बूढ़ा चतुर और चालाक है। आसानी से हाथ में नहीं आएगा। मीनाक्षी ने मन-ही-मन उन्हें गालियाँ देते हुए कहा।

''क्या करना होगा?'' उसने आँखों से रस उड़ेलते हुए पूछा।

''कुछ समय के लिए हमारे यहाँ आइए। कार्यक्रमों में शामिल होइए। यदि आपको लगता है कि आप वह सब कर सकती हैं तो हमें कोई एतराज नहीं है। हाँ, प्रतिबद्धता पहली शर्त है—ईमानदारी और प्रतिबद्धता। फिर आपकी योग्यता को परखने, उसे सँवारने और परिष्कृत करने की जिम्मेदारी हमारी है।'' मीनाक्षी एकटक संस्था प्रमुख का गोरा, चिकना, बिना झुर्रियों का चेहरा देखे जा रही थी। उस चेहरे पर अनुभवों की रंगत थी। आँखों में भेदने वाली दृष्टि और बातों में साफगोई की धार।

मीनाक्षी उनके सामने ज़रा भी घबड़ाई नहीं, न ही पीछे हटी। इस भूरे बूढ़े घोड़े की लगाम अपने हाथों में लेने की अकुलाहट उसके मन में बढ़ने लगी। लोगों के साथ कैसे कूटनीतिज्ञ सम्बन्ध बनाने होते हैं, यह सब कुछ उसने अपने परिवार में देखा था। ताऊजी के राजनीतिक जीवन में अनुभव किया था। मीनाक्षी ने अब अपने पत्ते खोले। ताऊजी के बारे में बताया... संस्था प्रमुख आश्वस्त हुए। धीरे-धीरे मीनाक्षी ने अपने वाक् चातुर्य और बुद्धिमत्ता से सबको अभिभूत कर लिया। वह संस्था की एक-एक गतिविधि का ज़रूरी हिस्सा बनती गयी। संस्था का व्यापक परिचय क्षेत्र उसका अपना क्षेत्र बन गया। हर व्यक्ति से सम्पर्क करना, बात करना अब मीनाक्षी का काम था। मीनाक्षी ने महसूस किया कि उस कुर्सी पर बैठकर हिन्दुस्तान भर की बड़ी-बड़ी हस्तियों से सम्बन्ध बनाये जा सकते हैं। अपनी पहचान बनायी जा सकती है... जिसके लिए वह

वर्षों से प्रयासरत थी। और बहुत कम समय में ही समाजसेवियों, कानूनविदों, शिक्षाशास्त्रियों, साहित्यकारों, नेताओं, बड़े-बड़े अफसरों और राज्यपालों से मीनाक्षी के व्यक्तिगत सम्बन्ध बन गये थे। मीनाक्षी को सामने खुला... साफ... चमकीला आकाश दिखाई दे रहा था... जो उसके मन में दबे-छुपे सपनों को पूरा करने के लिए खड़ा था। बस ज़रूरत थी इस चिकने, चालाक... घाघ बूढ़े को अपने विश्वास में बनाये रखने की, क्योंकि इस आदमी ने अपना प्रभामंडल बना रखा था। देश-दुनिया की तमाम सभाओं, समितियों, में वह सदस्य, निर्णायक, सलाहकार, अध्यक्ष बनकर भाषण देने जाता, सम्मानित होता, लोगों को सम्मानित करवाकर अपनी जय-जयकार करवाता...। अपार सम्भावनाओं और क्षमताओं के बीच मीनाक्षी तिवारी के व्यक्तित्व का विकास कुछ इस तरह हुआ कि उसने अपने लम्बे बाल कटवा लिए, उसकी चाल-ढाल और देह में आभिजात्यपन झलकने लगा। तराशी हुई भाषा शैली में होंठ दबाकर काजल लगी आँखों से गम्भीरता झराती जब वह बात करती तो सामने वाला उसकी प्रशंसा किए बिना न रहता। हर व्यक्ति उससे बातें करने के लिए, सम्पर्क बढ़ाने के लिए लालायित रहता और वह छवि को जाकर वहाँ के दृश्यों को यों बयान करती, जब मैं वहाँ गयी तो तीन भूरे कुत्ते बैठे थे... साहित्य के कुत्ते..., समाज के कुत्ते... औरतों की तरफ लार टपकाते कुत्ते।

छवि उसके होंठों पर उँगली रखती—"क्या बोल रही हो!"

"सच तो बोल रही हूँ। साले अपनी टाँगों पर सीधे खड़े नहीं हो पाते, पर औरत को देखते ही लार टपकाते हुए ललचाते आ जाते हैं। इनकी असलियत देखनी हो तो शराब की पार्टियों में देख लो। शराब पीकर इन्हें अपना ही होश नहीं रहता है। दिन में ये औरतों के सामने झुके-झुके दाँत निपोरते दीखते हैं और रात में उन्हीं औरतों के लिए ये क्या-क्या नहीं बोलते हैं। मैं तो सबके मज़े लेती हूँ... कहेंगे मीनाक्षी जी किसी प्रोग्राम में दुबारा ज़रूर बुलाना।" कहकर मीनाक्षी ज़ोर का ठहाका लगाती।

छवि उसका चेहरा देखे जा रही थी। और मीनाक्षी... मीनाक्षी तथाकथित बड़े लोगों को यूँ गालियाँ दिए जा रही थी, जैसे यार-दोस्त आपस में बात करते हुए गालियाँ देते हैं।

"इनमें से एक कुत्ता अपनी दो कौड़ी की किताबें लेकर सुबह-सुबह आ जाता है... हमारी किताबें पढ़िये मैडम। साला चूतिया, अपना कूड़ा जबरदस्ती पढ़वाना चाहता है। सोचता होगा मैं वहाँ पर इसकी किताबों की समीक्षा करवा दूँगी। बाहर ऐसी अकड़ दिखाता है कि सीधे मुँह बात नहीं करता और मेरे सामने गिड़गिड़ाता रहता है।"

छवि हँस-हँसकर लोटपोट हुए जा रही थी और मीनाक्षी किस्से पर किस्से सुनाये जा रही थी। इन तमाम घटनाओं, दुर्घटनाओं के बीच साहित्यिक और सांस्कृतिक शहर ने देखा एक उभरती हुई, पर स्थापित होने के लिए अपनी प्रतिभा को प्रामाणिक बनाते हुए अपने व्यक्तित्व के प्रभामंडल और मादकता से रिझाते हुए मीनाक्षी को जिसकी तूती संस्था से लेकर साहित्य और शेष समाज के बीच बोलती थी, जो आरोप-प्रत्यारोपों को... किसी के साथ अपने नाम जोड़े जाने को, मज़ाक के रूप में लेकर उन्मुक्त ठहाकों में उड़ा देती।

इधर छवि ने एक उभरती हुई कवयित्री और रंगमंच कलाकार के रूप में स्वयं को स्थापित करने के लिए संघर्ष शुरु कर दिया था। उसकी बिन्दास छवि के कारण पुरुषों में उससे दोस्ती करने की होड़ लग रही थी और सबसे बड़ी बात कि छवि के ऊपर माता-पिता, भाई-बहिन, पति या किसी पुरुष का वर्चस्व नहीं था, जो उसके अबाध बहते जीवन को बाधित कर सके। इस बीच गरमागरम खबरें उड़ती रहतीं कि छवि फलाँ-फलाँ कवि की दोस्त है - फलाँ लेखक के साथ घूम रही थी... फलाँ कलाकार के साथ सिगरेट पी रही थी या कल रात उसके घर के सामने फलाँ मन्त्री... अफसर या उद्योगपति की गाड़ी खड़ी थी। यह उसका सातवाँ वर्ष था इस शहर में। गाँव तथा परिवार को त्यागे हुए। जबकि सच्चाई यह कि उसके दोनों ही परिवारों ने उसे त्याग दिया था... उसके चरित्र और आचरण को लेकर वे शर्मसार थे। नाराज़ थे। ससुरालवालों के लिए वह कुलच्छनी थी... वाहियात थी... बेशर्म औरत थी। उन तमाम रिश्ते, बातों, चर्चा, कुचर्चाओं को पीछे छोड़ती छवि इन दिनों एक शादीशुदा लगभग तलाकशुदा आदमी के साथ प्रेम में डूबी हुई थी। दोस्ती और प्रेम में फ़र्क़ होता है... मीनाक्षी उससे पूछती... तुम्हें क्या चाहिए—दोस्त या प्रेमी या पति?

छवि कहती—दोस्त अपनी जगह, प्रेमी अपनी जगह और पति अपनी जगह। वैधव्य का धक्का उसके जीवन में लगा था, जिसे वह मिटाना चाहती थी। बचपन का वो उन्माद, वो प्रेम... वो स्पर्श... अब भी उसकी रगों में बहते खून को गरमा देता है। वह जीने में विश्वास करती थी... न कि रोने में। उसके लिए सेक्स एक ज़रूरत थी... स्वस्थ कुंठारहित देह को बनाये रखने की दवा... नैसर्गिक ज़रूरत... जिसे वह वर्जना या पाप नहीं मानती थी... वह अब तक खेलती रही थी... मगर अब छवि जीवन में स्थायीत्व चाहती थी, सुरक्षा चाहती थी... अपने लिए... अपने बेटे के लिए नाम चाहती थी... एक ऐसी सम्पूर्ण ज़िन्दगी की कामना उसके भीतर अँगड़ाई ले रही थी, जिसके दिल में प्यार हो, पैसा हो, भरोसा हो, उसके बेटे को अपनाने का साहस हो...।

''वह शादी करना चाहती है।''

"उसकी शादी टिकेगी...?" उसके दोस्त आपस में मज़ाक करते।

सवाल शादी के टिकने न टिकने का नहीं था। सवाल था उसकी ज़िन्दगी में ठहराव लाने वाली शादी का... ये भी सच था कि उसकी शादी कई पुरुष मित्रों के गले नहीं उतर रही थी। उसके युवा... प्रौढ़... बूढ़े और दमदार, मालदार पुरुष प्रेमी उसे यूँ मुक्त करने के मूड में नहीं थे, न वे चाहते थे कि छवि किसी एक की होकर रहे। वह सबके बीच सबकी बनकर रहे, इसलिए समझाइश दी आँखें खोलने की। अनेक नाकाम कोशिशें की गयीं, पर छवि अब इन तमाम खिलन्दड़ों के बीच अपना शेष जीवन यूँ ही नहीं जीना चाहती थी। उसे सामने दरवाज़े पर खड़ा शानदार भविष्य दिखाई दे रहा था और जैसी उसकी इच्छा थी... जैसा उसका सपना था, ठीक वैसी इच्छा और सपने लिए वह पुरुष उसे खींच रहा था। महानगर का चमकता-दमकता... जीवन... जिसमें कमाऊ पति था और दोस्तों के लिए स्पेस भी। उसके बेटे का सुरक्षित भविष्य भी...। जैसा उसका स्वभाव था उन्मुक्त मस्त... चंचल... बहुरंगी... वैसा ही उसके होने वाले पति का भी जीवन था। जैसे खुलकर वह जीना चाहती थी, वैसे ही वह भी जीना चाहता था। उसने अपनी असुन्दर, कम पढ़ी-लिखी पत्नी को तलाक दे दिया था और... कई वर्षों से अत्यन्त सुन्दर स्त्रियों के साथ रंगरेलियाँ मनाता हुआ... अपने दोनों बच्चों के लिए घर और घर की देखरेख करनेवाली पत्नी चाहता था। शादी के बाद जो प्रतिक्रियाएँ हुईं वे कितनी रोचक और लम्बी थीं... वह एक अलग कहानी है। पर बचपन और किशोरावस्था के दिनों को विदा कहकर जब छवि ससुराल जा रही थी और बाद में वैधव्य के दिनों में जब उसने स्वयं को दुख के समुन्दर में डूबते हुए महसूस किया तो उन दिनों को वह बीते दिनों की कहानी के रूप में भूल जाना चाहती थी। ऐसा भाग्य सबका कहाँ? ऐसा बिन्दास जीवन कितनी महिलाएँ जी पाती हैं... साथ वाली महिलाएँ उसको देखकर ईर्ष्या से भर उठतीं। अगर किसी में हिम्मत है समाज और परिवार से टकराने की तो उठाओ ऐसा कदम... हम लोग तो सपने तक में उसी एक पति के बारे में सोचते रहते हैं। और वह तो खुलकर जीती है। उसकी दोस्त उसके इस तरह के जीवन की सराहना करते न थकती, क्योंकि छवि के आज़ाद जीवन में उन्हें अपने आज़ाद होने का एहसास होता... उन्हें लगता कोई तो है जो इस पति रूपी पुरुष समाज को जूतों के नीचे रखकर अपने आगे-पीछे घुमाती है।

इस बीच लक्ष्मी कालेज के हॉस्टल की वार्डन बनायी जा चुकी थी। शहर के बीचोबीच बने कन्याओं के हॉस्टल की वार्डन। वार्डन यानी उसमें रहने वाली लड़कियों पर स्वामित्व होना... उन्हें अपने अंडर में रखकर अपने अनुसार

चलाना। खाद्य सामग्री से लेकर हर चीज़ पर कब्जा। चूँकि इस हॉस्टल में विशेष वर्ग की लड़कियाँ रहती थीं, इसलिए लक्ष्मी का वार्डन बनना सबको जायज लगा था। लक्ष्मी के पुलिस विभाग से लेकर हॉस्पिटल तक सम्पर्क-सम्बन्ध थे, उसमें असीम ऊर्जा थी, लोगों को जोड़ने की कला में वह माहिर थी, कैसे किसका कहाँ कितना, किस तरह इस्तेमाल करना है, वह बखूबी जानती थी। विपरीत परिस्थितियों को भी वह अपने अनुकूल बना लेती थी। लक्ष्मी ने हॉस्टल की कायाकल्प कर दी यानी पिछले वर्षों की गन्दगी, टूट-फूट, असुविधाओं को दूर करवाया... फिर कुछ ऐसी चीज़ें बनवायीं, जैसे बैडमिंटन कोर्ट... टेबिल टेनिस कोर्ट... वाचनालय... जिनका लोकार्पण उसने उच्च अधिकारियों से करवाया। सांस्कृतिक कार्यक्रमों की प्रस्तुति से नेता, उच्च अधिकारी अभिभूत हो गये... लड़कियों का उमड़ता मादकता लिये निष्पाप यौवन.. उनकी आँखों में बस चुका था। अब तो कार्यक्रमों का सिलसिला चल पड़ा। लक्ष्मी हॉस्टल की लड़कियों को हर जगह भेजती...। आदिवासी पिछड़ा वर्ग तथा अन्य कोटे की लड़कियों को इतनी प्रशंसा कभी न मिली थी, जितनी लक्ष्मी के कार्यकाल में मिल रही थी।

कालेज में कभी-कभार होती कानाफूसी लक्ष्मी तक नहीं पहुँच पाती, क्योंकि लक्ष्मी के रुतबे के सामने हर कोई नतमस्तक रहता था। हाँ, इस बीच विभागाध्यक्ष से ज़रूर लक्ष्मी का झगड़ा हो गया था...। वे बार-बार लक्ष्मी को क्लास लेने को कहती और लक्ष्मी अपनी लिपस्टिक पुती मुस्कान से बात को टाल देती... टाइम टेबिल को लेकर विरोध करती।... बात प्राचार्य तक पहुँची, दोनों को समझाइश दी गयी... लक्ष्मी ने देख लिया था कि विभागाध्यक्ष डॉ. अर्चना रस्तोगी... मीनाक्षी तिवारी की सास हैं। दोनों एक ही ब्लॉक में रहती हैं। लक्ष्मी को बचपन की वो घटना याद आ गयी, जिसकी वजह से मुनिया को घरवालों ने घर के भीतर बन्द करके पिटाई की थी... लक्ष्मी भी अब बदले के लिए सौ प्रतिशत तैयार थी। विभागाध्यक्ष किसी और भावना से उसके पीछे पड़ी थी, उसे यह मंजूर नहीं था... सो बाहर निकलते ही उसने ज़ोर-ज़ोर से चिल्लाना शुरु कर दिया—"आप लोग समझते क्या हैं अपने आपको। सब मिलकर साजिश कर रहे हैं। मुझे पूरे दिन के लिए फँसा दिया है। आपको पता है कि मैं वार्डन हूँ। मुझे वहाँ के भी काम रहते हैं।" कहते हुए लक्ष्मी ने टाइम टेबल की पुड़िया बनायी और अर्चना रस्तोगी के मुँह पर दे मारी।

सबके सब हतप्रभ। अर्चना रस्तोगी को काटो तो खून नहीं। इतनी मजाल कि कोई उनसे ऊँची आवाज में बात कर दे... और यह छिनाल... कुत्ती... कोटे-अफसर की रखैल... सभझती क्या है अपने आपको। इसे पता नहीं है कि अर्चना

का काटा पाताल में भी नहीं बचता। उन्होंने फाइल वहीं छोड़ी और तेज़ कदमों से अपनी गाड़ी के पास जा पहुँची। काग़ज़ की गोली उनकी छाती को छलनी कर गयी थी अपमान से। उनका चश्मा बार-बार नाक से खिसक रहा था, यानी पसीने से भीगती वे कार के अन्दर जा बैठी। प्रत्यक्षदर्शियों ने दाँतों तले उँगुली दबा ली।

"दो दिन नहीं टिक पाओगी। समेट लो अपने काग़ज़-पत्तर। जानती नहीं हो कि किससे टक्कर ली है। अरे जो जलते हैं वे सामने आएँ।" ज़ोर-ज़ोर से बोलती लक्ष्मी ने अपना बैग कन्धे पर टाँगा, रजिस्टर वहीं पटका और सीधे अपनी कार में जाकर बैठ गयी। वह मोबाइल पर किसी को सारा घटनाक्रम बता रही थी—"आप मुझे बता दो कि मैं कहाँ पर काम करूँ... प्रिंसिपल को भी समझा दो, मेरे ऊपर चिल्ला रही थी।..."

एक हफ्ते बाद विभागाध्यक्ष का ट्रान्सफर हो गया। विभागाध्यक्ष इस सदमे को बर्दाश्त नहीं कर पायी और बीमार पड़ गयी। सारा कालेज सन्नाटे में। भयभीत। दुखी। सत्ता का ऐसा नशा। मामूली-सी बात पर... इतनी बड़ी सजा।... तब मीनाक्षी ने आकर उन्हें बताया कि... वह असल में क्या है? लक्ष्मी को सबक सिखाने के लिए मीनाक्षी ने कमर कस ली थी। उसके इस मद को वह चूर-चूर कर देना चाहती थी... सो तैयारी शुरु कर दी गयी... तैयारी नम्बर-एक, लक्ष्मी की सर्विस में एस.सी. लिखा था, जबकि वह ओ.बी.सी. कोटे से आती थी। नम्बर-दो, पिछले महीनों में हॉस्टल का बजट कैसे खर्च हुआ। तीन, इतनी रात तक... कई लड़कियों को अधिकारियों के बँगलों पर क्यों भेजा जाता है। लड़कियों को छुट्टियों में क्यों रोका गया था। अर्चना रस्तोगी ने अपना ट्रान्सफर कैन्सिल करवा लिया और एम.ए. की लड़कियों से एक काग़ज़ पर हस्ताक्षर करवाये और... उन्हीं लड़कियों में से किसी एक ने अपनी माँगें मनवाने के नाम पर हॉस्टल की लड़कियों के हस्ताक्षर ले लिये... अब इन हस्ताक्षरों के पहले जो लिखा गया वह लक्ष्मी के जीवन में भूचाल लाने वाला था... अलग-अलग काग़ज़ों पर फ़ोटोकॉपी लगाकर उच्च शिक्षा मन्त्री, प्रमुख सचिव, आयुक्त, प्राचार्य, राज्य महिला आयोग... और न जाने कहाँ-कहाँ शिकायतें प्रेषित कर दी गयीं। जब लक्ष्मी के पास... हर ऑफिस से जवाब के लिए, पेशी के लिए पत्र आया तो वह भौचक रह गयी...। उसे अपनी आँखों पर विश्वास नहीं हो रहा था...। अन्दरूनी बातें बाहर कैसे आ गयीं। जो लड़कियाँ उसके इशारों पर नाचती थीं, वही उसके खिलाफ मोर्चा खोलकर खड़ी थीं। लक्ष्मी साहब के कन्धों पर सिर रखकर फफक-फफक कर रो रही थी। साहब खामोश थे। नाराज़ और क्षुब्ध। लक्ष्मी के साथ उनका नाम भी बदनाम हो रहा था...

आगे के प्रमोशन पर इन बातों का प्रभाव पड़ने वाला था। अब क्या होगा, वे अपने बचाव की तरकीबें सोच रहे थे... उन्हें स्वयं के साथ-साथ लक्ष्मी को भी बचाना था... वे नहीं समझ पा रहे थे कि अर्चना रस्तोगी के साथ कौन-सी ताकत काम कर रही है। और उधर... रोशनियों में डूबी कालोनी के एक मकान में... भीतर के कमरे में हँसी-ठहाके लगाये जा रहे थे। अर्चना रस्तोगी भजिया खा रही थी और मीनाक्षी और छवि शराब पी रही थीं...

"अभी तो नौकरी से भी जाएगी... देखना तो।" अर्चना रस्तोगी ने चश्मा साफ करते हुए कहा।

"छवि का जो जीवन बर्बाद हुआ था इसी कुतिया की वजह से... इसने इतनी झूठी बातें लगा दी थीं कि हमारे और इसके पिताजी ने हम लोगों को बन्द कर दिया था...। इतनी कुटाई हुई थी हमारी कि आज तक उसके निशान होंगे... हमारी पीठों पर।"

"कल देखना तुम क्या होने वाला है?"

दूसरे दिन नारे लिखे बैनर हाथ में लिये लड़कियाँ सड़क पर रैली निकाल रही थीं—'वार्डन मैडम हाय-हाय। वार्डन मैडम की तानाशाही नहीं चलेगी... नहीं चलेगी...। भेदभाव बन्द करो, वार्डन मैडम शरम करो।' मामले ने तूल पकड़ लिया था। खबरें, शिकायतें ऊपर तक पहुँच चुकी थीं। विधानसभा में प्रश्न उठवाया गया और इसका असर यह हुआ कि प्रभावशाली सत्ता को अपने हाथ में लिए चलनेवाली वार्डन मैडम यानी लक्ष्मी को तत्काल वहाँ से हटा दिया गया। लक्ष्मी के लिए ये घटनाएँ... ये समय... ये दिन अन्धकार में डूबे थे। अपमान और बदनामी के दिन। शर्मिन्दगी और पराजय के दिन। सुननेवालों ने रस लेकर मज़ाक बनाते हुए फब्तियाँ कसनी शुरु कर दी थीं, जो लक्ष्मी के दिल को क्षार-क्षार किए दे रही थीं।

"देख रहे हो, मेरा नाम कैसे बदनाम किया जा रहा है...?" लक्ष्मी साहब के सामने आक्रोश और दुख से कहे जा रही थी।

"मैं क्या करूँ... मेरे हाथ में कुछ नहीं रहा।"

"कमीने, तू किस दिन काम आएगा। इतने बड़े पद पर बैठकर भी तू क्या मुझे नहीं बचा सकता?... मेरी कितनी बदनामी हो रही है? यह सब मैंने किसके लिए किया था, तेरी खातिर न। तूने अपने लोगों को खुश करने के लिए मुझसे यह सब करवाया था। तेरे लिए मैंने अपना मान-सम्मान, घर-परिवार, सब कुछ दाँव पर लगा दिया।" लक्ष्मी के आँसू नहीं थम रहे थे। चेहरा काला पड़ गया था। देखकर लग रहा था गोया वह महीनों से बीमार पड़ी हो... उसकी देह में रक्त न बचा हो।

"सोचते हैं गाली देने से क्या होगा?" साहब ने ठंडी आवाज में कहा।

"अभी मैं कुछ नहीं कर सकता। मामला शान्त होने दो... जाँच चलने दो, बाद में देखेंगे...।" साहब ने रूखी आवाज में कहा। "फिलहाल हमें मिलना भी नहीं चाहिए।" साहब के शब्द सुनकर लक्ष्मी के पाँवों की ज़मीन खिसकने लगी। साहब के बिना वह है क्या? रुई की तरह उड़ा दी जाएगी... नहीं... नहीं, साहब को नाराज़ नहीं करना है... लक्ष्मी ने अपनी उग्र आवाज को सामान्य किया, आँसू पोंछे और लगभग गिड़गिड़ाती हुई बोली—"आपके अलावा मेरा है कौन? मैं बर्बाद हो जाऊँगी। मुझे माफ कर दो।"

लक्ष्मी ने मेडीकल लीव ले ली थी। बीमार होने का नाटक। अन्ततः जब लक्ष्मी को कुछ नहीं सूझा तो वह अपनी बचपन की सहेली, जो कि इन दिनों मन्त्री थी, के पास गयी।

"मुझे इन सारे आरोपों से बरी करवाओ। मेरे साथ धोखा हुआ है। जहाँ कहना पड़े कहो जो आरोप लगाये गये हैं वे सब निराधार हैं। खारिज होने चाहिए।"

"पर मैं क्या कर सकती हूँ, लक्ष्मी? जाँच तो होगी ही। बात इतनी आगे बढ़ चुकी है कि...।" मन्त्री ने बिना काग़ज़ों को देखे स्पष्ट शब्दों में इनकार करते हुए उसे खाली हाथ लौटा दिया।

लक्ष्मी क्षणों तक उसका चेहरा देखती रही। उसे जिस पर पूरा भरोसा था, वही पद और प्रभाव होने के बावजूद असमर्थता जता रही थी। इतने आत्मीय, व्यक्तिगत सम्बन्ध, जिनमें हज़ारों गोपनीय बातें शामिल थीं, उन सम्बन्धों पर राजनीति हावी हो चुकी थी। राजसत्ता ने लक्ष्मी को उससे अलग कर दिया था। लक्ष्मी को गहरा धक्का लगा। रातों की नींद उड़ गयी। अपमान और दुख से भरी उसकी रातें आँसुओं में डूबी होतीं। वह घर से निकलती तो ऐसा प्रतीत होता मानो चारों तरफ से उपहास करती... आवाजें उसका पीछा कर रही हों...। उसे लगता जैसे वह हज़ारों लोगों के बीच निर्वसन करके खड़ी कर दी गयी हो। रैली का वो दृश्य... वो नारे लड़कियों का यूँ बदल जाना... उसका यूँ निष्काषित किया जाना.... और एक-एक व्यक्ति का साथ छोड़ते जाना...। जिसके बल पर वह सारी बाजी पलट देना चाहती थी, वही मित्र यूँ पलट गयी थी गोया जानती ही न हो। जब वह सामान्य-सी कार्यकर्त्ता थी... तब लक्ष्मी ने उसके लिए क्या-क्या नहीं किया था...। चुनाव प्रचार से लेकर व्यक्तिगत जीवन की बातों में सम्बल देनेवाली लक्ष्मी आज एकदम अकेली खड़ी थी। दुनिया जानती थी कि वह उनके कितने करीब है... कितनी अपनी है... कितने वर्षों का साथ है, लेकिन आज... लक्ष्मी ने पलटकर उसके चेहरे को देखा, जिस

पर कोई अफसोस, कोई रंज, कोई चिन्ता लक्ष्मी को लेकर न थी। क्रोध से लक्ष्मी का बदन जलने लगा। तेज़ी से उमड़ते आँसुओं को जब्त करके वह भारी कदमों से लौट पड़ी...। उसे अपना भविष्य... अपनी नौकरी... सब कुछ डूबता हुआ नज़र आ रहा था...। बचाव का कोई रास्ता न था और उसके पक्ष में खड़ा होने वाला भी कोई न था। सब उससे कतराने लगे थे। क्या एक बार बचपन फिर लौट आया था... जहाँ वह... मीनाक्षी और छवि और अलग कर दी जाती थी?

घर जाकर लक्ष्मी ने मीनाक्षी को सारी बातें बतायीं।

"क्या तुम मेरी मदद करोगी?"

"मैं जिस संस्था से जुड़ी हूँ, वह राजनीति तथा विवादास्पद मामलों से दूर रहती है।"

"यह मामला जानबूझकर विवादास्पद बनाया गया है मुझे हटाने के लिए।"

"यह सब पीछे की बातें हैं, लक्ष्मी। मैं व्यक्तिगत रूप से तुम्हारे साथ हूँ पर... संस्था की तरफ से कैसे दगा करूँ?" मीनाक्षी उसे समझाने की कोशिश कर रही थी।

"ठीक है। सहसा बुरे वक्त पर कोई काम नहीं आता। जब जहाज डूबता है तो सबसे पहले चूहे भागते हैं। आज तो तुम मुझे अपनी दोस्त भी न कहो।" कहकर लक्ष्मी ने फ़ोन पटक दिया। धम्म से कुर्सी पर बैठी वह... सामने फुदकती चिड़ियों को देख रही थी... चिड़िया... यदि इसे पकड़कर पिंजरे में बन्द कर दिया जाए तो... एक दिन ज़िन्दा न बचेगी...।

'मैंने उसका इतना साथ दिया है और आज वह मुकर रही है... कैसे! क्यों! मामला कितना भी पेचीदा क्यों न हो... उसे दबाया जा सकता है... आज ईमानदारी और नैतिकता का ढोंग करनेवाली ये... क्या थी... मैं नहीं जानती हूँ क्या?...' लक्ष्मी जार-जार रोते जा रही थी, पर पराजय और पीड़ा के इस दौर में वह पराजित होकर नहीं बैठना चाहती थी। उसने प्रभारानी को पुनः फ़ोन किया—"आप कुछ करोगी या नहीं? ये स्थिति हमेशा नहीं रहेगी... आज मुझे आपकी ज़रूरत है? आज आपके सपोर्ट की ज़रूरत है मुझे...।"

"मैंने पूरा केस देख लिया है। सब तुम्हारे ख़िलाफ़ है और तुम्हारे ऊपर गम्भीर आरोप लगाये गये हैं। आर्थिक अनियमितताएँ हैं, फर्जी प्रमाण-पत्र बनाने का आरोप है... तुम छात्राओं को जबरदस्ती लोगों के पास... यदि इस केस के बचाव में मैं उतरती हूँ तो मेरी छवि नहीं बिगड़ जाएगी... मैं क्या जवाब दूँगी!"

क्षणों तक वह उसकी उत्तेजित आवाज सुनती रही... 'आरोप' शब्द पर वह जिस तरह ज़ोर दे रही थी उससे... उसे आभास हुआ कि वह उसी को दोषी मान रही है...।

"ये झूठे भी तो हो सकते हैं।"

"प्रमाण हैं, दस्तावेज़ लगाये गये हैं, लच्छो... तुम्हें यह सब करने की क्या ज़रूरत थी? मैं कुछ नहीं कर पाऊँगी।"

"ठीक है... जहाँ तक आरोपों की बात है तो आप जहाँ बैठी हैं और आपका जो इतिहास रहा है, वह काले धन्धों का इतिहास है... जब मैं डूब रही हूँ तो मैं आपको भी नहीं छोड़ूँगी।" लक्ष्मी ने बेलिहाज होकर कहा।

"मेरा क्या बिगाड़ लोगी और अभी तो जाँच चलेगी। समझने की कोशिश करो लच्छो!"

"मुझे नसीहत मत दो... अब आप तमाशा देखो। मैं आपकी भी वो दुर्गत करूँगी कि आप पूरे देश में मुँह दिखाने लायक नहीं रहोगी। अपना बुरा वक्त भूल गयीं?"

"धमकी दे रही हो?" उधर से चीखती हुई आवाज आई।

"धमकी नहीं करके बताऊँगी।" यह भी उतने ही आक्रोश और आवेश में बोल रही थी।

"जो दिखाये सो कर लो।"

"... याद करो... तुम्हारे प्रेमपत्र हैं मेरे साथ।" लक्ष्मी ने सधी हुई आवाज में धमकाते हुए कहा...

दूसरी तरफ सन्नाटा छा गया। कुछ याद करती जा रही प्रभारानी सन्न रह गयी। यह तो उन्होंने सपने में भी सोचा ही नहीं सोचा था कि जवानी के दिनों में लिखे गये वे प्रेमपत्र... प्रेम व्यापार बन जाएँगे... उन प्रेमपत्रों को उन्होंने लक्ष्मी के पास सुरक्षित रख दिया था... उन्हीं पत्रों का इस्तेमाल आज लक्ष्मी उनके ख़िलाफ़ उनकी राजनीतिक छवि धूमिल करने के लिए करने की धमकी दे रही थी। उन्होंने एक शब्द कहे बिना फ़ोन रख दिया। सारे काम छोड़कर... गहरी चिन्ता में डूब गयी। बार-बार लक्ष्मी की फाइल देखती... फाइल क्या थी पूरी पोथन्ना थी 'आरोपों की, शिकायतों की'। लक्ष्मी का पक्ष लेती है तो बवाल खड़ा हो जाएगा। विपक्षी पार्टी की महिलाएँ, एन.जी.ओ. और तमाम संस्थाएँ उनके ख़िलाफ़ धरना प्रदर्शन करने में लग जाएँगी। मामला एक वर्ग विशेष से जुड़ा था, जिसे सरकार का संरक्षण मिलता था, भले ही उनको आर्थिक लाभ न पहुँचे, उनका शोषण न रुके, लेकिन सामने काग़ज़ों पर विकास की धारा में नहीं, सबसे ऊपर होते थे... उन्होंने कई प्रभावशाली लोगों को फ़ोन

किया। सारी बातें बताईं। उनका ब्लडप्रेशर बढ़ गया था...। लगा एन्जाइना का दर्द न बढ़ जाए। नींद की गोलियाँ लेनी पड़ीं। 'व्यक्तिगत कारणों से कहीं न जा सकेगी' कहकर सारे कार्यक्रम रद्द करवा दिए!

भाई ने फ़ोन मिलाया। विनम्र आवाज में लगभग मनाते हुए बोला—"आप क्यों नाराज़ हो गयी हैं? दीदी का स्वभाव तो जानती हैं। गलत बातों पर वे हमारा तक साथ नहीं देतीं। हमें बताया होता। मैं पीछे से कुछ करता हूँ। शाम को आ जाइये सारे काग़ज़ लेकर। समझ रही हैं न!

लक्ष्मी हँसी। मन-ही-मन बोली... अब आई लाइन पर। भलमनसाहत का तो ज़माना ही नहीं रहा। जब गिड़गिड़ा रही थी, रो रही थी तो सुन नहीं रही थी। अपनी इमेज बिगड़ने का भय दिखा रही थी। अब दाग नहीं लगेगा।

लक्ष्मी निर्धारित समय पर जा पहुँची। बँगले पर उसको कोई रोकता-टोकता नहीं था, क्योंकि उसका यहाँ आना-जाना रहता था। भाई इन्तज़ार कर रहा था। चाय-पानी के बाद मेज़ पर बात आ गयी। भाई ने बहन का नाम लेकर दो-चार जगह फ़ोन लगाया, मामला समझाया। क्लीन चिट दिलवाने का वायदा लिया।

"चिट्ठियाँ कहाँ हैं?" भाई ने लक्ष्मी के हाथों की तरफ देखते हुए कहा।

"वो तो लॉकर में रखी हैं।"

"तुमको चिट्ठियाँ वापस करनी होंगी।"

"क्या आपको लगता है कि मैं इतनी छिछोरी और नीच हूँ कि प्रेस में दे दूँगी।"

"आप तो प्रेसवालों को देने जा रही थीं और अब कह रही हैं कि लॉकर में रखे हैं।"

"तब मैं घबड़ा गयी थी। मेरे साथ जो साजिश की गयी है और जो सुलूक मेरे साथ किया गया, वह मैं कैसे बर्दाश्त करती...। और आपकी दीदी ने मुझे दो टूक जवाब दे दिया था। अपनी इमेज बचाने के लिए आदमी सब कुछ करता है... मुझे भी धमकी देनी पड़ी।"

"धमकी! धमकी की बात छोड़ो... पत्र चाहिए।"

"पत्र नहीं मिलेंगे।"

"पत्र तो देने होंगे।"

"नहीं दिए तो क्या बिगाड़ लोगे? मेरा काम होने के बाद ही पत्र मिलेंगे।"

"ब्लैकमेल कर रही है कमीनी।"

"जो समझो। एक हाथ से लो दूसरे हाथ से दो।" लक्ष्मी सौदेबाजी पर

उतर आई।

"अच्छा... बड़ी होशियार बनती है...।" भाई ने दरवाज़ा बन्द कर दिया और बोला—"हरामज़ादी! छिनाल! किसके दम पर यह बकवास कर रही है। तेरे खसम ने भी तेरा साथ जोड़ दिया है। धतकर्म करते वक्त भूल गयी थी कि सरकारी नौकरी में तेरे बाप का राज नहीं चलता है।"

"गालियाँ मत देना वरना...।" लक्ष्मी ज़ोर से चीखी।

"वरना क्या करेगी?"

"पुलिस में जाऊँगी।"

"पुलिस में जाएगी... तू मेरे ख़िलाफ़? मीडिया में जाएगी दीदी के ख़िलाफ़? तेरे हाथ-पैर तोड़कर रख दूँगा... और तू भूल गयी कि फर्जी सर्टीफिकेट बनवाकर तूने, तेरी औलादों ने सबकी आँखों में धूल झोंकी है। सबकी नौकरी खा लूँगा।" वह यानी प्रभारानी का भाई उसके सामने खड़ा धमका रहा था।

"तुम सब भी सड़क पर भीख माँगोगे और तुम्हारी दीदी को तो आत्महत्या करनी पड़ेगी या शरम के मारे जंगलों में छुपना पड़ेगा।" लक्ष्मी का पारा भी सातवें आसमान पर था। उसे लग रहा था दो कौड़ी का अनपढ़ आदमी अपनी बहिन के बल पर गालियाँ दे रहा है।

वह इससे आगे कुछ बोलती या समझती, उसने लक्ष्मी के बाल पकड़े, जिन्हें वह करीने से बनाकर और महँगे कलर से रंग कर आई थी, ज़मीन पर पटका और लातों-घूँसों से जमकर इतनी पिटाई कर दी कि लक्ष्मी अर्धमूर्च्छित सी हो गयी। गाँव का गँवार और डाकू कहा जाने वाला दीदी का भाई जब अपनी औकात पर आता है तो अच्छे-अच्छों की रूह काँपने लगती है—

"सुन हरामज़ादी! ज़्यादा तीन-पाँच की तो पूरे खानदान को उठवा दूँगा। जा यहाँ से और रख ले पत्र अपनी... में! अगर परसों तक पत्र नहीं मिले तो सोच लेना तेरी वो दुर्गत करूँगा कि सारी मास्टरनीगिरी भूल जाएगी।"

लक्ष्मी स्तब्ध! पोर-पोर में जैसे गाँठें पड़ गयी हों। क्षणों तक वह अपनी जगह से हिल नहीं पायी। चश्मा टूटकर नीचे गिर गया था। बैग सोफ़े पर पड़ा था। बाल बिखरकर आँखों पर आ गये थे। स्टॉफ के लोग खिड़की दरवाज़ों से झाँक रहे थे। उसने बैग उठाया। साड़ी सँभाली। बालों को पीछे किया... मार से उठे चोटों के निशान... साफ दीख रहे थे...। ड्राइवर समझ गया मामला गड़बड़ और गम्भीर है। वह चोर नज़रों से उसकी चोटों को देख रहा था। लक्ष्मी अपने आँसुओं को बार-बार पोंछ रही थी। उसने साड़ी के पल्लू से चेहरा ढाँपा... आँखों पर गॉगल लगाया—

''हास्पिटल चलो।''

हास्पिटल में जाँच करवाकर लक्ष्मी एडमिट हो गयी। परिवार के लोग, उसके साहब, छवि... मीनाक्षी... सब उसके पास आ गये। दूसरे दिन आग की तरह यह खबर फैल गयी कि लक्ष्मी को हार्ट अटैक हो गया है। लक्ष्मी का ड्राइवर कम बदमाश न था... दूसरी मैडमों के घर में नौकरी कर चुका था। सबसे कह देता कि मेरा नाम मत लेना और शपथ खिलाकर सारी आँखोंदेखी बयान कर देता। अन्ततः यह खबर भी बाहर तक पहुँच गयी। दुश्मनों के कानों तक!

लक्ष्मी अभी तक सदमे में थी। चुप। मीनाक्षी और छवि को सामने पाकर वह फफककर रो पड़ी... सारी कहानी सुना डाली... 'बुरे वक्त में कोई साथ नहीं देता' कहावत को लक्ष्मी ने कई बार दोहराया। छवि का अपना मामला चल रहा था और मीनाक्षी साथ होकर भी सार्वजनिक रूप से अपने सम्बन्धों को जाहिर नहीं करना चाहती थी।

लक्ष्मी को अभी ठीक हुए दो हफ्ते भी नहीं हुए थे कि... उसे कालेज जाना पड़ा। फर्जी सर्टीफीकेट की जाँच प्राचार्य को सौंप दी गयी थी। प्राचार्य के पास वो फाइल थी जिसमें लड़कियों को झूठे सर्टीफीकेट देने का मामला शामिल था। विभागाध्यक्ष के ख़िलाफ़ कथित अपमानजनक व्यवहार की शिकायत भी थी। यानी लक्ष्मी चारों तरफ से घिर चुकी थी।

लक्ष्मी प्राचार्य पर दबाव डाल रही थी कि वे उसके ख़िलाफ़ कुछ न लिखें। पहले तो वह स्वयं कई बार गयी उनके केबिन में, घर पर... फिर साहब से बात करवायी। प्राचार्य ने जाँच के लिए गोपनीय समिति बना दी थी...। जब लक्ष्मी को यहाँ दाल गलती नज़र नहीं आई तो वह उनसे भी लड़ बैठी... वह शाम का समय था... उनकी गाड़ी सामने लगी थी। स्टॉफ के दो-चार सदस्य, चपरासी और ऑफिस के लोग जाने की तैयारी कर रहे थे। उसी समय लक्ष्मी ज़ोर-ज़ोर से चिल्लाती हुई प्राचार्य के चेम्बर से निकल रही थी...। सारे लोग भौंचक्के से... उसका तमतमाया चेहरा देख रहे थे। स्टॉफ के लोग दौड़कर प्राचार्य के पास गये। वे तनाव में थी। गुस्से में भी।

''बार-बार फ़ोन करवा रही है...। कितने लोगों के फ़ोन। बता दिया कि कमेटी अपनी रिपोर्ट देगी... सुनती ही नहीं। इतना बोलती है... कि...'' उन्होंने गिलास भर पानी पिया और गाड़ी में बैठ गयीं। पसीने की बूँदें माथे पर उतर आई थीं।

''मैडम, हम लोग साथ में चलें।''

''नहीं... अभी जाकर पुलिस चौकी में कम्पलेन्ट लिखवा देते हैं... धमकी

की...।'' प्राचार्य बुरी तरह से पस्त दिखाई दे रही थी।

कमेटी की रिपोर्ट आ चुकी थी। पूरे स्टॉफ की मीटिंग बुलायी गयी। पहले से किसी को कुछ पता नहीं था। प्राचार्य ने मीटिंग का एजेंडा बताया, फिर लक्ष्मी पर जो आरोप लगाये गये, वो पढ़े...। कमेटी के सदस्यों के नाम बताये... और जाँच की प्रक्रिया भी... उन लड़कियों के बयान लिये गये थे, जिनके प्रमाण-पत्र बनाये थे। उन प्रमाण-पत्रों से लेकर एन.सी.सी. ऑफीसर ने गम्भीर आपत्ति उठायी थी और प्राचार्य को शिकायत कर दी थी।

स्टॉफ क्लब के सदस्य खामोश बैठे थे...। उन लोगों को अपने विचार व्यक्त करने के लिए कहा गया...। लक्ष्मी सामने की कुर्सी पर चुप बैठी थी। सारा कालेज एक तरफ और वह दूसरी तरफ। अकेली। लांछित। सार्वजनिक रूप से... बेइज्जत होती हुई। शाम का वक्त था... सूरज ढल रहा था। बाहर खड़े चपरासी परस्पर हँसी-ठिठोली कर रहे थे...। एकमात्र स्टॉफ सदस्य मिसेज गुलाटी ने हस्तक्षेप करते हुए कहा—''मैडम, लक्ष्मी को अपना पक्ष रखने का मौका मिलना चाहिए।'' पर पक्ष रखने का मौका नहीं दिया गया... लक्ष्मी को जो भी कहना है... अपने लिखित उत्तर में कहे। सर्वसम्मति से निर्णय लिया गया। लक्ष्मी को लगा... चारों तरफ बाढ़ का पानी है... जिसमें वह डूबती जा रही है।

जब स्टॉफ के सदस्य मीटिंग हॉल से बाहर निकले तो हलका-हलका अँधेरा घिर आया था। पक्षियों का कलरव पूरे वातावरण को गुंजायमान किए हुए था। सब एक-दूसरे से, ख़ासकर लक्ष्मी से नज़रें बचाते-चुराते हुए निकल रहे थे... यह एक और कांड था, जिसकी कड़ियाँ लक्ष्मी के हॉस्टल वाले प्रकरण से जुड़ी थीं...। एक और केस लक्ष्मी के ख़िलाफ़ लग गया था।

वह भी पूरी ताकत, पूरे दिमाग और पूरी ऊर्जा के साथ लगी थी। लेकिन यह वक्त उसमें ख़िलाफ़ चल रहा था। तूफान में उल्टी दिशाओं में चलती हवाओं का वेग हर चीज़ को उखाड़ता जाता है, वैसे ही सारे लोग सारी राजनीतिक और व्यक्तिगत सम्बन्धों की अन्तरंगता पतझड़ बन गयी थी। चूहा-बिल्ली का खेल चल रहा था। प्राचार्य, विभागाध्यक्ष तथा जाँच कमेटी के सदस्यों के ख़िलाफ़ बेनाम शिकायतें डाली जा रही थीं। ऐसा कोई विभाग नहीं था, जहाँ लक्ष्मी ने शिकायत न की हो। स्वयं को समाज की अलग, उपेक्षित, अपमानित, प्रताड़ित स्त्री बताकर... स्वयं के प्रति हुई प्रताड़ना, अन्याय और पक्षपात की शिकायतें कर दी थीं। मीनाक्षी उसके लिए पीछे से काम कर रही थी और छवि ने उसको भावनात्मक सहारा दिया था... उनमें स्त्री सुलभ जलन की भावना खत्म हो चुकी थी। अब वे जातिवाद से बाहर निकलकर क्षेत्रवाद की राजनीति कर रही थी। वह चुपचाप विपक्षी पार्टी के नेताओं से मिल रही

थी... प्रभारानी के ख़िलाफ़ भ्रष्टाचार... चरित्रहीनता के सबूत देने के नाम से कर रही थी...। सरकार उसके ख़िलाफ़ दमन की राजनीति कर रही है... यह कहकर उसने अपने लिए बॉडीगार्ड रख लिया था। बॉडीगार्ड के साथ चलती लक्ष्मी अपने आपको... भावी विधायक मानती थी...। उसके चेहरे के भाव-भंगिमाएँ मरखुंडी गाय की तरह होती... जो सामनेवालों को सींग मारती और पीछेवालों को लात!

और मीनाक्षी के जितने भी, जैसे भी सम्बन्ध थे, सबका सहयोग लेकर लक्ष्मी ने जीवन की नयी शुरुआत कर दी थी। वह उस अपमान को जो स्टॉफ क्लब के सामने किया गया था... उस अपमान को जो सड़क पर रैली के द्वारा किया जा रहा था... उस अपमान को जो प्रभारानी के भाई ने लात-घूँसों से किया था... उस अपमान को जो उसे वार्डन के पद से हटाकर किया गया था... भूली नहीं थी। खाना खाते... सोते... जागते... अँधेरे में... उजली रातों में यही दृश्य उसकी आँखों के सामने आकर खड़े हो जाते। वह ऊपर से नीचे तक काँप जाती... उसके दाँत किटकिटाने लगते, जबड़े भिंच जाते... लगता दिमाग की नसें फट जाएँगी... वह एक-एक पल को ज़िन्दा रखकर उसकी पीड़ा को विस्मृत नहीं करना चाहती थी। इस वक्त उसके साहब एक ऐसे पद पर पहुँच गये थे, जहाँ से वह लक्ष्मी को अपमान का बदला लेने के लिए मदद कर सकते थे। लक्ष्मी को उनसे शिकायत थी कि मुसीबत के वक्त उन्होंने उसका उस तरह साथ नहीं दिया था... जैसे देना चाहिए था। सबसे पहले उसने प्राचार्य का तबादला करवा दिया। विभागाध्यक्ष कोई कच्ची खिलाड़ी नहीं थी... उनके भी बड़े-बड़े सोर्स थे, इसलिए जब उनका तबादला हुआ तो चारों तरफ सन्नाटा खिंच गया। शक्ति प्रदर्शन में इस बार लक्ष्मी भारी पड़ी थी। यह खबर आग की तरह फैल गयी। लक्ष्मी की ताकत और प्रभाव का सबको लोहा मानना पड़ा। लोगों ने उसके जाने की खुशी में लड्डू बाँटे। प्राचार्य को कोई गेट तक छोड़ने तक नहीं गया। हर कोई लक्ष्मी के डर से डरा हुआ था। अब लक्ष्मी ने कई महीनों बाद कैंटीन में, बरामदे में, स्टॉफ रूम में बैठना शुरु कर दिया। हाथ में किताब लिये, आँखों पर चश्मा चढ़ाये वह पढ़ने की मुद्रा में बैठ जाती। नीची निगाहों से आते-जाते लोगों को देखती। कौन उसको किस तरह देख रहा है और कौन होकर बात कर रहा है... यह सब... गौर से देखती। मीनाक्षी, छवि और लक्ष्मी की तिकड़ी इस बार सचमुच एक साथ थी... और इस अन्दाज़ में साथ थी कि... हम तो एक गाँव के... एक मिट्टी के... एक पानी के साथी हैं... यानी सत्ता के पक्ष में, प्रवाह में तीनों एक साथ तैर रही थीं सारे गिले-शिकवे, मन-मुटाव भुलाकर।

# मज़ाक

"कितनी रातें जागी हूँ मैं
तुम्हारे लिए
कितने पन्ने फाड़े हैं मैंने
तुम्हारी इबारत लिखने के लिए
फिर भी छूट गया है बहुत कुछ..."

(उसके लिए कविता का एक अंश)

"कविता से कहिये कि चित्रा को बार-बार मंच पर न बुलाया करे। ज़रूरी तो नहीं कि हर प्रोग्राम में वह भाषण दे। भजन गाये। गीत सुनाये। एक से बढ़कर एक गायक बैठे हैं और वो है कि बेसुरा गाने के लिए खड़ी हो जाती है। और आजकल वो जैसा नाटक कर रही है न वह अब बर्दाश्त नहीं होता।" मंगला ने गुस्से में आकर कहा। मंगला का गुस्सा क्या लगभग सभी का गुस्सा चित्रा की उपस्थिति को लेकर था। चित्रा जैसे ही मंच पर आती हँसी और फुसफुसाहटों की लहरें-सी उठने लगतीं। हाँ, लिहाज करके लोग मुँह पर हथेली रख लेते या महिलाएँ अपनी बेशकीमती साड़ी का आकर्षक पल्लू इस तरह सामने लहरा देती, ताकि सामनेवालों को उपहास उड़ाती हँसी दिखाई न दे। उपहास उड़ाती ये मानवीय दन्त-लहरें भचाक से चित्रा के सीने पर हमला करतीं और अदृश्य हो जातीं। चित्रा किसी भी प्रोग्राम में सामने वाली पंक्ति में कभी भी नहीं बैठती। वह सबसे पीछे वाली पंक्ति में खामोशी को लपेटकर बैठती। यह कोई सोची-समझी गयी चाल नहीं होती, बल्कि उसको इसी तरह संन्यासियों की तरह निर्विकार बैठना अच्छा लगता। उसकी देह के आसपास बुनी वीतराग की पैहरन... उसका रक्षाकवच होती। सलवार-सूट पहनती। सिर पर स्कार्फ बाँधती। दुपट्टा पिनों के सहारे कन्धों पर बँधा होता...। इस दुपट्टे में उसकी देह उसी तरह छुपी होती जैसे कोई द्वीप नहीं में अधडूबा दिखाई

देता...। लगभग पूरे पक चुके बाल इस तरह अस्त-व्यस्त रहते... जैसे यकायक गठरी खुल जाए... और सब कुछ बेतरतीब नज़र आये। ये बाल खोपड़ी पर इस तरह चिपके होते कि उसकी खोपड़ी का आकार-प्रकार साफ दिखाई देता...। माथे पर लम्बी बड़ी-सी बिन्दी ज़रा भी अच्छी नहीं लगती थी, फिर भी स्त्री सुलभ शौक और स्त्री सौभाग्य के प्रतीक सारे गहने वह... कानों, नाक, गले, हाथ और उँगलियों में पहने होती। उसका नाम पुकारे जाने पर... एक लम्बा शून्य बीच में आता क्षितिज रेखा की तरह... यानी मंच से उसकी कुर्सी तक की दूरी... इस तरह तय होती गोया रेगिस्तान में चलना पड़ रहा हो। कोई हड़बड़ी नहीं। पूरी दर्शक दीर्घा को पार करती वह... सामने आती। उसके कदम हवा से भी हलके होते। वह सीधी तनकर खड़ी होती... जैसे कोई छोटी पहाड़ी। फिर एकटक दृष्टि से सामने देखती। उसकी छोटी-छोटी नज़रें चारों तरफ घूमतीं... घूमते हुए वे आसमान पर जा टिकतीं। आसमान का वह टुकड़ा उससे चुपचाप कुछ कहता... बतियाता... तभी तो वह आँखें मूँदकर सिर हिलाती...। ''नाटकबाजी देखो इसकी।'' कोई एक आवाज उठती। वह नमस्कार करती हाथ जोड़कर। फिर सभी को सम्बोधित करती—''महाविद्यालय की विदूषी प्राचार्य डॉ. निर्मला वर्मा, आदरणीय जोशी जी, आदरणीय त्रिपाठी, जी मेरे सहयोगी... और मेरी प्रिय छात्राओ... लम्बे होते सम्बोधनों को कविता भी बीच में न काट पाती, वह धीमी आवाज में कहती—आगे बोलिये। मगर चित्रा बिना उसकी तरफ देखे, बिना विचलित हुए बोलती जाती—'मैं आभारी हूँ प्राचार्य मैडम की, संयोजक महोदया की, आप सभी की, कि आज हम सब यहाँ इकट्ठे हुए हैं, मैं आप सभी के साथ पूरे देशवासियों को गणतन्त्र दिवस की शुभकामनाएँ देती हूँ। अभिनन्दन करती हूँ और इस अवसर पर आप सभी से प्रार्थना करती हूँ कि हम सब अपने कर्तव्यों का पालन पूरी निष्ठा और ईमानदारी के साथ करें। ईश्वर ने हमें जो बुद्धि, विवेक और ज्ञान दिया है, उसका इस्तेमाल हम इस युवापीढ़ी को संस्कारित करने और उसे ज्ञानवान बनाने में करें। इसको सुयोग्य नागरिक बनाने का दायित्व हम सब पर है। देश में जो हालात हैं... और जिन विपरीत परिस्थितियों में हम जी रहे हैं... मसलन आतंकवाद, भ्रष्टाचार... मूल्यहीनता... संवेदनशीलता...''

''यही एक बची है देश की चिन्ता करनेवाली।'' दूसरी कर्कश... व्यंग्य भरी आवाज उठी।

''नाटक देखो इसका... कैसे-कैसे मुँह बनाकर उपदेश दे रही है।'' तीसरी आवाज ने वितृष्णा के साथ कहा।

इधर चित्रा बोले जो रही थी—''क्या आपको नहीं लगता कि हमें

आत्मावलोकन की ज़रूरत है। हमें ईमानदार, साहसी, कर्मठ और राष्ट्रभक्त युवाओं की ज़रूरत है। अच्छा... सुनिये... आप लोग बात मत करिये। मुझे अपनी बात कहने दीजिए।'' चित्रा ने हाथ उठाकर इशारा किया... सफेद कुर्ते में लिपटा उसका हाथ... किसी वृक्ष की शाख की तरह लग रहा था। सभा में सन्नाटा छा गया। ऐसा सन्नाटा कि बाद में सब उस पर टूट पड़ेंगे। लेकिन चित्रा ने अपनी आवाज को गम्भीर बनाते हुए कहा- ''आप लोग यहाँ एक घंटे के लिए आये हैं और ज़रा सी धूप और ठंड से बेचैन हो उठे हैं, ज़रा उन सैनिकों के बारे में सोचिये जो हमारी सरहदों पर पहरेदारी कर रहे हैं। उनके बारे में हम नहीं सोचेंगे तो कौन सोचेगा ठंड... बर्फ़ीली हवाएँ... दुश्मनों द्वारा किये जाने वाला हमला... कल्पना कीजिए... आज मैं अपने दिल की बात करके रहूँगी। मैडम, मुझे माफ करेंगी... मैं आपका समय ले रही हूँ पर मैं क्या करूँ... मेरा दिल भरा हुआ है। भावनाएँ उमड़ रही हैं।''

''बस अब ये माइक नहीं छोड़ेगी। अपनी बीमारी का नाजायज फायदा उठाती है। सहानुभूति पाने के लिए यह सब नौटंकी करती है। इतना देशप्रेम उमड़ रहा है तो चली जाए सरहदों पर।'' चौथी आवाज ने रूखेपन से कहा। चित्रा ने आगे कहा—''जो किसान आत्महत्या कर रहे हैं और जो लोग आतंकवाद के कारण मारे जा रहे हैं उसको लेकर हमारे भीतर... गहरी चिन्ता है। क्या इस तरह के देश की कल्पना हमने की थी? आज हमें संवेदनशील होने की ज़रूरत है। प्रेम, करुणा, सहृदयता, दया... ये महज शब्द नहीं हैं... इन्हें हमने खोखला बना दिया है...''

बाप रे बाप... संचालन कर रही कविता का धैर्य... टूटने लगा। वह मन-ही-मन झुँझलाई। एक-एक मिनट कीमती है। अवकाश का दिन! धरती और आकाश में गुलाबी और श्वेत आभा बिखेरती धूप...। लोग बाहर जाना चाहते हैं और ये हैं कि...

''मैं कहूँगी... आज कहने का... सुनने का अवसर है, कविता मैडम कल मुझे मिली थीं मैंने इनसे पूछा कि मेरा नाम है... तो इन्होंने कहा... नाम तो है पर जल्दी-जल्दी बोलना... पूरे सभागार में ज़ोर का ठहाका गूँज गया। हँसी थम नहीं रही थी... कविता का चेहरा झेंप के कारण लाल हो गया...। अभी कुछ कह भी नहीं सकती थी, पर मन-ही-मन सबने कविता की इस बात के लिए प्रशंसा की कि किसी ने तो इसे इसकी औकात दिखाई!

''इस अवसर पर मैं उन सभी महापुरुषों को शत्-शत् नमन करती हूँ और उनसे क्षमा माँगती हूँ कि उन्होंने जिस देश के लिए अपने प्राणों की बलि दी थी उस देश के नागरिक उनके लिए एक घंटा भी नहीं दे सकते। मुझे दुख

है। बहुत दुख है। हाँ, मैं उस छात्रा को व्यक्तिगत रूप से बधाई देते हुए ग्यारह सौ रुपये देना चाहती हूँ जिसने हमारे महाविद्यालय का नाम रोशन किया है... आओ... शिखा मैडम से आशीर्वाद लो...।''

चित्रा के लिए लगातार कमेन्ट्स करती आवाजें एकाएक खामोश हो गयीं। भरभराती नदी की धारा एकाएक शान्त हो जाए तो कैसी वीरानियत लगती है... उसी तरह की शान्ति वहाँ के वातावरण में व्याप्त हो गयी। लोग एक-दूसरे का चेहरा देखने लगे। यह क्या हुआ... यह तो फिर बाजी मारकर ले गयी। किसी छात्रा को यूँ सार्वजनिक रूप से पैसे देना... उसका सम्मान करना..। ''बहुत गरीब घर की लड़की है। बड़ी मुश्किल से पढ़ रही है। पिता हाथठेला चलाता है। हम लोग भी सोच रहे थे कि कुछ पैसा इकट्ठा करके उसे दे देंगे।'' पीछे से लता ने कहा। सभी ने अपने चेहरों पर अनभिज्ञता और उदासीनता के भाव ओढ़ लिये।

''क्यों मेले में चलोगी?'' पीछे से शमा फुसफुसाई।

''बहुत अच्छी साड़ियाँ आई हैं।''

''हम तो खरीद लाये... सामने देखो... चित्रा का चेहरा... देखो... हम लोग सोचते ही रह गये और उसने वह काम कर दिखाया।'' लता अफसोस जताते हुए बोली—

''कुछ नहीं, मैडम के सामने अपना इम्प्रेशन दिखाना चाहती है। आजकल एक हज़ार रुपये में होता क्या है? क्या चुपचाप नहीं दे सकती थी। यह तो उस लड़की का मज़ाक बनाना हुआ। उसकी दरिद्रता को सार्वजनिक करके क्या दिखाना चाहती हो... कि तुम कितनी दयालु हो... कितनी संवेदनशील हो...'' इधर उसके ख़िलाफ़ बातें की जा रही थीं और उधर तालियों की गड़गड़ाहट के बीच चित्रा का भाषण समाप्त हुआ। सबने राहत की साँस ली कि चित्रा की बकवास समाप्त हुई।

''इसको बोलने की बीमारी हो गयी है...।'' सपना ने उठते हुए कहा।

क्या सचमुच बोलना बीमारी होता है... या फ़क़त चित्रा ही इस रूहानी और मानसिक बीमारी की शिकार है। शब्द—उसकी रूह को आमन्त्रित करते हैं या रूह—शब्दों को स्वर देती थी :

पिछले वर्ष से चित्रा की यह बीमारी ज़्यादा बढ़ गयी है। हर कार्यक्रम... में वह कोई-न-कोई ऐसा काम ज़रूर कर देती, जिसे देखकर लोग विस्मित रह जाते... जैसे कभी वह बगीचे में अपने लाये पौधे रौप देती... या छत पर चढ़ रही बेलों को सुतली से बाँधकर सुन्दर आकार दे देती... या परिसर में घूमनेवाले कुत्तों के लिए रोटियाँ ला देती... या मछलियों को दाना डालने चली

जाती... या... लड़कियों के साथ दीवारों पर पोस्टर लगा देती... यदि कार्यक्रम में कोई उसे आमन्त्रित नहीं करता तो वह स्टेज पर जा पहुँचती—मैं भी बोलना चाहती हूँ। उसकी इस आदत ने सबको परेशान कर दिया था...। सब उससे किनारा करने लगे थे। वह मीरा की तरह दीवानी थी... कृष्ण के प्रेम में डूबी... मीरा... कृष्ण की भक्ति में मग्न मीरा... और चित्रा... अगर चित्रा को किसी से प्रेम होता तो...

दिमागखाऊ... नौटंकी कहीं की... सनकी... जैसे विशेषण उसे दिए जाते पर इन तमाम आलोचनाओं से बेपरवाह चित्रा हाथ में बैग थामे... पानी की बोतल लटकाये लगभग दौड़ती-सी दिखाई देती...। वह अपने में डूबी होती। पढ़ाने में वह गम्भीर। नियमित। अनुशासित। एक लड़की हो या चालीस वह हमेशा पढ़ाती हुई मिलेगी। चॉक से सनी उसकी उँगलियाँ... माथे, चश्मे... बालों और दुपट्टे पर गिरे चॉक के सफेद कण! जिन्हें झड़ाती हुई वह बाहर निकलती। क्या वाकई वह नाटक करती है... दिमाग खाती है... खीझ पैदा करती है... उन सबके बीच जो पढ़ाने तो आते हैं पर जिनकी ज्वैलरी... जिनकी साड़ियाँ सूट और मोबाइल ज़्यादा चर्चा में रहते। बेशकीमती चीज़ों से सजी-धजी ये महिलाएँ किसी गरीब छात्रा के बारे में सोचें न सोचें चित्रा को इस बात की परवाह कहाँ...।

यूँ चित्रा शुरु से ही अलग थी... अलग होना ही उसकी नियति थी। अपनी किताबों और रजिस्टरों में डूबी। पढ़ने-पढ़ाने वाली। समूह से अलग। तमाम प्रपंचों से अलग। बेदखल। हँसी-मज़ाक के कोरस से अलग फ़ैशन शो और दिखावे से अलग। हर काम को संजीदगी से लेनेवाली। अर्थशास्त्री बनने का सपना देखने वाली चित्रा देश की अर्थव्यवस्था को लेकर बातें किया करती थी। कोई-न-कोई प्रोजेक्ट बनाती रहती थी कि तभी सदमा पहुँचा देनेवाली खबर आई थी कि चित्रा को कैंसर है। कविता को उसके कैंसर का यूँ पता चलना कितना मारक लगा था। पूरी रात वह सो न सकी थी। खाते-पीते, उठते-बैठते बस वह चित्रा के बारे में सोचती रहती। उसका चेहरा उसकी आँखों के सामने आ जाता...। कविता को लगता जैसे कैंसर चित्रा को हुआ है और उसका दर्द... उसकी विकृति... उसका जहर... उसके भीतर फैलता जा रहा है। क्या आहिस्ता-आहिस्ता लगाव होता गया था उसे चित्रा से या वह चित्रा से अभिभूत थी या बीमारी से उत्पन्न भयावहता ने मृत्यु की उपस्थिति करवा दी थी या उसको लेकर वह उतनी ही चिन्तित थी जितनी उसकी मित्र की बेटी पेड़ों के काटे जाने पर दुखी और चिन्तित थी। जब वह रो रही थी... कि आंटी ये पेड़ क्यों काटे जा रहे हैं... इनसे सारी सुन्दरता खतम हो जाएगी... तब उसने कितने

सहज ढंग से समझा दिया था। आज चित्रा के भीतर उसे वही विशाल... सुन्दर रसभरे हरे-भरे वृक्ष के... यूँ अचानक काटे जाने का बेपनाह दर्द महसूस हो रहा था। उसने ऑफिस से चित्रा के घर का पता लिया। देखने की, उसे गले लगाने की तीव्र इच्छा हो उठी। मगर फ़ोन पर उसकी दबी-घुटी आवाज सुनकर वह काँप उठी थी। वह आवाज सैकड़ों फीट गहरे गड्ढे में से आती लग रही थी... बिस्तर पर पड़ी एक कमज़ोर काया... सोते-सोते बोल रही हो। तनाव और भय के क़ारण वह रास्ते से ही लौट आई थी। वह इतनी स्वार्थी बन गयी थी कि जिस दर्द से चित्रा गुज़र रही थी... उस दर्द को वह उसके चेहरे पर उन सपनीली आँखों में देख नहीं सकती थी... महीनों तक चित्रा की वह कँपकँपाती... दयनीय किकियाती काँपती आवाज उसका पीछा करती रही थी।... कुछ महीनों बाद चित्रा अचानक सामने पड़ गयी। सिर पर स्कार्फ बाँधा हुआ था। स्कार्फ क्या था, ऐसा लग रहा था गोया धूसर आसमान गोल कटोरा बनकर मानो उसके सिर पर उतर आया हो। गाल पिचक गये थे, आँखों में दर्द की गोलियाँ जमी हुई थीं। ऑपरेशन, कीमियोथैरेपी से जितनी पीड़ा हुई होगी चित्रा को उससे ज़्यादा यन्त्रणा हुई होगी अपने उस एक अंग के अलग होने की। वृक्ष कटकर भी कभी-कभार दुबारा उस जगह पर खड़ा हो जाता है... उसमें पीक फूट आती है मगर... वक्ष की उर्वर भूमि... सपाट हो जाती है हमेशा के लिए... मित्र की बेटी का रोना... उसकी रुलाई में तब्दील हो गया था...। कविता के दिमाग़ की नसें फटने लगी थीं... बाल जो सुन्दरता का... पर्याय माने जाते हैं... वक्ष जो सौन्दर्य, स्त्रीत्व और मातृत्व का उद्‌गम था... उसके बारे में पूछे? पूछे कि... स्वयं को आईने में देख पाती हो या नहीं...

"कैसी हो चित्रा! मैं हिम्मत नहीं जुटा पायी थी। मैं तुम्हारे बारे में इस तरह सोच भी नहीं सकती थी। मैं बार-बार आना चाहती थी मगर..."

"जो होना था हो चुका। मैंने भी कहाँ सोचा था?" उसने चमकहीन आँखों से देखते हुए कमज़ोर आवाज में कहा।

"अब... अब... आगे सब कुछ कर सकोगी?" कविता ने उसकी हथेली के ऊपर बँधी पट्टी को छूते हुए पूछा था। चित्रा चुप थी... कविता उससे तमाम बातें पूछना चाहती थी, लेकिन उसके भावशून्य चेहरे को देखकर वह सहम गयी थी। उसके सूखे होंठ कितने फीके लग रहे थे...। उसने अपनी देह को आकारबद्ध करने के लिए सफेद रंग के मोटे दुपट्टे से लपेट रखा था ताकि वक्ष की गोलाई और सपाटपन में अन्तर न दीख सके...

"ज़िन्दगी में वापस लौटने के लिए बहुत हिम्मत की ज़रूरत होती है। लगातार आप अँधेरे में रहें और अचानक सूरज आपकी आँखों के सामने आ

जाए... आप देख पाते हैं... नहीं न? और जैसे पेड़ सूखकर गिरता है तो उस ज़मीन पर अपनी कोई जड़ या बीज नहीं छोड़ पाता है।... कविता जी, सब कुछ पीछे छूट जाता है और जब खड़े होते हैं तो लगता है अब कैसे... जिएँगे... तभी भीतर से जीने की कामना जागने लगती है... जैसे ही मन करता कि... अभी तो बहुत जीना है... सामने सारा ब्रह्मांड घूम जाता है... सारे सपने... सारे सम्बन्ध... सारा प्यार... सारी हलचल... सारे रंग... सबको पकड़ने की तीव्र इच्छा होती है... एक-एक पल पकड़कर थामने का मन होता है... वो जो भीतर मृत्यु... बैठ जाती है... आपकी देह को, आपके मन को पकड़कर...'' चित्रा की आवाज काँपने लगी थी।

''नहीं, सब ठीक हो जाएगा... आजकल ऑपरेशन के बाद...।''

''बात आजकल और... भविष्य की नहीं है... बात जीवन को बचाने की है... जीवन को बचाने की जो जद्दोजहद चलती है, उसकी हैं पर हाँ प्राणायाम करती हूँ। योग करती हूँ। ध्यान लगाती हूँ। परहेज तो चलता ही रहेगा। हाँ... दवाओं का असर तो रहता ही है... और काम तो कर ही रही हूँ... बिना काम के रह नहीं सकते...।''

आगे कुछ भी पूछने की हिम्मत न जुटा सकी कविता...। उसका ख़्याल किसने रखा होगा! कैसे उसने इतना लम्बा बीमार समय निकाला होगा? बच्चों पर क्या बीती होगी! आत्मग्लानि का काँच भी कविता के हृदय को लहूलुहान किये हुए था कि हमारे पास तो इतना भी समय नहीं था कि दो-चार बार जाकर बैठ पाती। देख पाती। सान्त्वना दे पाती। बीमार... दुखी और अकेला इंसान कैसे धीरे-धीरे अकेला होता जाता है। सब साथ छोड़ देते हैं उसका यहाँ तक कि उसके अपने भी... उसकी अपनी आँखें तक स्वयं को देखने से डरने लगती हैं।

धीरे-धीरे उसके बाल बढ़ने लगे थे। उसने स्कार्फ बाँधना बन्द कर दिया था। कालेज में वह ज़्यादा समय देने लगी थी। चैकअप के लिए नियमित जाती। जीवन और उसकी देह में निरन्तर संघर्ष चलता। मन मज़बूत था देह कमज़ोर। मन निरोगी था देह रोगी। मन जीना चाहता था, देह जीने में बाधा थी। वह अपने देह को मिट्टी के खिलौने की तरह सहेजकर चल रही थी। उसने बताया—''कविता जी, मैं भीतर से डर गयी थी। मौत से। मौत का खौफ मेरे भीतर बैठता गया था। सारा संसार उजड़ता हुआ लगा...। कौन नहीं चाहता... जीना...। बेटा बाहर था। मैंने उसे बुलाया। बहुत शान्ति के साथ उसे मानसिक रूप से तैयार किया। वह एक अन्तहीन दौर था। अपने अंगों को... अपने बालों को यूँ... झड़ता... गिरता देखना। अभी उँगली आपकी हथेली में है... उसका

अंश... और उसी उँगली को आप यकायक सामने देखे... अलग... वो जानलेवा एहसास... बहरहाल... कविता जी, आदमी को कुदरत ने थोड़ा ढीठ भी बनाया है... हर हाल में जीने का हौसला भी वहीं से मिलता है, इसीलिए मैंने अपनी आत्मा की आवाज सुनी। सबको लौटना होता है अपने काम पर... अपने गन्तव्य पर। कौन आपके साथ कितने समय तक रहेगा... तब मैंने संगीत सीखा यानी गाना सीखा। मैंने अपने कमरे को संगीत से भर लिया। संगीत के स्वर, गीतों के बोल मेरे भीतर उतरने लगे। मैं संगीत के साथ बहने लगी। मेरे भीतर ताकत आने लगी। मैं गाती। हर पल गाती। मुझे मीरा की याद आती... कैसे पागल हो गयी थी वह कृष्ण के प्रेम में... मैं... किसी कृष्ण से प्रेम नहीं कर सकती थी... बल्कि मेरी देह मेरे पति से दूर होती गयी थी तो मुझे कोई तो आधार चाहिए था...। मैं एक संगीत-गुरु के पास गयी। मैंने कहा, मुझे गाना सीखना है, वे मेरा चेहरा देखने लगे, जैसे मैंने कोई अनहोनी बात कह दी हो। फिर उन्होंने सिखाया। मुझे गाने की ऐसी धुन सवार हुई कि मैं बाहरी दुनिया से कटने लगी और जिसका सभी लोग मज़ाक बनाते हैं, वे नहीं जानते कि वही स्वर मेरी ज़िन्दगी का सहारा है। कविता जी, यह बीमारी और इस बीमारी का खौफ हर पल आपको घेरे रहता है। अपनी ही छाया से मन दूर भागने लगने लगता है। अभी लग रहा है कि सब ठीक-ठाक है और पता चला अगले ही पल सारे शरीर में ज़हर फैल गया। तो सब कुछ समाप्त। ऊपर-नीचे आप कहाँ रह जाते हैं! हज़ारों-लाखों-करोड़ों वर्षों में भी आप नहीं लौट सकते न!! आत्मा... क्या वह मिलती है... मेरे माता-पिता की आत्मा मुझे अब तक नहीं मिली न दीखी... तो जो कुछ है वह आज है... अभी है... इन क्षणों में... मैंने अपनी बीमारी के दिनों में इस विषय पर खूब सोचा... और यह भी पाया कि... हर चीज़ से अपने को मुक्त करते जाओ... मुक्ति शब्द यूँ ही नहीं बना। कविता जी, यहाँ मैं मोक्ष की बात नहीं कर रही हूँ... वह अलग अर्थों में आता है यानी सोच की दृष्टि से। आपके इस संसार से जाने के मार्ग के बारे में बताता है। मैंने अपने रूम में चौबीस घंटे संगीत को बजने दिया ताकि उसकी मधुरता मेरे भीतर के भय को दबा दे। सुबह मैं खिड़की खोलकर बैठ जाती। सामने पेड़ पर... शाखों के बीच... फूलों के आँचल में चहचहाती चिड़ियों का कलरव सुनती। उनको देखती। उनसे बतियाती। घरवालों से रिश्तेदारों और मित्रों से आप कब तक अपनी तकलीफ शेयर करेंगे। उनको भी लगता है कि मैं हाइपर हो गयी हूँ। उनको तकलीफ पहुँचाने से बेहतर है अपनी तकलीफ को दूसरे जगत के प्राणियों से बाँटा जाए। बड़ी मुश्किल से लाइफ़ पटरी पर आती है कविता जी।''

इन बातों को हुए लगभग तीन-चार साल हुए होंगे। इस दरम्यान कविता का तबादला हो गया था। तबादला होते ही कालेज और कालेज के लोगों के बीच जो परायापन आता है, वह कविता ने हर कदम पर महसूस किया था। जब कविता दुबारा लौटकर आई तो सबको बदला-बदला पाया। चित्रा का स्वभाव और तौर-तरीके भी बदल गये थे। उसका स्वभाव सचमुच बदल गया था या ज़िन्दगी की दौड़ कम हो गयी थी। मौत की आवाजें उसके भीतर उठने लगी थीं। कम होती आयु से वह घबराने लगी थी। इन दिनों वह जिन्न की तरह हर जगह प्रकट हो जाती। उसे गाना भी है, उसे बोलना भी है, उसे अपने बारे में बताना भी है, उसे छपना भी है... उसे हर कुछ करना है। उसकी इसी आदत ने उसके प्रति होने वाली सहानुभूति को खतम कर दिया था। सहानुभूति रोष में बदल गयी थी। रोष चिढ़ में और चिढ़ अलगाव में... अकेलेपन में।

''अपनी बीमारी का फायदा उठा रही है।'' एक कोई कहती।

''इन दिनों कुछ ज़्यादा ही नाटक करने लगी है।'' एक कोई दूसरी कहती।

''हम भी बहुत कुछ करते हैं लोगों के लिए, पर हमारे शास्त्रों में कहा गया है कि दान हमेशा बिना बताये करना चाहिए। आजकल ग्यारह सौ रुपये की क्या कीमत है... अरे इतनी ही चिन्ता है या दरियादिल हो तो पूरी पढ़ाई का खर्चा क्यों नहीं उठाती हो।'' मंगला लगातार बोलती जा रही... कई वाक्य तो बार-बार दोहरा रही थी—''भइया, आजकल तो हद ही हो गयी है। अपने सामने वह प्रिंसिपल को भी कुछ नहीं समझती। न उसे किसी का लिहाज है, न शर्म। सब चुप रह जाते हैं कि बीमार है...। पर बेशर्माई तो देखो कि मंच से ही कविता की नकल उतारकर बुराई कर रही थी। वो तो कविता है कि उसने कुछ कहा नहीं। मैं होती तो वहीं छीलकर रख देती। आप लोग भी तालियाँ बजा-बजाकर उसको शाबासी दे रहे थे। जाकर मैडम से क्यों नहीं कहती कि आइन्दा से उसको बोलने की इजाज़त न दें। और भी तो लोग हैं।''

''उसे अजीब-सी ज़िद सवार हो जाती है।''

''देश की चिन्ता उसे। सम्मान की चिन्ता उसे। सैनिकों की चिन्ता उसे। कालेज की चिन्ता उसे। युवापीढ़ी की चिन्ता उसे। हम सब तो बेवकूफ़ लोग हैं, झक मारने के लिए आते हैं। मूल्यहीन और संवेदनहीन लोग। अरे भाई बात वही कहो जो सबके गले उतरे।'' स्टॉफ-रूम में बैठी महिलाओं के बीच मंगला चित्रा को छीले जा रही थी। उसके शब्दों की, उसकी भाषा की, उसकी शैली की धज्जियाँ उड़ाये जा रही थी।

''आजकल तो एक्टिंग भी करने लगी है। गाते वक्त कैसे-कैसे मुँह बनाती है। एक हाथ हवा में उठायेगी... ऐसे... ऐसे देखो... फिर आसमान की तरफ देखेगी फिर आँखें बन्द करेगी... फिर आँखें बन्द करेगी... बाप रे बाप... इतना नाटक...''

एक ज़ोरदार ठहाका लगा और देर तक चलता रहा। जैसे ठहाके झूले पर पड़े हों... ऊपर-नीचे... नीचेऊपर...। ठहाकों में भरा उपहास उसके दर्द की चट्टानों को नहीं तोड़ सकता था। इन ठहाकों और उपहास का केन्द्र बनी चित्रा तेज़ी से सीढ़ियाँ चढ़ती हुई ऊपर आ रही थी...। उसने... भीतर झाँका और अपनी क्लास में चली गयी।

''कविता, उसने तुम्हारी इतनी बेइज्जती कर दी और तुमने एक शब्द भी नहीं कहा।''

''क्या कहती?''

''उल्टा कह दिया, हम आपकी जिजीविषा और जज्बे को सलाम करते हैं। तभी तो वह सिर पर चढ़ती जा रही है।''

''छोड़ो भी यार, क्या इसके पीछे दिमाग खराब करना है? वैसे भी बेचारी आधी मरी हुई है।'' कविता के मुँह से बेसाख़्ता एक कठोर, अप्रिय और अशिष्ट शब्द निकल गया।...

''अरे वो इतनी सीधी नहीं है। ऐसे लोग हर बात का फायदा उठाते हैं...। पता नहीं इसके घरवाले... इसके साथ कैसे रहते होंगे? कितना इरीटेट करती होगी।''

कविता का मन उखड़ गया था। वह चित्रा को लेकर कोई बहस नहीं करना चाहती थी। अपनी ज़बान से निकली बात ही उसे सन्तप्त कर रही थी...

''सुनिये कविता जी... मुझे आपसे बात करनी है।'' तभी चित्रा ने एक लम्बी आवाज देते हुए कहा-

''कहिये।''

''कुछ परेशान हैं?''

''नहीं।''

''मैं आपको धन्यवाद देना चाहती हूँ।'' चित्रा ने बैग में से गुलाब का फूल निकालकर उसे थमाते हुए कहा।

''किस बात के लिए?''

''आपने मुझे बोलने का मौका जो दिया।''

''इसमें धन्यवाद की क्या बात है?''

''है... क्योंकि मेरे भीतर इतना कुछ भरा हुआ था, मैं वह सब निकालना

चाहती थी। गुब्बार होता है न, फुलाते जाओ तो अन्तत: फटेगा ही, ऐसे ही मेरा दिल-दिमाग भरा जा रहा था। आपने मेरे मन की बात कह दी। दरअसल, हम जिस जगह पर रहते हैं, काम करते हैं वहाँ का वातावरण भी वैसा बन जाता है... जैसे फूल... पेड़-पौधे, लताएँ सब हमारी क्रियाशीलता से फलते हैं, फूलते हैं! यदि हम उनमें पानी नहीं डालेंगे तो उन्हें तो सूखना ही है... झड़ना ही है...। कब तक वे ज़मीन से नमी सोखेंगे। पक्षी तो वहीं आते हैं न...। ये सब हमारे जीवन के प्राणदाता हैं...। आनन्ददायी तत्त्व हैं...। कविता जी, मेरे भीतर बहुत तकलीफ है...। दर्द है...। दर्द और तकलीफ को 'फ्रस्टेशन' का नाम मत दीजिए...। मैं आपकी आभारी हूँ...।'' कहते हुए उसने कविता का हाथ अपने माथे पर लगा लिया।

''ठीक है न...''

''आपको मेरे कारण बहुत बातें सुननी पड़ती होंगी कि मैंने मंच से आपके लिए वह सब बोल दिया था...''

''छोड़ो भी...।''

''अगर बुरा लगा हो तो सॉरी...।''

''हम लोग दो स्तरों पर जीते हैं। हमारे दो चेहरे होते हैं... हमारे भीतर दो मन होते हैं। हम हमेशा नफा-नुकसान का गणित बैठाते हैं और इसी तरह दूसरों को कष्ट पहुँचाते हैं और पाते भी हैं। हमारे कर्मों का लेखा-जोखा वो करता है, ना कि ये सब... है न...। ये शरीर तो नश्वर है, इसको लेकर... क्या मखौल उड़ाना... इसके भीतर मेरी जो आत्मा है... वह फड़फड़ाती है... वह भागती है... मैं इन सबको इसीलिए क्षमा करती जाती हूँ क्योंकि मैंने इनकी बातों को आत्मसात् ही नहीं किया है...। मैं अपने को साधूँ या... इन सबको।''

कविता ने उसकी पीठ सहलाई... तो वह कविता के और करीब आ गयी। उसकी सख़्त सीधी दीखने वाली देह में लचीलापन आ गया... जैसे लोहा पिघलता है... उसी तरह... उसकी देह पिघलने लगी... धीरे-धीरे... नरमाई से। उस पिघलाहट की गन्ध से आसपास का वातावरण महक उठा...।

''प्लीज, बुरा मत मानना...। दरअसल, मैं कितना कुछ कहना चाहती हूँ...। लिखती भी। अपने अनुभव उनसे शेयर भी करती हूँ, जो इस तकलीफ से गुज़रते है। थोड़ा-बहुत डायरी में लिखती हूँ। लेकिन इन दिनों अजीब-सी घबराहट मेरे भीतर जमा होती जा रही है।'' वह कविता का हाथ पकड़े खड़ी थी। उसके चमकीले मोटे दाँत, फटे ओठों के बीच खूब चमक रहे थे। उसके गालों की हड्डियाँ अखरोट की तरह हो गयी थीं और जबड़ा नारियल के आकार-सा...। आँखों के नीचे बनी सीपियाँ... साँवली हो गयी थीं।

''क्या वेट कम कर लिया है?'' उसकी आँखों में झाँकते हुए कविता ने पूछा।

''वेट तो घटता-बढ़ता रहता है। और अब तबियत का भी क्या रोना? अब तो जो ज़िन्दगी है, उसे बोनस की तरह लेकर जी रही हूँ बस...।'' कहते-कहते वह रुकी। शब्द उसकी ज़बान पर ओस की बूँद की तरह ठहर गये। उसकी आँखों में कविता को एक साया प्रवेश करते हुए दीखा...

''मैं तो आपके पास सॉरी कहने आई थी।''

''मैंने बुरा नहीं माना है।'' कहते हुए कविता ने उसे गले से लगाना चाहा, पर वह पीछे हटती गयी, शायद वह अपनी देह की सपाटता का एहसास कविता को नहीं करवाना चाहती थी। हाँ, उसने अपना सिर कविता की छाती पर अलबत्ता टिका दिया... पता नहीं कितनी देर तक वह यूँ ही खड़ी रही... स्पन्दनहीन... जैसे वह समाधिस्थ हो गयी हो और उसका मन उड़कर किसी और लोक में चला गया हो या इस देह की तमाम बदसूरती को वह यह जताकर नकार रही हो कि यह देह तो वस्त्र के समान है... असल चीज़ तो आत्मा है... और आत्मा का कोई रूप-रंग नहीं होता... उसका कोई आकार-प्रकार नहीं होता... उसकी कोई उम्र-अवस्था नहीं होती। कविता ने उसका सिर उठाया, जो किसी फूल की तरह कोमल था, हलका था। देखा चश्मे के भीतर से झाँकती आँखों में आँसू थे... पवित्र और सुन्दर आँसू... और उन आँसुओं के पीछे झिलमिलाती छाया थी... और वो छाया उसकी ज़िन्दगी की थी, उस ज़िन्दगी की जो अनिश्चित थी... अधूरी थी... और कभी भी उसका साथ छोड़ सकती थी...।

# अंगारों की हँसी

''असससलामबालेकुम समधिन जी।''

''वालेकुम सलाम! अरे आप! कैसी हैं? इतने दिनों बाद दीख रही हैं।''

''कहाँ परदे में छुपी रहीं? सब ख़ैरियत तो है।''

''अल्लाह का शुक्र है। आप बताएँ...।''

''बताया था न कि बाहर जा रही हूँ।''

''इतने दिनों बाद आपको देखकर कितनी खुशी हो रही है? कितना सुकून मिल रहा है, अल्लाह ही जानता है। लगता है आपको किसी ने खबर नहीं दी।''

''कैसी खबर...?''

''आप परदेश क्या गयीं, वहीं की होकर रह गयीं। एक बार तो फ़ोन किया होता...।''

''आप किस खबर की बात कर रही हैं? सब ठीक-ठाक तो है...।''

''अरे हमारे दादी बनने की... और माशाअल्लाह आप भी तो नानी बन गयी हैं। ऐसी ज़हीन जवान खूबसूरत नानी को देखकर वह भी अचरज में पड़ जाएगी।'' बिलकीस आपा ने हँसते हुए खनकती आवाज में कहा। वैसे भी उनकी आवाज में घुँघरुओं की खनक रहती है।

''गले मिलकर बधाई तो ले लीजिये... पर हम आपसे नाराज़ हैं... क्या आप हमें फ़ोन नहीं कर सकती थीं... ऐसी भी क्या नाराज़गी है हमसे...।''

''आपकी नाराज़गी सर आँखों पर... पर... पिछले महीनों हमें अपना ही होश न था। और हाँ, वह भी चाँद का टुकड़ा है... आँखों से नूर झरता है... पच्चीस किलो लड्डू खिला चुकी हूँ उसकी नानियों, खालाओं और फूफियों को। ये तो अच्छा हुआ कि मेरी मुलाकात आपसे हो गयी वरना गरिमा तो मेरी कैफीयत तलब कर डालती...।''

''चलिये, कोई बात नहीं। बहुत-बहुत मुबारक हो।'' कहते हुए ललिता

ने एक बार फिर उन्हें गले से लगा लिया। दोनों ने एक-दूसरे की हँसी, खिलखिलाहट और खुशी के एहसास को अपने भीतर तक महसूसा। लहू में दौड़ती गरमी ने उन्हें एहसास करवा दिया कि वे एक अनोखी कुदरती खुशी को साझा कर रही हैं।

''ऐसे मुबारकबाद कबूल नहीं होगी। घर पर तशरीफ़ लाइए। बच्ची को दुआएँ दीजिए।... और हाँ घर पर दावत देने तो नहीं आना पड़ेगा।''

''नहीं... नहीं... पर उसके नाना यानी आपके समधी जी को ज़रूर मैं लेकर आऊँगी।''

फिर तो इतने दिनों बाद मिली दोनों महिलाएँ बातों में ऐसी मशरूफ़ हुईं कि उन्हें वक्त का पता भी न चला। कब वक्त उनके बीच से परिन्दे की माफिक उड़ गया, कब बातों ने खिलखिलाहट का रूप धारण कर लिया और कब उनकी खिलखिलाहट हवाओं को स्पन्दित कर गयी, पता ही नहीं चला। इस बीच पान-तम्बाखू की तलब लगने पर बिलकीस ने अपना लाल रंग का बटुआ निकाला। उसकी रेशमी डोर खींचकर एक खाने से कटी हुई सुपारी, कत्था और चूना निकाला और दूसरे खाने में करीने से दबाकर रखे गये पान के पत्ते निकाले। पान के पत्ते के दो तिकोने टुकड़े करके बड़ी नफ़ासत से चूने की परत बिछाकर उस पर कत्था-सुपारी और अपने पान में जरदा रखकर छोटी-सी गिलोरियाँ बनाकर एक ललिता को और दूसरी स्वयं ने मुँह में दबा ली।

''सचमुच... आपके पान का कोई जवाब नहीं। आपकी बातों और पान की गिलोरी दोनों में ही जादू है।''

''और बताओ मियाँ के क्या हालचाल हैं?''

''ठीक हैं।''

''तो आप कब तशरीफ़ ला रही हैं?'' बिलकीस ने ललिता के दोनों हाथ थामते हुए मुस्कराकर पूछा... पान के रंग में रंगे उनके होंठ और सुर्ख हो गये थे।

''सोमवार, शाम को ठीक रहेगा न।''

''हम इन्तज़ार करेंगे...।'' बिलकीस ने मीठी मुस्कान बिखेरते हुए कहा। उनके छोटे-छोटे मिस्सी लगे दाँत बहुत सुन्दर लग रहे थे। आँखों में खिंची गहरी काजल की रेखा उनकी आँखों को आकर्षक और चंचल बना रही थी। उन्होंने जाते-जाते ललिता की हथेलियों को ज़ोर से दबाया और खिलखिलाकर हँस पड़ी—''अब इजाजत दीजिए... खुदा हाफिज़,'' कहकर बिलकिस दूसरी तरफ मुड़ गयी। ललिता ने देखा... पीठ पर झूलती उनकी चोटी... कुछ पतली और छोटी हो गयी थी... पर उनकी चाल में कोई अन्तर नहीं आया था।

ललिता और बिलकीस की दोस्ती ने डेढ़ दशक पार कर लिया था। ललिता तब उस कालेज में नयी-नयी आई थी। तब इस कालेज में ढाई-तीन हज़ार लड़कियाँ पढ़ा करती थीं, तब लड़कियों के हुजूम अपने ठहाकों, चुलबुलेपन और शरारतों के लिए जाने जाते थे... तब इस कालेज की दरो-दीवारों के भीतर बेंतबाजी... मुशायरा... कविता पाठ... कव्वाली नाटक और गायन वादन हुआ करता था। अपने-अपने घरों से निकलकर ये लड़कियाँ... कालेज के आसमान के नीचे... परिन्दों की तरह उड़ान भरती थीं... चहचहाती थीं... सपने देखती थीं... और उनकी बातों और ठहाकों से... परिन्दे तक चमत्कृत हो जाते थे... वे छोटी-छोटी गलियाँ पुराने घर भीड़ भरे चौराहे... शोर भरी सड़कें... लड़कियों के झुंड से घिरी दुकानें ठेले सब कालेज में आकर समा जाते थे। तब ईद, बकरीद नमाज सबका ख़्याल करके प्रोग्राम किये जाते थे... तब फूलों का ज़माना था। तब कशीदाकारी और हाथ से बने लिवासों का ज़माना था... आज की तरह जीन्स-टॉप, स्लीवलैस टॉप और बिना ब्रॉ के टी-शर्ट पहनने का फ़ैशन नहीं था... और फ़ैशन शो के बारे में लड़कियों को जानकारी ही नहीं होती थी... आज की तरह। तब लड़कियाँ फ़ैशन शो में भाग लेने के लिए आँसू नहीं बहाती थीं, बल्कि बाहर का कोई पुरुष उन्हें देख न ले... उनकी तस्वीर न खींच ले... पेपर मैं उनका चेहरा न दिख जाए, इसके लिए वे सतर्क रहती थीं।

ऐसे ही किसी कार्यक्रम के सिलसिले में बिलकीसजहाँ और ललिता शास्त्री एक समिति में रखी गयी थीं। उन दोनों ने तमाम सामाजिक, धार्मिक और जातीय दूरियों को पाटना शुरु कर दिया था... मसलन वे एक ही टेबल पर एक ही साथ लंच लेतीं... साथ में चाय पीतीं। ललिता बिलकीस के साथ अपने सूट खरीदती, साड़ियों पर कढ़ाई करवाती... बिलकीस के हाथ में हमेशा एक काले रंग की मुद्दत पुरानी डायरी होती। बगल में एक थैला होता, जिसमें कभी भी कोई सामान तरतीबी से नहीं रखा होता। कभी पेन नहीं मिलता तो कभी रजिस्टर... कभी कोई काग़ज़ साँस लेने की फड़फड़ाता तो कभी बटुआ नीचे जा दबता। सोफे पर वे सारा सामान फैलाकर बैठ जाती। मोटी-मोटी किताबें एक तरफ रखी होतीं।

पहली नज़र में वे बेहद लापरवाह नज़र आतीं... जिन्हें सलीके से बैठना भी न आता था... दूसरी नज़र में वे अपनी बातों से लोगों का ध्यान आकर्षित करती लगतीं और तीसरी नज़र में वे जानने वाले को मजबूर कर देतीं कि वह ठहरकर.... बैठकर उनकी बात सुने और चौथी नज़र में उनका स्वभाव, उनकी शख़्सियत की परतें खुलने लगतीं और पाँचवीं नज़र में सामने वाला कहता—

'कितने शेर आपको याद हैं?... क्या आप हमें एक शेर और सुनाएँगी...।'

इतना ही नहीं शेर-शायरी के साथ कोई ऐसा किस्सा ज़रूर बयान करतीं कि सुननेवाला हँसी के मारे अपना पेट पकड़ लेता... या मुँह पर हाथ रख लेता। गजब का सेंस ऑफ़ ह्यूमर था बिलकीसजहाँ में। जन्मदिन... मैरिज एनीवर्सरी और तीज-त्योहारों पर फ़ोन करके बधाई देना... सबको पान खिलाना... घर में लगे अमरूद-जामुन लाना और हरेक के हालचाल पूछना... उनकी फितरत में था।

ललिता को याद है—पहली मुलाकात का वो दिन! कैसा गजब का नूर था उनके चेहरे पर। गुलाबी रंग का दुपट्टा जो उन्होंने सिर पर बाँध रखा था, उसकी गुलाबी आभा उनके भरे-भरे गालों पर पड़ रही थी। ऐसी गुलाबी आभा सिर्फ गुलाब के फूलों में घुली दिखाई देती है... सुरमा लगी बड़ी-बड़ी आँखों में फूल खिल रहे थे। होंठों पर हँसी की बिजली चमक-चमक जाती थी। ललिता तो बस एकटक देखती रही गयी थी। उनकी ज़िन्दगी का एक ही फलसफा था कि जब तक आप सबके बीच में हैं, सबके साथ हैं, भीड़ में हैं, तालाब के किनारे हैं, पेड़ों के नीचे बैठे हैं, फूलों के साथ हैं, आकाश में उड़ते परिन्दों को निहार रहे हैं, तब तक बस बतियाते रहना है, खिलखिलाते रहना है, बातें करते रहना है— ''फिर घर में घर की तन्हाई में जाकर, उसी पुराने मकान, पुराने खाविन्द का मनहूसियत से भरा चेहरा और घूरती आँखों का सामना करना है। खुदा कसम, ऐसी शक्ल और ऐसी आँखें देखकर रूह ही नहीं, जिस्म भी काँप जाता है। ऐसी शक भरी निगाहों से घूरते हैं, मानो गुनाह करके आ रहे हों। पर किस्मत तो देखो कि रहना उसी के साथ है... ज़िन्दगी काटनी है। शौहर है तो खुशामद भी करनी है। इस मसले को समझते-समझते उम्र बीत गयी और मोहब्बत पीछे छूट गयी। पर हम मान लेते हैं कि अल्लाह की यही मरजी रही होगी.... सो जी रहे हैं...'' कहकर वे ज़ोर का ठहाका लगाती और कोई शेर पढ़ना शुरु कर देती।

ललिता उनकी बातें सुनती... हँसती पर उसे हर बार यही लगता था कि वे कुछ कहना चाहती हैं... मसलन कई बार वे इस बात को लेकर चिन्तित हो उठती थी कि रिटायरमेंट के बाद ऐसे घर में कैसे रह पाएँगी या बीमारी-तीमारी में उनकी देखभाल कौन करेगा। और भी बातें होतीं जिनको कहने के पहले ही उनके होंठ बन्द हो जाते थे। पाँच वक्त की नमाज पढ़ने वाली बिलकीस जहाँ इबादत के समय एक धीर गम्भीर धर्मपरायण और किसी दूसरे लोक की महिला नज़र आती। सजदा करती, नमाज पढ़ती.... बिलकीस होंठों ही होंठों में आयतें पढ़ रही होती... उनके सिर पर बँधा काला दुपट्टा... घुटनों

के बल बैठी वे... खुदा के सामने झुकी गर्दन और इबादत के स्वर सारी कायनात की पाकीजगी और नूर उनके चेहरे पर उतरकर उनके चारों तरफ वृत्त-सा बना देता था।

एक तरफ वे रोजे रखतीं तो दूसरी तरफ श्रावण मास के व्रत। एक तरफ वे बुरका पहनकर आतीं तो दूसरी तरफ साड़ी पहनकर... रेशमी बाल खोलकर... उजले दमकते माथे पर काली बिन्दी लगाती। कभी उनके बालों में गज़रा बँधा होता तो कभी पीला गुलाब का फूल।

ललिता को कभी-कभी लगता कि बिलकीस आपा रहस्यों का पुंज हैं। बाहर से वे जितनी खुली बिन्दास लगती... भीतर वे उतनी ही कसी-कसी... डरी-डरी... खामोश-खामोश सी। तो कभी ललिता उनसे बोल भी देती- ''आपको समझना आसान नहीं है।''

''ऐसा क्या?'' वे टाल देतीं।

''आपकी डायरी में ऐसा क्या है जो उसे आप हमेशा दबाए रखती हैं और उसमें आपकी लिखी शेर और शायरी है तो छपवा क्यों नहीं लेती।''

''माशाल्लाह! ये ख़्याल आपके जेहन में कैसे आया! ये डायरी नहीं मेरी रूह की उथल-पुथल का आईना है। ये डायरी न तो मैं कभी घर ले जाती हूँ और न किसी के हाथ में पड़ने देती हूँ। मियाँ को पता नहीं है कि हम शायरी करते हैं या लिखते हैं। देखो भई! हम अपनी आदत से बाज़ तो आएँगे नहीं। रिश्तेदारों के बीच भी शेरो-शायरी सुना देते हैं। जब कोई दाद देता है तो बता देते हैं कि कोर्स में पढ़ाई जा रही दूसरे शायरों की शायरी है... ज़बान पर रखी रहती है...। अरे मैं तो अपना मन बहलाने के लिए लिख लेती हूँ वरना... छपवाकर जूते खाने का काम कौन करे...।'' बिलकीस ठहाका लगाकर बात की संजीदगी को हवा में उड़ा देती। ''शौहर के सामने सौ नाटक करने पड़ते हैं। उनके सामने अहमक बने रहो बस... सच कहूँ मर्द जात को मूर्ख बीवी ही भाती है। हम भी सोच लेते हैं कि उनकी खुशी हमारी मूर्खता में है तो होने दो बस।... आदमी वो भी नवाब खानदान का। नवाबी कब की चली गयी, पर नवाबी का गरूर नहीं गया। भले ही कोई न पूछे पर सच्चाई स्वीकार नहीं करना। ख़्यालों के महल में रहते हैं। हम भी सोचते हैं... रहने दो।'' उनकी हँसी में सारे लोग शामिल हो जाते... और सबके ठहाकों से पूरा स्टॉफ रूम गूँज उठता।

''बहुत तकलीफ़ें उठाई हैं बिलकीस ने। यहाँ तक आने के लिए बहुत संघर्ष किया है...।'' बिलकीस के जाते ही उनके विभाग की सरबतजहाँ ने अफसोस जताते हुए बताया था—''बिलकीस अपने शौहर की दूसरी बीवी है।

पहला शौहर बड़ा शायर था... उसने किसी लड़की के चक्कर में इसे छोड़ दिया था, फिर इसने जिनसे शादी की... वह भी शादीशुदा थे। ये इतनी ज़हीन... बेइन्तिहा ख़ूबसूरत थी कि जिस गली से गुज़रती देखने वालों की निगाहें न हटती थीं। पर इसने हमेशा खुद को पीछे रखा। माँ-बाप गरीब थे... पाँच बहिनें थीं। दो भाई! सबकी खुशी की खातिर खुद को पीछे धकेलती गयी...।''

ललिता के मन में बिलकीस से बात करने की उत्सुकता दिन-ब-दिन बढ़ती जा रही थी। भीतर ठहरे दर्द और तपिश की ही इन्तिहा थी कि बिलकीस और ललिता के बीच गहरा रिश्ता बनता गया था। ललिता संघर्षशील महिलाओं से प्रभावित रहती थी। अपने जीवन में धारा के विपरीत चलनेवाली महिलाएँ हों या उनका जीवन... उसके लिए आकर्षण का केन्द्र रहता था। बिलकीस के व्यक्तित्व और साहित्यिक रुचि ने ललिता को उनके और करीब ला दिया था। ललिता उस दिन ग़ालिब की किताब लेकर गयी थी, ताकि उनकी जुबान से शेर सुन सके। स्टॉफ रूम में बैठी वह उनका इन्तज़ार कर रही थी। बार-बार वह चपरासी से पूछती। उनके विभाग के लोगों से पूछती। पर किसी ने कोई जवाब नहीं दिया। क्या बात है... क्यों नहीं आयीं... ललिता का मन बेचैन हो उठा। ललिता बाहर निकल ही रही थी कि उसे दूर से बिलकीस आती दिखाई दीं, उनकी चाल असामान्य थी... बिना इस्तिरी किए हुए कपड़े। चेहरे पर चिन्ता की रेखाएँ। आँखों में तैरता ख़ौफ।

''क्या बात है आपा? तबियत तो ठीक है। आने में कैसे देर हो गयी?''

''हाँआँ... ठीक ही है...।'' वे उड़े-उड़े स्वर में बोलीं।

''कोई टेंशन?'' ललिता पूछते-पूछते रह गयी।

''बताएँगे...।'' कहकर वे तेज़ी के साथ बाहर निकल गयीं। आँधी का एक झोंका ही जैसे चीज़ों को बिखरा देता है, ललिता का मन उद्विग्न हो उठा...। चिन्ता और तनाव से भरा उनका चेहरा ललिता को परेशान कर रहा था।

इस बीच सरवतजहाँ भी आ गयी थीं।

''क्या बात है, बिलकीस आपा कुछ परेशान थीं...?''

''आप, आपा से अभी कुछ कहना-पूछना मत।'' सरबत ने फुसफुसाकर कहा।

''क्यों? क्या हो गया?'' ललिता उनके एकदम करीब जा खड़ी हुई।

''इनके बेटे ने हिन्दू लड़की से शादी करने की ज़िद पकड़ ली है। स्कूल में दोनों साथ में पढ़ते थे। दोनों एक-दूसरे को छोड़ने को तैयार नहीं। लड़की के पिता ने लड़के व लड़की को जान से मारने की धमकी दी है। लड़की के पिता रसूखदार एवं राजनीतिक पार्टी के नेता हैं। शहर की फ़िज़ा बिगड़ सकती

है। उसी कारण परेशान हैं।''

''बात यहाँ तक पहुँच गयी है... पर... आज के ज़माने में ऐसी सोच?''

''हमारी और आपकी सोच एडवांस हो सकती है पर बुजुर्गों की... फिरकापरस्तों की। जब लड़की के पिता को पता चला तो उन्होंने हिन्दू संगठनों के नेताओं को उनके घर में पहुँचा दिया। सबको इतना डराया-धमकाया कि... बड़ा हादसा होते-होते रह गया... बन्दूक, बरछे, डंडे और तलवारें तक खिंच गयी थीं।''

''क्या..ऽऽ।'' ललिता ने हथेलियों में अपना चेहरा छुपा लिया। पसीने से गीली हथेलियाँ... भीतर सनसनाता लहू... और तनाव से खिंचती नसें। उसके मुँह से आवाज न निकली। उन दोनों के बीच सन्नाटा फैल गया था। अन्दर से थरथर काँपती ललिता बिलकीस को लेकर चिन्तित हो गई। किसी बड़ी घटना के घटित होने की आशंका उसके ज़ेहन में बैठ गयी।

''हे ईश्वर! रक्षा करना। कोई किसी के साथ बुरा न करे।''

''या खुदा, रहम कर।'' सरबतजहाँ ने लम्बी साँस भरते हुए कहा—''आजकल के बच्चे अपनी मनमर्जी से जीना चाहते हैं। माँ-बाप और खानदान की इज्ज़त की बात करना उन्हें दकियानूसी लगता है। बिलकीस आपा ने पूरे खानदान के विरोध के बावजूद माडर्न ढंग से परवरिश की है अपने बच्चों की।'' सरबत की बात में कटाक्ष था और पीड़ा भी। सरबत जिस गली से आती थी उसी गली से सीधे घर जाती थी। निगाहों का हेर-फेर भी न चलता था। इसलिए तंज कसने का मौका वह कैसे हाथ से जाने देती।

''इनके परिवारवाले क्या चाहते हैं?''

''ये लोग तो फिर भी तैयार हैं। सुना है लड़की भी जुनूनी है। अपनी मोहब्बत की खातिर मज़हब तक बदलने के लिए तैयार बैठी है।''

''वैसे भी प्यार मोहब्बत में धर्म नहीं, इंसान और उनकी मोहब्बत पहले आती है।''

''बात तो आपकी सोलह आने सच है। पर हमारी सबकी रवायतें और पुरानी सोच अभी भी बहुत मजबूत है। बाहर से प्रोग्रेसिव दिखने वाले लोग घर में औरतों पर जुल्म करते हैं और आज भी लड़की के पैदा होने पर मातम मनाते हैं। खानदान... मज़हब और इज्ज़त की दुहाई देनेवाले लोग ही खून-खराबा करने पर आमादा हो जाते हैं और बाहर से पाक-साफ़ दिखने की कोशिश करते हैं।''

''मुझे तो बिलकीस आपा की चिन्ता हो रही है।''

''सो तो है। आपको एक राज की बात बताऊँ, लड़का-लड़की दोनों बिना

इत्तला दिए गायब हो गये हैं।''

''तब तो मामला और भी गम्भीर हो गया है।''

लड़की बहुत समझदार और प्यारी है। बिलकीस आपा बताती थी कि उसने रामायण ही नहीं कुरान भी पढ़ रखी है।

''अब क्या होगा?'' ललिता अब भी सामान्य नहीं हो पायी थी।

''जो हमेशा से होता आया है ऐसे सम्बन्धों में।'' सरबत ने निष्कर्ष निकालते हुए कहा।

''आपको क्या लगता है कि लड़की के परिवारवाले मान जाएँगे?''

ललिता सरबत के सवाल का क्या जवाब देती... धीरे-धीरे सारे लोग अपने-अपने घर के लिए निकलने लगे। कालेज के परिसर में सन्नाटा पसर गया था। ललिता अब भी अपनी कुर्सी पर बैठी थी...। उसका मन पढ़ने और पढ़ाने में नहीं लग रहा था। बार-बार बिलकीस आपा का चेहरा आँखों के सामने आ खड़ा होता। सरबत की बतायी बातों से सिर चकराने लगता। उस अनजान-अनदेखी लड़की के प्रति ललिता शंका से भर उठी और उन दोनों की जान को खतरा है, सोचकर उसकी आँखें छलछला उठीं। ये कैसा रिश्ता बन गया था उन सबके साथ ललिता का।

दूसरे दिन ललिता कालेज के लिए तैयार हो ही रही थी कि रोमेश वर्मा का फ़ोन आ गया—''आपको पता है, बिलकीस मैडम के लड़के व परिवार पर गरिमा के पिता ने गरिमा को अगुआ करने का आरोप लगाते हुए एफ.आई.आर. लिखवा दी है।''

''क्या वाकई यह सब सच है... या उसे फँसाने के लिए ऐसा कहा जा रहा है।''

''नहीं, गरिमा जफर के साथ ही है।''

''क्या जफर ने उसको बुलाया था?''

''वह स्वयं उससे मिलने आई थी अपनी मरजी से।''

''यह तो सरासर अन्याय है। गरिमा को आकर सच्चाई बतानी चाहिए। सरबतजहाँ बता रही थी कि गरिमा तो बरसों से बिलकीस मैडम के घर आती-जाती रही है।''

''ऐसी खबरें फैलाई जा रही हैं कि ये लोग जबरदस्ती उसकी शादी करवा रहे हैं - धर्म बदलवा रहे हैं!''

''डर तो इसी बात का है कि ये प्रेम-प्रसंग और शादी की सच्ची-झूठी खबरें कहीं दोनों सम्प्रदायों के बीच दंगा-फसाद न करवा दें।''

सचमुच यह ललिता को ही नहीं, बल्कि सबको स्तब्ध कर देनेवाली खबर

थी!

और इधर!

इधर! थाने के सामने अनेक हिन्दू संगठनों के छोटे-बड़े नेता, उनके संगी-साथी हाथों में डंडे, झंडे लिए नारेबाजी करते हुए, माहौल को उत्तेजित करते हुए, अपने समाज, परिवार और धर्म की ठेकेदारी करते हुए, समाज-सुधारक की भूमिका बड़ी मुस्तैदी से निभा रहे थे।

''देशद्रोही... आतंकवादी लोगों ने हमारे समाज की लड़की का अपहरण कर लिया है... हमें अभी इसी वक्त अपनी लड़की चाहिए। अपराधी को गिरफ़्तार करो...।'' एक स्वर निकलता और बाकी सारे स्वर उसके साथ मिलकर माहौल को उत्तेजित और अशान्त कर देते। भीड़ को देखते हुए पुलिस के सिपाही बाहर दूर तक फैल गये थे। दूर-दूर तक लोगों का हुजूम—'क्या हो गया है, क्या हो गया है!' की उत्सुकता लिए बढ़ता जा रहा था। लोग एक-दूसरे से सवाल कर रहे थे, हँस रहे थे। थूक रहे थे। छिछालेदार कर रहे थे। उनकी बातों का कुल अर्थ यही था कि ऐसी लड़कियाँ परिवार, समाज और जाति की नाक कटवा देती हैं... इनको तो सात परदों के पीछे रखना चाहिए... ऐसी लड़कियों से तो बेऔलाद होना ही ठीक है... आदि-आदि।

''यह सरासर झूठा इलज़ाम है। लड़की बालिग है अपनी मरजी से गयी है। आप महज छोटी-सी बात को राजनीतिक रंग दे रहे हैं।'' वे दोनों यानी बिलकीसजहाँ और उनके पति छोटे नवाब पूरी ताकत से सबको विश्वांस दिलाने की कोशिश कर रहे थे। उन दोनों के चेहरों पर अपमान, दुख और क्षोभ की सघन छाया उतर आई थी। ज़िन्दगी में पहली बार पुलिस उनके घर पर आई थी। दोनों से पूछताछ भी पहली मर्तबा इतने अपमानजनक ढंग से हो रही थी। गुनाहगारों की तरह वे दोनों बैठे थे। सिर झुकाये। आँखें बचाते हुए। सबकी निगाहों से बरसते गुस्से और घृणा के तीरों को झेलते हुए।

बिलकीसजहाँ का ब्लडप्रेशर बढ़ गया था। चक्कर आने के कारण वे ठीक से बैठ भी नहीं पा रही थीं और अनवर यानी छोटे नवाब साहब तो मारे गुस्से और जलालत के कुछ बोल भी नहीं पा रहे थे। जिन रिश्तेदारों और कौम के लोगों को पता चला था, वे ही दौड़े-दौड़े आ पहुँचे थे। उनके और पुलिसवालों के बीच लगातार बहस चल रही थी और उधर तमाशबीनों की भीड़ बढ़ती जा रही थी। टी.वी. चैनल और मीडिया के लोगों ने घेरना शुरु कर दिया था। इस खबर ने शहर की शान्त फ़िज़ा में उत्तेजना घोल दी थी...

''हम जल्द ही दोनों को खोज कर गिरफ्तार कर लेंगे।'' पुलिसवालों ने परोक्ष रूप से धमकी देते हुए कहा—''अच्छा हो कि आप ही दोनों को वापस

बुला लें। सारा मामला सुलझवा देंगे।''

''आप बज़ा फरमाते हैं! पर हमें पता होता तब न जनाब।'' घबराये हुए अनवर मियाँ ने लरजती भरी आवाज में कहा।

''पता लगवाइए... मामला नाबालिग लड़की के अगवा करने का है। आप समझ सकते हैं कि कितना संवेदनशील और गम्भीर मामला है।''

''लड़की नाबालिग नहीं है।'' अनवर ने दृढ़ता से कहा।

उनके बेटे यानी जफर के बचाव में अब तक कई मुस्लिम संगठन खुलकर सामने आ गये थे। उधर बड़ी मस्जिद में आनन-फानन में मीटिंग बुलाई... गई। कुछ लोगों ने परिस्थितियों पर विचार करते हुए जफर के परिवार को पूरा सहयोग देने का निर्णय लिया।

यह घटना तो ताजी थी, पर घटना के पीछे पीढ़ी-दर-पीढ़ी चली आ रही कुछ चिंगारियाँ भी थीं, जो हर आँधीनुमा घटना के आते ही हवा पाकर धधक उठती थीं। वे आनन-फानन में अगला-पिछला हिसाब चुकता करने के लिए आमादा हो उठते थे। उनके लिए यह दो ज़िन्दगियों का सवाल नहीं था, बल्कि एक खेल था, जिसे वे भरपूर ढंग से खेलना चाहते थे।

सुबह की धूप चटककर दीवार तक आ पहुँची थी... थाने के आसपास... लोग आते-जाते... ठहरते... बातें सुनते... सलाह देते और चल देते। उन सबकी घूरती आँखों... हाथ-पाँव फैलाकर बात करने के ढंग से... और तिलकधारी युवकों को देखकर बिलकीस थरथर काँपने लगती ऐसी भीड़ के सामने अगर जफर और गरिमा आ गये तो ये भीड़ तो मार ही डालेगी दोनों को...। मौत के साये चारों तरफ फैले थे।

''अब क्या होगा? या अल्लाह रहम कर। इन दोनों ने हमको इत्तला तक नहीं दी।''

''इस तरह भागकर जाना क्या पहले से ही तय था?'' अनवर ने उखड़ी-उखड़ी आवाज में कहा।

''नहीं, पर गरिमा कुछ टेंशन में थी। उसके लिए लड़के देखे जा रहे थे। उसी ने खबर दी थी कि उसके पिता जल्दी से रिश्ता पक्का करने जा रहे हैं, शायद इसी भय से...।''

''पर उन दोनों की बेवकूफ़ी और नादानी ने यहाँ का माहौल बिगाड़ दिया है न। बात दुश्मनी तक जा पहुँची और जो संगीन आरोप लगाये गये हैं... वो...।''

''मुझे तो डर है कि उन दोनों पर कोई हमला न कर दे। अब तो अल्ला ताला से यही दुआ है कि वे दोनों जहाँ भी हों, सही-सलामत रहें। फ़ोन भी

तो नहीं किया है।''

जैसे-जैसे समय बीतता जा रहा था, उन दोनों की चिन्ता बढ़ती जा रही थी। चिन्ता ने उनकी शिराओं में बर्फ़ जमानी शुरु कर दी थी।

''इन हरामज़ादों को पता है कि लड़का-लड़की कहाँ पर हैं। सुना है मस्जिद में जफर के इस कारनामे पर उसे मुबारकबाद दी गयी है।'' जोश से भरे वे सब अपना-अपना राग अलाप रहे थे। इस समय वे कोई भी कदम उठाने को तैयार थे।... तभी दरवाज़े की घंटी बजी... लगातार बजती घंटी ने... पूरे घर में ख़ौफ पैदा कर दिया। बाहर बरामदे में उनकी पदचापों... जूतों की ठक-ठक से पता चल रहा था कि वे सब दरवाज़े से हाथ भर की दूरी पर हैं...। ठीक दरवाज़े के उस पार। दरवाज़ा उनके और बाहर खड़े लोगों के बीच रक्षक बना हुआ था। धक्का लगते ही दरवाज़ा खुल सकता था... टूट सकता था और तब वे सब भूखे भेड़ियों की तरह झपट सकते थे... उन दोनों को नोंच सकते थे...। थरथर काँपती बिलकीस को सारा घर घूमता नज़र आ रहा था...

तभी उनमें से एक गुर्राती हुई आवाज में चेतावनी देते हुए बोला—''अभी भी वक्त है मैडम! सच-सच बता दो!'' चुप्पी! दर्द और ख़ौफ में डूबी चुप्पी।

''आप समझ रही हैं न।''

''खून की नदियाँ बह जाएँगी।''

''खुदा के वास्ते हमारा यकीन करिये... हमें खुद भी पता नहीं है। अल्लाह कसम हम झूठ नहीं बोल रहे हैं।'' बिलकीसजहाँ ने दरवाज़े के पास मुँह लगाकर लगभग गिड़गिड़ाते हुए कहा। उनकी आवाज भय के कारण काँप रही थी और भीतर घायल परिन्दे की तरह वे व्यथा से तड़पती हुई रो रही थीं।

''आप लोगों ने उन्हें छुपाकर रखा है।'' उनमें से एक जो भारी डीलडौल का नेता था गुर्राकर बोला।

''आपके कारण कितने लोगों को परेशानी उठानी पड़ रही है। पुलिस का दल गया हुआ है। सन्देहास्पद मुस्लिमों के घर और मस्जिद में तलाश जारी है।'' तीसरा व्यक्ति संयत भाषा में बोलने की कोशिश कर रहा था।

''पुलिस को अपना काम करने दीजिए। हमें कोई एतराज नहीं है। हमें भी इन्साफ चाहिए।'' बिलकीस आश्वस्त करनेवाले अन्दाज़ में बोली। पसीने से तरबतर देह को सँभालती वे दरवाज़े से कुर्सी टिकाकर बैठ गयी, ताकि कोई धक्का देकर दरवाज़ा न खोल सके।

उधर थाने के बाहर गरिमा के रिश्तेदार खड़े थे और भीतर पिता और भाई। समाज के नियामक और नेता... समाज-सुधारक और हितैषी। माथे पर

बल। त्यौरियाँ चढ़ी हुईं। बगल में जेबों में छुपाकर रखे चाकू... पिस्तौल। धौंस ऐसी कि सारी गलती पुलिसवालों की हो।

"क्या किया आपने अब तक। कोई खबर मिली? आप लोगों का काम तो कछुआ चाल से चलता है। क्या आप नहीं जानते कि हमारी लड़की की इज्ज़त खतरे में है। इन लोगों पर ज़रा दबिश डालकर पूछताछ करिये। डराएँ-धमकाएँ। दबाव बनाएँ। ऐसे नहीं उगलने वाले ये सच्चाई।"

दूसरा नेता मोबाइल पर किसी बड़े पुलिस अधिकारी से बात कर रहा था—"लड़के को गिरफ़्तार करवाएँ। वह लड़की को लेकर हाजिर हो। वे दोनों आकर सरेंडर करें या आप लोग ढूँढ़कर हमें सुपुर्द करें।"

उधर वे सब बिलकीसजहाँ को धमका रहा था—"लड़के को कहो फौरन लड़की को लेकर आ जाए वरना...।

"वरना क्या..." बिलकीस की दिमाग की नसें फटने लगीं। लगा कहीं दिमाग की नस ही न फट जाए। पर अभी सभी तरह के दबावों और धमकियों के बीच स्वयं को सँभालना ज़रूरी था। अख़बार में पढ़ी... टी.वी. पर देखी कितनी ही नृशंस घटनाएँ आँखों के सामने सजीव हो उठीं। लड़के-लड़की को पेड़ से बाँधकर हत्या कर देना। ज़िन्दा जला देना या महीनों तक पता ही नहीं चलने देना और बाद में किसी जंगल में या नदी में लाशों का मिलना। नहीं... भीतर उठता गोला झटके से उनके पेट और छाती में घूम उठा...। लगा सघन अन्धकार में ठोकर खाकर गिर पड़ी हों। लहूलुहान क्षत-विक्षत सी पड़ी वे बेआवाज रो रही थीं।

तमाम रिश्तेदारों, दोस्तों, परिचितों और सम्भावित स्थानों पर फ़ोन लगाए जा रहे थे। जैसे-जैसे समय बीतता जा रहा था, उनकी घबराहट और चिन्ता बढ़ती जा रही थी। कहीं उन लोगों ने उन दोनों का क़त्ल तो नहीं कर दिया... नहीं ऐसा नहीं हो सकता... तो फिर जफर ने फ़ोन क्यों नहीं किया... फ़ोन से पकड़े जाने का डर होगा... किसी से खबर करवा देता... क्या उसे पता नहीं कि यहाँ कैसा हंगामा मचा हुआ है। क्या जफर इतना खुदगर्ज हो गया है...। गरिमा को तो ख़्याल करना चाहिए था.. वे सिर पकड़कर बैठी थीं... उनके लिए ज़मीं और आसमाँ दोनों ही अंगारों के समान थे।

तीसरे दिन। हाँ, वो तीसरा ही दिन था। उन्हें लग रहा था तीन महीने ये हो गये हैं। दोनों मियाँ-बीवी अपनी तबियत नहीं सँभाल पा रहे थे, लिहाजा उन्हें अस्पताल जाना पड़ा। अस्पताल से जब लौटे तो देखा खिड़कियों के शीशे टूटे हुए हैं। कार को बुरी तरह से ठोक-पीट दिया गया था... गमले में खिले फूल धूल धूसरित होकर पाँवों से रौंद दिए गये थे। बरामदे में रखी बेंत की

कुर्सियाँ तोड़ दी गयी थीं... उन लोगों ने घर का कोई कोना नहीं छोड़ा था। बिलकीस ने पूरी घटना की इत्तला पुलिस को दी। तत्काल अपने लोगों को फ़ोन किया। वे दोनों नितान्त अकेले। निहत्थे। इसलिए जान-माल की सुरक्षा के लिए पुलिस थाने में आवेदन दिया।

मामला गम्भीर और चिन्ताजनक होता जा रहा था। सुरक्षा के मद्देनज़र तत्काल दो सुरक्षा गार्ड नियुक्त करवा लिये। भीड़ का क्या भरोसा? उसका कोई ईमान धरम तो होता नहीं। जिधर हाँक दी उधर हँक जाती।

चौथे दिन से पूरा शहर इसी खबर के केन्द्र में आ गया था। मुख्य खबर थी—'हिन्दू लड़की का अपहरण : प्रेम विवाह के नाम पर हिन्दू लड़कियों का अपहरण फिर धर्मान्तरण'। मुस्लिम युवक संदिग्ध गतिविधियों में लिप्त। सिमी कार्यकर्त्ताओं के साथ सम्बन्ध होने की आशंका। रिश्तेदारों के यहाँ हथियार बरामद। माता-पिता मुँह खोलने को तैयार नहीं। अपने ही शहर में सुरक्षित नहीं हैं लड़कियाँ। भोली-भाली हिन्दू लड़कियों को बहला-फुसलाकर बाहर भेज दिया जाता है। पूरा शहर बारूद के ढेर पर खड़ा था। इलेक्ट्रॉनिक और प्रिंट मीडिया पूरे जोश-खरोश के साथ पल-पल की खबरें देता हुआ उत्तेजना को बढ़ाये-चढ़ाये जा रहा था। एक छोटी-सी प्रेम कहानी ने तूफान ला दिया था। बिलकीस बिस्तर पर पड़ी घायलों की तरह कराह रही थी। आँसू थमने का नाम नहीं ले रहे थे। खबरों से आता यह दिल पर नश्तर चलाने वाला झूठ उनको भीतर से चीर रहा था... घर का ज़र्रा-ज़र्रा इस वेदना और लांछन से झुलस गया था। पिंजरे में बैठा तोता... मैना... लववर्ड्स... चैरी (कुत्ता) सब एकाएक खामोश हो गये थे।

हिन्दू लड़कियों की रक्षा करो। अभी तक इतनी (?) लड़कियाँ गायब। इतनी (?) लड़कियाँ गल्फ़ में भेजी जा चुकी हैं। इतनी (?) लड़कियों का जबरदस्ती निकाह करवाकर धर्मान्तरण करवाया गया है... टी.वी. पर आँकड़े बताते पक्ष-विपक्ष में गरमा-गरम बहस को बढ़ाते शहर के बुद्धिजीवी, काजी-पंडित, समाजशास्त्री और महिलाएँ अपने विचार रख रहे थे। तथाकथित समाज-सुधारकों ने फरमान जारी कर दिया था कि फिलहाल लड़कियों को बाहर निकलना बन्द कर देना चाहिए। अभिभावकों को कहा जा रहा था कि वे अपनी लड़कियों को मोबाइल स्कूटर न दें। उन्हें घर से अकेला न जाने दें। को-एड स्कूल और कालेज में न भेजें। यानी अब शहर में खुली सड़कों की नहीं, बाग-बगीचों की नहीं, बाज़ारों और हाटों की नहीं, मेलों और उत्सवों की नहीं, कस्बाई-बाड़ों की संख्या बढ़ाई जाए। दोस्तों को नहीं पहरेदारों को तैनात किया जाए... बैलेन्टाइन डे की तरह हर दिन को सख़्त पहरे और डंडे के साये में

बीतने दिया जाए... फूल खरीदती मुस्कराती लड़कियों और लड़कों के हँसते मुस्कराते चेहरों पर कालिख पोती जाए। बिलकीस ने टी.वी. बन्द कर दी। कालेज में पढ़ाते वक्त उन्होंने कभी नहीं सोचा था कि कौन हिन्दू है... कौन मुसलमान। कितनी हिन्दू लड़कियाँ उनके पाँव छूती हैं। पर आज उन्हीं के बेटे की एक हिन्दू लड़की से शादी होने की सम्भावना पर बवाल मचा हुआ है... उन्हें हद दरजे का अपमान और पीड़ा झेलनी पड़ रही है।

मन नहीं माना तो उन्होंने फिर टी.वी. खोल लिया। संवाददाता बता रहा था कि दो गुटों के बीच तीखी झड़पें हो गयी हैं। पाँचवें दिन की खबर उससे से ज़्यादा मारक थी। बताया जा रहा था कि दो गुटों के बीच खूनी संघर्ष हो गया है। पुलिस ने दोनों गुटों के दर्जन भर लोगों को हिरासत में ले लिया है। यह लड़ाई अब व्यक्तिगत नहीं, दो सम्प्रदायों और दो गुटों की लड़ाई बनकर सड़क पर आ गयी।

''खुदा खैर करे। आप कुछ तो बोलिये नवाब साहब।'' खामोश बैठे पति को झिंझोड़ती हुई बिलकीस बोली।

अनवर का चेहरा बुत की तरह हो गया था। इन चार-पाँच दिनों में उन्होंने खाना तक नहीं खाया था। रात में पहरेदारी के बावजूद कुछ लोगों ने घर पर पत्थर फेंके थे। पता ही नहीं चलता कि कौन कब कहाँ से आता था और भूत की तरह अदृश्य हो जाता था। हालात की गम्भीरता को देखते हुए शहर में मौलवियों, काजियों, पंडितों और पादरियों ने साम्प्रदायिक सद्भाव बनाये रखने की अपील जारी कर दी थी। पूरे शहर में धारा-144 लगा दी।

''या अल्लाह या परवरदिगार, दोनों को सही सलामत रखना...।'' ऐसे हालात में अगर वे दोनों सामने आ गये तो खुदा ही मालिक है। बिलकीस नमाज अदा करते वक्त बस यही प्रार्थना करती। ऐसा नहीं था कि उनके मन में दोनों बच्चों के प्रति आक्रोश ना था। पर आक्रोश से ज़्यादा हर समय उनके जान की चिन्ता ज़्यादा थी।

''कब तक चलेगा यह सब? क्या इन लोगों को कोई काम-धन्धा नहीं है। इसी मसले को लेकर बैठे हैं। हम निपट लेंगे आपस में।''

''जब तक माहौल पूरी तरह से शान्त नहीं हो जाता।''

''और माहौल तभी शान्त होगा जब वे दोनों पकड़े जाएँगे।''

''आपके साहबजादे को होश ही नहीं है कि यहाँ हमारी जान पर बन पड़ी है। उनकी नादानी की क्या कीमत चुका रहे हैं? अरे हमसे तो सलाह-मशविरा किया होता। आपकी छूट का नतीजा है यह।''

''आपने इसके पहले तो कभी खिलाफत नहीं की थी, बल्कि गरिमा को

आप ही ज़्यादा पसन्द करते थे। किसने उसे उर्दू की तालीम दी थी। कौन घंटो बैठाकर उसे हदीज और कुरान की आयतें समझाया करता था। आफत आ गयी तो आपकी मोहब्बत भी फना हो गयी। और हम कसूरवार हो गये।''

''तो चुपचाप भागने की क्या ज़रूरत थी।''

''हो सकता है उन्हें इस बात का अन्दाज़ ही न हो और जब पता चला होगा तो डर गये होंगे। बताया तो था गरिमा ने कि उसकी शादी तय की जा रही है। और यूँ भी क्या उसके घरवाले राजी होते?''

''और अब...।'' अनवर ने चीखकर कहा। वे अपना सारा क्रोध, बेबसी और अपमान बिलकीस पर निकाल रहे थे। पिछले दिनों से चला आ रहा तनाव और चिन्ता ने उन्हें बेकाबू कर दिया था। चेहरे पर झाइयाँ, आँखों को घेरती काली रेखाएँ, दिमाग में चलती आँधी और बाहर से मिलती धमकियों ने उनकी तबियत बिगाड़ दी थी।

शहर में तनाव बढ़ता जा रहा था। तनाव पुलिस, प्रशासन दोनों को था। लड़के-लड़की ज़मीन में समा गये थे या कहाँ छुपे थे... उन्हें सुराग तक नहीं मिल पा रहा था। प्रशासन के सामने दोहरा संकट खड़ा हो गया था। ये शहर ऐसा भी नहीं था जिसकी लड़कियों ने अभी तक प्रेम नहीं किया था या वे अपने प्रेमियों के साथ भागी न थीं या उन्होंने भागकर शादी नहीं की थी। यदि इस वाकये को शर्मनाक माना भी जाए तो भी इससे ज़्यादा शर्मनाक सैकड़ों घटनाएँ शहर में हो चुकी थीं। प्रेम ऐसा वैसा परवान नहीं चढ़ा था, हिन्दू-मुस्लिम लड़के-लड़कियों ने शादी भी की थी और आज वे समाज के सम्मानित सदस्य होकर जी रहे थे... पर इस समय दो सम्प्रदायों के बीच की बातों को कुछ ज़्यादा ही उछाला जा रहा था। उछालने वाले लोग, नेता अपनी बात मनवाकर खुद को सामने लाने के लिए उतावले थे। इलेक्ट्रानिक मीडिया जो हर पल की ही नहीं, हर साँस की एक्सक्लुसिव खबरें देने की होड़ में 'सबसे पहले' कुछ देने-दिखाने का श्रेय लेने को बेकरार रहता था। ऐसी खबरें उनके लिए मायने रखती थीं, क्योंकि वे समाज की भावनाओं को समझते थे! इसलिए हर चैनल पर यही खबर छायी हुई थी।

लोगों के जज्बात दूध की तरह उफन रहे थे। सब इज़्ज़त आबरू वाले हो गये थे। वे भी जिन पर अपनी बहुओं को दहेज के कारण मारने, प्रताड़ित करने के केस चल रहे थे, बढ़-चढ़कर अपनी राय दे रहे थे। और वे भी जो अपनी बहुओं को लड़की पैदा होने पर नसीहतें देते थे, वे जफर और गरिमा के प्रेम को कुकृत्य मानकर धिक्कार रहे थे। उनका मानना था कि अगर ऐसा कृत्य उनकी लड़की ने किया होता तो वे उसे ज़िन्दा ज़मीन में गाड़ देते या

हाथ-पाँव तोड़कर कमरे में बन्द कर देते। आज ऐसे ही लोगों को अपनी लड़कियाँ असुरक्षित लग रही थीं और परिवार की प्रतिष्ठा पर आँच आने का भय सता रहा था।

शाम को जब परिन्दों ने अपने नीड़ों में लौटना शुरु कर दिया था... थके-हारे लोग घर की तरफ भागते से जा रहे थे, तब दिन भर से हताश पड़ी बिलकीस को खबर लगी कि गृहमन्त्री ने स्थिति का स्वयं अवलोकन कर दोनों सम्प्रदाय के लोगों को और शहर के सम्मानित माने जानेवाले रसूखदार नागरिकों को बातचीत के लिए आमन्त्रित किया था।

"नवाब साहब, आप अपनी बात पहले रखना..."

"जनाब, बात को सियासती रंग देकर इतना तूल क्यों दिया जा रहा है?"

"वे भी क्यों इस मौके को जाने देंगे?"

"देखते हैं, क्या निर्णय लेते हैं।"

गृहमन्त्री के बँगले पर नियत समय पर आमन्त्रित लोग जा पहुँचे और दोनों गुटों के बीच बातचीत चल रही थी।

बाहर के बरामदे में कुर्सियाँ डाली गयी। चाय-पानी की व्यवस्था की गयी। जितनी देर मीटिंग चलेगी उतनी देर कोई भी व्यक्ति नहीं आएगा। ऐसी हिदायत दे दी गयी थी। गृहमन्त्री, जो हमेशा हँस-मुस्कराकर बात किया करते थे, इस मौके पर उन्होंने जानबूझकर थोड़ी-सी गम्भीर मुद्रा बना ली। झक सफेद-कुर्ता पायजामा पहने वे हाथ जोड़कर नमस्कार करते हुए बीच में आ बैठे। उन्होंने किसी के कुछ कहने के पहले ही सवाल दाग दिया—

"क्या आप लोग अपने शहर की शान्ति और सौहार्द्र भंग करवाना चाहते हैं?"

"ऐसी बात नहीं है मन्त्रीजी। हम तो चाहते थे कि यह मुआमला बाहर जाए ही नहीं।"

"फिर बाहर गया कैसे? पूरे मीडिया चैनल जिस तरह से इस मामले के पीछे पड़े हैं और प्रचारित कर रहे हैं, क्या यह ठीक है? पारिवारिक मसले को क्या घर में ही नहीं सुलझाया जा सकता था?" मन्त्री जी का स्वर, ऊँचा, सख़्त और गम्भीर होता गया। उनकी बात से लग रहा था कि वे आगे किसी भी तरह की हरकतों को बर्दाश्त नहीं करेंगे।

सब चुप! अनजान बनते हुए। निगाहें इधर-उधर करते हुए। उन निगाहों में एक-दूसरे को दोषी ठहराने का भाव था।

"पता करिये कि वे दोनों कहाँ पर हैं। जल्द से जल्द यह मामला निपट जाना चाहिए। आप नहीं समझ रहे हैं कि ऐसे मामलों में पुलिस की कार्यवाही

क्या रूप धारण कर ले। मामला ज़जबाती है। जाहिर है...''

''अब तो बात काफी बढ़ चुकी है। हमें अपनी लड़की की चिन्ता है।''

''आप जानते हैं कि लड़का-लड़की दोनों बालिग हैं।'' मन्त्री जी ने गरिमा के भाई की तरफ व्यंग्यात्मक दृष्टि से देखते हुए कहा- ''समय बदल गया है। बच्चों की सोच बदल गयी है। वे हमसे ज़्यादा उदार और खुले विचारों के हैं। बच्चों को माफ करके... उनका विवाह करवा दीजिए। सारी समस्या खत्म हो जाएगी। याद रखिए कि शहर पर आपके आपसी दुराग्रहों के छींटे नहीं पड़ने चाहिए।''

दोनों सम्प्रदाय के नेता, रिश्तेदार और मुखिया चुप। निरुत्तर! कुछ कहने को होते तो मन्त्री जी वहीं बात काट देते!

''आप लोग मेरी बात ध्यान से सुन लीजिए। मैं शहर की शान्ति भंग करने की इजाज़त किसी को भी नहीं दूँगा।'' मन्त्री जी की आवाज सख़्त और लहजा आदेशात्मक हो गया। ''बलवाईयों को बख़्शा नहीं जाएगा। मैंने पुलिस को कह दिया है कि जो भी पक्ष गड़बड़ी करता पाया जाए, उसे सख़्ती से कुचल दिया जाए। ऐसी स्थिति पैदा न हो... यही हमारे लिए हितकर होगा!'' कहकर मन्त्री जी सीधे उठे और अपने कार्यालय में चले गये।

वे सब एक-दूसरे का चेहरा देखते रह गये।

बाहर निकलते हुए दोनों सम्प्रदाय के लोग—ख़ासकर गरिमा के भाई ने मन्त्री जी को भद्दी सी गालियाँ देते हुए कहा—''इस हरामज़ादे की लड़की या बहिन किसी के साथ गयी होती तब पता चलता। क्या समझ रहा था कि हम लोग इतने नपुंसक हैं, चूड़ियाँ पहन ली हैं... अपनी लड़की को हम खुद वापस नहीं ला सकेंगे। अब इस साले को कौन हिन्दू वोट देगा? हरामी सत्ता में आते ही धर्मनिरपेक्ष हो गया। इन लोगों को नाराज़ नहीं करना चाहता है, इसलिए शादी करने की बात कर रहा था...'' लगातार गालियाँ बकता हुआ वह अपने साथियों के साथ एक जगह जाकर बैठ गया। आगे की रणनीति पर विचार करने के लिए।

उधर जफर और गरिमा सबसे छुपकर राजस्थान के दूरस्थ इलाके में अपने दोस्त के घर में शरण लिए हुए थे। राष्ट्रीय चैनल पर जब इस मामले को इन दोनों ने देखा तो स्तब्ध रह गये। उन्हें लग रहा था कि हफ्ते-दस दिन बाद जब लौटेंगे तो सबका गुस्सा शान्त हो जाएगा और दोनों परिवार के लोग उन्हें स्वीकार कर लेंगे... लेकिन वहाँ तो हालात ही दूसरे थे। आनन-फानन में उसने अपने विश्वसनीय दोस्तों को फ़ोन लगाया। अपनी ख़ैरियत अब्बा और अम्मी तक पहुँचाने की मिन्नत की। उसने सपने में भी नहीं सोचा था कि उन दोनों

का यह स्वप्न भरा प्रेम में डूबा कदम उसके परिवार और शहर के लिए इतनी बड़ी मुसीबत लेकर आवेगा।

नाराज़गी... विरोध... घर निकाला और मारपीट की सम्भावना तो उन दोनों को थी, पर इतना सब कुछ होगा...? उफ... अब्बा-अम्मी को कुछ हो गया तो। जलाल बता रहा था कि पुलिसवाले पूछताछ करने के लिए सुबह-शाम आ धमकते हैं या उन्हें जाना पड़ता है। सारे रिश्तेदारों और दोस्तों के घरों में तलाशी के नाम पर कहर बरपा दिया है। घर का फ़ोन टेप किया जा रहा है। बुरी तरह से तंग कर रहे हैं। अब तो तुम दोनों को सामने आ जाना चाहिए। कम-से-कम अब्बा और अम्मी तो दुख और जलालत से बच जाएँगे। जफर को काटो तो खून नहीं। हाथ का निवाला हाथ में पड़ गया। रातभर वे दोनों बैठे रहे। यह तो तय था कि जाते ही पुलिस उन दोनों को हिरासत में ले लेगी। गरिमा को परिवारवालों को सौंप देगी और उसको जेल होगी। जफर के जितने भी बाहर के परिचित लोग थे... रसूखदार थे... सबको फ़ोन करके वह चिरौरी कर रहा था अब्बा और अम्मी को बचाने की। सान्त्वना देने की। साथ खड़े होने की। उन दोनों ने निकाह कर लिया था... पर निकाह की खुशी... तनाव और चिन्ता में बदल गयी थी।

''अब्बा, मैं जफर...।'' उसने दूसरे दिन अपने दोस्त के मोबाइल पर— जो पहले से वहाँ पहुँचा हुआ था— फ़ोन लगाया। जफर की आवाज सुनते ही उन दोनों के सीने में रुका-बँधा बाँध फूट पड़ा।

''अब्बा, मुझे मुआफ कर दो खुदा के वास्ते। मुझे नहीं मालूम था कि यह सब हो जाएगा। मैंने तो गरिमा को बचाने के लिए यह सब किया था। सोचा था दस-पन्द्रह दिनों बाद मामला ठंडा हो जाएगा और हम लोग आ जाएँगे। अब्बा हम लोग आ रहे हैं।''

''नहीं छोटे नवाब, अब सब कानून के हाथों में है। वकील साहब से मशविरा ले रहे हैं।''

''अब्बा, हम लोगों ने कोई गुनाह नहीं किया है। खुदा गवाह है कि हम सच्ची मोहब्बत करते हैं। आपने और अम्मी ने कभी ऐतराज नहीं जताया। हाँ, हमें आपको बताकर जाना चाहिए था। पर आपको बताते तो गरिमा के घरवाले जबरदस्ती आप पर प्रेशर बनाकर सच्चाई उगलवा लेते... बस अब्बा, यही सब सोचकर निकल गये थे। हमारा इरादा किसी को नुकसान पहुँचाने का नहीं था।''

''जफर मियाँ, मुबारक हो... हम दोनों तुम्हारे साथ हैं ताउम्र। पर बेटे, तुम लोग अभी वहाँ से हरगिज बाहर नहीं निकलना। तुम दोनों की जान को खतरा है। लोगों में बेइन्तिहा नाराज़गी है। गलत-गलत बातें प्रचारित की जा

रही हैं। हद तो तब हो गयी जब इन लोगों ने हमें यहाँ से चले जाने की धमकी दे डाली। हमारी वफादारी और ईमानदारी पर उँगुलियाँ उठाई जा रही हैं। मियाँ, तुम मामले की गम्भीरता को समझो।''

''अम्मी, हमें तो कल ही पता चला। न्यूज पेपर्स हम लोग देख भी नहीं पाये। मात्र आज छठवाँ दिन है। सॉरी अम्मी... आपको जो तकलीफ हुई... मैं खुद को कभी माफ नहीं कर पाऊँगा। आपको पुलिस और लोग परेशान कर रहे हैं। हमने तो केवल इतना एहतियात बरता था कि हमारी शादी पक्के तौर पर हो जाए। गरिमा के घरवालों ने उस पर पाबन्दी लगा दी थी, इसलिए हमें यह कदम उठाना पड़ा। पूरा मामला पॉलिटिकल इश्यू बना दिया गया है। क्यों? आपको कितना ज़लील होना पड़ रहा है... हमारे कारण...।''

''हम लोगों की चिन्ता छोड़ो, अपना ख़्याल करो।''

जफर से बात होने के बाद वे दोनों चिन्तामुक्त हो सके थे कि बेटा और गरिमा सलामत हैं... सुरक्षित हैं। इन लोगों की पहुँच से बाहर है, अन्यथा कैसी-कैसी बातें दिल-दिमाग को सुन्न किये दे रही थीं।

जफर को घर लौटना था। उस पर लड़की को अगवा करने का आरोप लगाया जा चुका था... थाने में एफ.आई.आर. दर्ज थी... ऐसी सूरत में एक ही रास्ता बचा था कि वे मीडिया का सहारा लें। बहुत सलाह-मशविरा करने के बाद... एक चैनल के साथ जफर और गरिमा की बात हुई। चैनलवाले इस बात की जिम्मेदारी उठाने को तैयार थे कि वे पुलिस के अधिकारियों से, गरिमा के परिवारवालों से बातचीत करेंगे और जैसा कि होता है कि मीडिया में आते ही एक सनसनीखेज प्रेम कहानी के किरदार के रूप में स्टूडियो में बैठे दर्शकों को नज़र आ रहे थे। रिपोर्टर लगातार बोले जा रहा था। उत्तेजना, आवेश और ताजेपन को बनाये रखने के लिए वह प्रेम कहानी को कभी इतिहास के साथ तो कभी वर्तमान के साथ जोड़कर प्रस्तुत कर रहा था। पिछले हफ्ते जो कुछ भी घटित हुआ था, उसका एक-एक ब्यौरा देता हुआ।

''गरिमा और जफर, क्या आपने अपनी मरजी से मैरिज की है?''

''जफर मोहम्मद, आप पर यह आरोप है कि आप गरिमा को जबरदस्ती भगाकर ले आये हैं। थाने में आपके खिलाफ गरिमा के परिवारवालों ने एफ.आई.आर. दर्ज करवायी है।''

''गरिमा जी, आप बिना किसी भय के बताएँ कि आपके ऊपर किसी भी प्रकार का दबाव डाला गया था कि आप इनसे विवाह करें, न सिर्फ विवाह करें बल्कि धर्म परिवर्तन करें?''

''अगर हमारे पेरेन्ट्स लोग और पुलिसवाले सुन रहे हों तो हम दोनों

सबके सामने यह कहना चाहते हैं कि यह मैरिज हम दोनों ने अपनी मरजी से, अपनी खुशी से की है। किसी ने किसी के ऊपर दबाव नहीं डाला है। मैं कहना चाहता हूँ कि मेरे परिवारवालों ने कभी भी हमारे सम्बन्धों का विरोध नहीं किया।''

''क्या आपके पास अपने विवाह का प्रमाण-पत्र है?''

''दर्शक देख सकते हैं इन दोनों के विवाह के प्रमाण-पत्र।''

''तो गरिमा, आप बताइए, क्या आपको विश्वास है कि आपके परिवारवाले आपके इस विवाह को स्वीकार कर लेंगे?''

''शायद नहीं... अभी नहीं।''

''क्या आप अपने परिवार के पास लौटना चाहते हैं?''

''इंशाअल्ला, ज़रूर... पुलिस हमें सुरक्षा देती है तो हम तत्काल अपने परिवार के पास लौटना चाहते हैं। मैं सभी से रिक्वेस्ट करना चाहता हूँ कि हमारे किये की सजा हमारे परिवारवालों को न दें। उनको कुछ भी पता नहीं था कि हम कहाँ पर हैं।''

गरिमा ने बीच में ही टोका—''मैं एक बात स्पष्ट करना चाहती हूँ कि मैं लौटकर अपने घर जाने की बजाय अपनी ससुराल यानी जफर के घर जाना चाहती हूँ।''

''आप जानते हैं कि यह कितना बड़ा इश्यू बन चुका है। शान्तिप्रिय शहर पर साम्प्रदायिक दंगों की छाया मँडराने लगी थी...।''

''इसमें हमारी क्या गलती है। हमने तो किसी से कुछ नहीं कहा।''

चैनल पर बातचीत जारी थी... कभी गरिमा के परिवारवाले जुड़ते तो कभी जफर के परिवारवाले, तो कभी पुलिस के अधिकारी।

पर इधर आन्तरिक तौर पर तनाव कम नहीं हुआ था। गरिमा का परिवार अपनी लड़की को वापस लाने के निर्णय पर अडिग था। पुलिस पर लगातार दबाव बनाया जा रहा था कि उन दोनों के आते ही जफर को गिरफ्तार करके गरिमा को उन्हें सौंप दिया जाए। गरिमा के परिवार में मातम छाया था। गुस्सा, क्षोभ, प्रतिशोध और अपनी इज़्ज़त का सरेआम यूँ दुनिया के सामने तमाशा बनते देखना। सबकी जुबान पर ताले लग गये थे। क्रोध और अपमान का लावा धधक रहा था। लग रहा था सरेआम नंगा कर दिया है।

''यह सब तुम्हारी छूट का नतीजा है।'' गरिमा के पिता अपनी पत्नी पर चीख रहे थे।

तो भाइयों के लिए बहिन युद्ध में अन्तिम विजय पाने की उत्तेजना से भरी भावना का कारण बन गयी थी।

“अब आ भी गयी तो क्या? उसने तो शादी कर ली, धर्म बदल लिया है... नाम बदल लिया है... बेशर्म को कहते हुए शर्म नहीं आ रही थी... माँ-बाप की नाक कटवा दी... ऐसी लड़कियों को तो गड्ढे में गाड़ देना चाहिए।”

“अभी जो बातें कही जा रही हैं, उसी पर हमें अडिग रहना होगा, वरना झूठी एफ.आई.आर. लिखवाने के चक्कर में उलटे हमें ही सजा न हो जाए... या क्या भरोसा कमीने हमारे खिलाफ मानहानि का मुकदमा न दायर कर दें।”

“हम कुछ भी कर लें, एक वह तो बैठी है नककटी, उन लोगों की सगी, जो हमें हर बात में गलत साबित करने में लगी है।”

“आने तो दो उसकी तो हड्डियाँ तोड़कर घर में बन्द कर देंगे। बाद में क्या करना है देखा जाएगा।”

“पीढ़ियों तक कीमत चुकानी पड़ेगी हमें। ”

अन्ततः अपने परिवार पर बढ़ते दबाव और मीडिया की मध्यस्थता से मिले आश्वासन को देखते हुए उन दोनों ने समर्पण करने का फैसला ले लिया था।

पूरी रात वे एक-दूसरे का हाथ थामे बैठे रहे। एक-दूसरे को आश्वासन देते... कसमें खाते... किसी भी परिस्थिति में न झुकने, न टूटने, न बदलने का प्रण करते हुए।

चूँकि वे दोनों दूसरे राज्य के शहर में थे, इसलिए उस राज्य की पुलिस को उन दोनों को इस राज्य की पुलिस को मीडिया के माध्यम से सौंपना था।

उन दोनों के शहर आने पर कोई अप्रिय घटना घटित न हो, इसलिए दोनों पक्षों के साथ पुलिस ने गोपनीय बैठक रखी। तय किया गया कि मामले को ज़्यादा तूल न दिया जाए। चूँकि जफर के खिलाफ एफ.आई.आर. दर्ज है इसलिए उसे कोर्ट में पेश किया जाएगा और लड़की को परिवारवालों को सौंप दिया जाएगा। और गवाही के लिए गरिमा को कोर्ट में आना होगा।

“आप लोग मेरी बात से सहमत हैं।”

“जी।”

ऊपर से ‘जी’ कहता हुआ गरिमा का परिवार अपने पाँवों के नीचे अंगारों की धधक महसूस कर रहा था। उन्हें इन्तज़ार था इन अंगारों को जफर के ऊपर फेंकने का।

दोनों पुलिस कस्टडी में शहर में आ चुके थे। स्टेशन पर ट्रेन के आने के आधे घंटे पहले ही मीडिया के लोगों की, शहर के फालतू लोगों का जो ऐसी घटनाओं के साक्षी बनकर उनके बारे में खबरें फैलाने का काम करते हैं और दोनों पक्षों के प्रभावशाली लोगों का जमावड़ा लग गया था अपने-अपने वकीलों की फौज के साथ।

एक तूफानी शहर को हिला देनेवाली प्रेम कहानी का अन्त यूँ खामोशी से हो जाए, यह कैसे सम्भव था, सो हर व्यक्ति अपने-अपने स्तर पर सक्रिय हो चुका था, भले ही उन्हें आश्वासन दिया गया था, पर बिलकीस को अब भी आशंका थी कि कहीं कुछ अनहोनी न हो जाए। जफर को सीधा हवालात में ले जाया गया—'अम्मी! अब्बा! गरिमा का ख़्याल रखना', इतना ही कह सका था जफर।

अब्बा-अम्मी की आँखों में आँसू थे और हाथ खुले हुए... पिंजरे को खोलकर परिन्दे के उड़ जाने की वेदना भीतर तैर रही थी।

''दो-तीन दिन की बात है, कोर्ट में पेश तो करना ही होगा'', वकील सान्त्वना देते हुए बोला—''जमानत होने पर ही वह रिहा हो सकेगा। आप लोगों को धैर्य रखना होगा।''

''उन लोगों ने केस वापस नहीं लिया तो।''

'गरिमा... गरिमा' पुकारती वे उसके पीछे भागती सी गयी थी... मगर तब तक गरिमा उन लोगों से घिरी चीखती-चिल्लाती कार के अन्दर ठूँस दी गयी थी।

जफर जेल में था।

और—

गरिमा परिवार की यातनादायी जेल में क़ैद थी।

सात-आठ दिनों से चला आ रहा रोचक, सनसनीखेज, उत्तेजित करनेवाला नाटक का (बाहरी) पटाक्षेप हो चुका था... लोगों ने राहत की साँस ली। नेताओं और प्रशासन को भी राहत मिल गयी थी... लड़कियों को सबक सिखाने की मनोकामना जो पूरी हो गयी थी। और सीख दी गयी कि—बेटा! प्रेम करोगे लड़की को भगाकर ले जाओगे तो उसकी परिणति काल कोठरी में होगी।

पर अन्दर का नाटक आरम्भ हो चुका था। अन्दर का मंच अलग था। दर्शक और पात्रों की भूमिका बदल गयी थी। निर्देशक ने निर्देशन का काम शुरु कर दिया था। जफर रूबरू हो रहा था ऐसे वातावरण से 'जिसकी कल्पना मात्र' ही कोई कर सकता था...

भयावह... यातनादायी नाटक। ग्रीक नाटकों की ट्रेजेडी से भी ज़्यादा ट्रेजिक। नाटक के पार्श्व में काम करनेवाले पात्र नमूदार हो गये थे। उनका असली चेहरा सामने आ गया था।

गरिमा के सामने खड़े थे वे सब। दानवी भाव लिए हुए। क्रूर, हिंसक और अड़ियल। उन्होंने गरिमा की सुन्दर, नरम, कोमल, देह को दाग दिया था... लाल-नीले निशानों से। यद्यपि मामा-फूफा, माता-पिता और भाई का रिश्ता था...

इन सबका गरिमा के साथ। खून का रिश्ता। प्यार और ममता का रिश्ता। पर इस समय वे रिश्तों से परे थे हुकुम देते हुए। हुकुमरान की भूमिका में।

''तू वही कहेगी कोर्ट में जो हमारे वकील साहब तुझे समझाएँगे। समझी।'' भाई ने तैश में आकर कहा।

''तूने लाखों रुपयों का नुकसान कर दिया होता तो हम उफ न करते पर... और कोई नहीं मिला था तुझे जात-बिरादरी का। किसी का ख़्याल नहीं आया तुझे। कौन करेगा तेरी छोटी बहिन से रिश्ता। क्या होगा तेरे भाई का। यह बेशर्मी का दाग सात पीढ़ियों तक नहीं धुलेगा।''

''बाकी कसर टी.वी. चैनल पर आकर पूरी कर दी।'' भाई हाथ उठाने-उठाने को हो रहा था। वह दाँत पीस रहा था। मुट्ठियाँ ताने हुए था।

''उस कमीने लादूर पर जो आरोप लगाया है, उसे सच होना चाहिए, समझी।''

माता-पिता, भाई, चाचा, ताऊ, फूफा, रिश्तेदार, पारिवारिक हितैषी सब आ-आकर उसे धिक्कारते। घृणा का गोला फेंकते। नसीहतें देते। गलती सुधारने का अन्तिम मौका यही है कि 'अपने घरवालों का साथ दो' की ताकीद देकर चले जाते और वह... पीले पड़ते चेहरे... सूजी हुई आँखों से निरीह-सी देखती... पचड़ाये होंठों से गिड़गिड़ाती और भीतर से धधकती छाती लिए अपने को ज़िन्दा रखने की प्रार्थना करती, ताकि वह जफर को झूठे इल्ज़ाम से बरी करवा सके। पिछले दिनों में न उसे खाने का होश था और न ही किसी ने इस बात की परवाह ही की थी। इन दिनों में उसने रिश्तों के बदलते रंगों को देखा था। जफर को जेल जाते हुए देखकर उसकी आत्मा कराह उठी थी। पिछले दिनों छपी खबरों को पढ़कर उसका मन लहूलुहान हो उठा था... बिलकीस आंटी... अनवर चाचा के बारे में ऐसी वाहियात बातें।

इतना बड़ा ड्रामा!

ऐसा झूठ!

ऐसी प्रताड़ना!

ऐसी जलालत!

उफ! गरिमा चीख रही थी। चिल्ला रही थी। अपने लोगों के सामने गिड़गिड़ा रही थी।

अब गेंद गरिमा के हाथ में थी, पर शिकायत वापस लेना परिवार के हाथ में था। जफर के माता-पिता, दोस्त, रिश्तेदार, समाज के अन्य प्रतिष्ठित रसूख रखनेवाले लोग जफर के खिलाफ दर्ज करवायी शिकायत वापस लेने के लिए आग्रह कर रहे थे। लगभग गिड़गिड़ा रहे थे। गरिमा को भेजने के लिए सन्देश

पर सन्देश भेजे थे। सारे मामले को आपस में सुलझाकर दोनों परिवारों को एक करने का प्रयास कर रहे थे।

''अब दोनों विवाहित हैं। धार्मिक दृष्टि से भी और कानूनन भी।''

''हम नहीं मानते ऐसी मैरिज को।''

''गरिमा तो मानती है। कानून तो मानता है। धर्म तो मानता है।''

''यह विवाह नहीं व्यभिचार है। वह क्या जाने दुनियादारी। वह डरी हुई है। लड़के ने अपने जाल में फँसाकर बरगला दिया था।''

वे सब खामोश। निरुत्तर। गुस्से से उबलते। एक तरफ जफर की ज़िन्दगी का, कैरियर का और भविष्य का सवाल था तो दूसरी तरफ गरिमा की ज़िन्दगी का। यद्यपि कानूनन वे पति-पत्नी थे।

''आप अपने वायदे से मुकर रहे हैं।''

''जो भी समझें आप।''

''इसका परिणाम कितना खतरनाक हो सकता है, आपको अन्दाज़ है?''

''लड़की को बरगलाकर जबरदस्ती भगाने का केस तो लगा ही है, अब यह भी साबित हो जाएगा कि जबरदस्ती विवाह करके धर्म परिवर्तन करवाया गया है। साथ ही असामाजिक तत्त्वों, देशद्रोहियों के साथ सम्बन्ध रखने का आरोप भी लग जाएगा। आप कैसे इनकार करोगे कि जफर के आतंकवादियों से सम्बन्ध नहीं हैं?''

''यह तो सरासर नाइन्साफी है। झूठ है। फ़रेब है। दगाबाजी है।'' बिलकीसजहाँ चीख पड़ी। उन्हें लग रहा था जैसे पूरे होश-हवास में किसी ने उनकी खाल उतार दी है। साथ में आये लोगों ने गरिमा के भाई की कॉलर पकड़ ली—''खून की नदियाँ बह जाएँगी। हमारा सब्र मत तोड़ना। कमीनगी की कोई हद होती है या नहीं। हमारी भलमनसात का इम्तहान मत लेना मियाँ।''

''अभी तो सबको अदालत में घसीटेंगे।'' गरिमा के पिता ने ललकारते हुए कहा।

क्रूरता, छलावा, कमीनगी उन सबकी आँखों में साफ-साफ दिखाई दे रही थी।

''साले हरामी की जमानत भी नहीं होगी।''

बिलकीस को अन्तिम शब्दों ने हताशा से भर दिया था। मन फट पड़ा था। अब क्या होगा? कैसे छूटेगा जफर? क्या पता आगे और क्या-क्या आरोप लगा दें। पिछले दंगों में बिलकीस ने अपने मौसा-मौसी को खो दिया था। इस बार क्या वो जफर को... नहीं... नहीं... उन्होंने आँखें बन्द कर लीं। ज़मीन पर बैठ गयीं... खुदा के सामने हाथ फैला दिए... रहम कर... रहम कर...।

उन्हें लगा जैसे उनकी देह बर्फ़ की सिल्ली में बदलती जा रही है।

इधर गरिमा घर की कस्टडी में थी। उधर जफर जेल में, जेल से अदालत में। अदालत से फिर ज्युडिशियल कस्टडी में। जमानत न हो पाने का ग़म उसे दिन-ब-दिन हताशा से भरता जा रहा था। हवालात में पहुँचते ही जफर का सिर चकराने लगा। पढ़ा-लिखा, ज़हीन, विनम्र, कम्प्यूटर इंजीनियर जफर पुलिस की नज़रों में आवारा, गुंडा और आतंकवादियों से— जिसके तार जुड़े थे— नज़र आ रहा था। बात-बात पर उसे चाँटे और रूल मारे जाते। ज़मीन पर बैठाकर लात-घूसों से धुनाई की जाती या डंडों से उसकी कुहनियों, घुटनों, कन्धों और उँगुलियों पर चोटें पहुँचाई जातीं— ''अपना गुनाह कबूल कर लो... और गरिमा को पाने का ख़्याल छोड़ दो। यदि जमानत मिलती है तो... यह शहर छोड़ दोगे। ऊपरी दबाव डलवाकर पुलिसवालों से जफर को तोड़ने की कोशिश की जा रही थी। पर जफर... ये शर्तें मानने को तैयार न होता।

रविवार के दिन परिवारवाले जफर से मिल सकते थे, जिसे जेल में 'मिलनी' कहते हैं।

घंटों के इन्तज़ार के बाद जब उन लोगों को अन्दर जाने का बुलावा आया तो वे सब उस तरफ भागे जहाँ जफर आम क़ैदियों के साथ जालीदार खिड़की के पीछे आकर खड़ा था। बढ़ी हुई दाढ़ी। चेहरे पर सूजन, हाथ-पाँवों में चोटें। बिलकीस फफककर रो पड़ी। यह क्या कर दिया मेरे जफर का। अपराधियों और आतंकवादियों के बीच खड़ा जफर आतंकित लग रहा था...। छोटे बच्चे की तरह सहमा हुआ। दो-तीन बदसूरत से क़ैदी उसके आसपास खड़े थे। ऐसे में क्या कहा जाए, क्या सुना जाए वाली स्थिति हो गयी थी।

भीतर से एक लम्बी-चौड़ी लिस्ट अनवर मियाँ को पकड़वा दी— ''अब्बा, यह सामान भिजवा दीजिए। यहाँ लगता है, वरना ये लोग मुझे टॉर्चर करेंगे।''

''हम जल्द-से-जल्द तुम्हें छुड़वा लेंगे।'' कहते-कहते अनवर का गला रुँध गया। बिलकीस से उसकी हालत न देखी गयी। बाहर निकलते ही वे चक्कर खाकर गिर पड़ीं...। अनवर ने उन्हें सँभाला। उनके साथ आये आदमी ने लगभग चार-पाँच हज़ार का सामान खरीदकर अन्दर भिजवाया। इतना ही नहीं कभी कोई जेल का सिपाही जफर की पर्ची लेकर पहुँच जाता, कभी दो हज़ार तो कभी पाँच हज़ार रुपये की माँग लेकर... तो कभी दुगुने सामान की लिस्ट लेकर।

जेल के माहौल ने जफर को मानसिक रूप से तोड़कर अधमरा कर दिया था। वहाँ हर रात कोई बड़ा अपराधी उसके साथ अनैतिक कृत्य करता.... जफर

आत्मग्लानियों से भर जाता। मैं जेल से छूटकर दुबई चला जाऊँगा... यहाँ तो हरगिज नहीं रहूँगा... फिर उसे गरिमा का ख़्याल आता... क्या उसका भी कमोबेश यही हाल होगा।

पहली अर्जी पर पूरा परिवार आशान्वित था कि जफर को जमानत मिल जाएगी, पर जमानत नहीं हुई। अगली तारीख तक उसे जेल भेज दिया गया था और वो अगली तारीख़ भी 15 तारीख़।

कितने दिन!

कितने हफ्ते!

कितने घंटे!

कितने पल!

के बाद आया था वो दिन! वो तारीख़!

अदालत में उसकी सुनवाई का दिन!

उसकी मुक्ति का दिन!

गरिमा से मिलने का दिन!

सारे आरोपों से बरी होने का दिन!

बिलकीस की हालत देखकर जफर अपने आँसू न रोक सका। इतने दिनों में वे बीमार... बूढ़ी हो गयी थीं। उनका बिन्दास अन्दाज़... सबको प्यार करने की आदत... उनके लिए गुनाह बन गयी थी। एक बार जमानत कैंसिल हो जाने के कारण पूरा परिवार सदमे में था। इसलिए आज का दिन भी उनके लिए आशंकाओं से भरा था।

आज कोर्ट में गरिमा के बयान होने थे। उन सबके दिल धड़क रहे थे। कहीं गरिमा ने दबाव में आकर उलटा-सीधा बयान दे दिया तो! वे लोग लगातार यही कोशिश कर रहे थे कि जफर बाहर न आ सके। वे लोग चाहते थे कि जफर लम्बे अन्तराल के बाद जब बाहर आए तो उसके दिल-दिमाग से गरिमा और उसके प्रेम का भूत उतर जाए। वह 'यह शहर ही क्या देश ही छोड़कर चला जाए'। उसकी हिम्मत पूरी तरह से टूट जाए, जिसका पूरा इन्तज़ाम वे जेल में कर चुके थे।

दोनों पक्षों के दो-दो तीन-तीन वकील लगे हुए थे। दोनों परिवार अपनी-अपनी सुरक्षा के पुख्ता इन्तज़ाम करके आए थे।

कोर्ट के भीतर-बाहर भीड़ थी। उत्तेजना थी। इन्तज़ार था। भीतर जिरह चल रही थी गवाहों के बयान लिये जा रहे थे। पर मुख्य बयान तो गरिमा का ही था। बगल में बैठे भाई और पिता उसे कोंच-कोंचकर याद दिला रहे थे कि उसे कठघरे में जाकर क्या बोलना है। पिछली रात से उसे धमकाकर,

समझाकर... पीटकर लाया गया था। भगवान की मूर्ति रखकर कसमें दिलवाई गयी थीं। माँ-बाप ने 'अपनी लाश' देखने की धमकी दे डाली थी।

सामने बैठे जज को उसने गौर से देखा। फिर अपने वकीलों को। परिवारवालों को फिर... कटघरे में खड़े जफर को। जफर यानी अपने प्यार को... अपनी ज़िन्दगी को... यह जफर है क्या? उसका जफर! उसका प्यार। उसका पति। उसका ईमान-धरम और दूसरी तरफ वे सब जिन्होंने धोखे से उसे बन्द करवा दिया था। उस पर संगीन आरोप लगा दिए थे। सारी ताकत झोंक दी थी। कितना पैसा पानी की तरह बहा दिया था। उन दोनों को मोहरा बनाकर सब अपने-अपने स्वार्थ, झूठे अहंकार पूरा कर रहे थे। उन दोनों ने तो सिर्फ प्यार भर किया था, सच्ची दोस्ती भर की थी। साथ-साथ जीना चाहते थे। इतनी सी चाहत के लिए इतनी बड़ी सज़ा। इतनी बड़ी अदालत। ऐसे वकील! ऐसे सवाल! इतनी यातना...

''क्या आपको जफर मोहम्मद जबरदस्ती भगाकर ले गया था? किसी तरह का दबाव डाला था शादी के लिए? बताइए क्या उसने आपको उकसाया था? किसी भी तरह की धमकी दी थी। यानी भावनात्मक ढंग से ब्लैकमेलिंग की थी... आप जानती हैं कि आपकी खामोशी जफर मोहम्मद पर लगाए गये आरोपों को सच सिद्ध करती है...।'' वकील एक के बाद एक सवाल पूछता जा रहा था और गरिमा भीतर जमी आवाज को पिघलाकर बाहर निकालने की कोशिश कर रही थी।

''बोलिए।''

पूरा एक युग जैसे खामोशी के नीचे से गुज़र गया हो।

''मेरे सवालों का जवाब दीजिए।''

''नहीं, मेरे साथ किसी ने कोई जबरदस्ती नहीं की थी, न ही जफर ने मुझे उकसाया था। मैं अपनी मर्जी से जफर के साथ गई थी। मेरे परिवारवाले बहुत जल्द मेरा रिश्ता कहीं और कर देना चाहते थे... इसलिए हम दोनों ने बाहर जाकर शादी करने का निर्णय लिया था।''

''क्या आपका विवाह आपकी सहमति से हुआ है?''

''जीऽऽ...।'' गरिमा ने कहा, जबकि घरवालों ने विवाह न करने की बात के लिए घुट्टी पिलाई थी।

''पर आपके परिवारवालों ने जफर मोहम्मद पर आरोप लगाया है कि वह आपको...''

''उसने मेरे साथ ऐसा कुछ भी नहीं किया है। सब कुछ मेरी इच्छा के अनुसार हुआ है।'' वह परिवारवालों की तरफ देखे बिना वकील के सवालों

के जवाब दिए जा रही थी।

सामने जफर खड़ा था। फैसले का इन्तज़ार करता हुआ। परिवारवालों के दिल धड़क रहे थे। चेहरों पर आशा-निराशा के भाव आ-जा रहे थे। गरिमा के परिवारवाले मुट्ठियाँ कसते, दाँत पीसते, मन-ही-मन गरिमा को गालियाँ देते, अपमान से झुलसते, क्षोभ से उत्तेजित होकर बाहर निकल गये थे।

गरिमा को जैसे पंख लग गये... वह यूँ दौड़ी... यूँ दौड़ती गयी— कि कोई भी उसे पकड़ न सका। रोक न सका। चन्द फासले पर खड़े जफर से जा लिपटी वह। ''मैं जफर और उनके परिवार के साथ रहना चाहती हूँ। उनके ऊपर लगाये गये सारे आरोप निराधार हैं। वो मेरा पति है। उसका किसी के साथ कोई सम्बन्ध नहीं है। वह आतंकवादी संगठन से नहीं जुड़ा है। वह देशद्रोही नहीं है। मेरे सास-ससुर इज़्ज़तदार लोग हैं। मुझे ससुराल जाने की अनुमति दी जाए... खुदा के लिए।''

हालाँकि यह दृश्य पूरी तरह से फ़िल्मी और नाटकीय लग रहा था। पर कई बार दृश्यों और घटनाओं का घटित होना कल्पना से परे हो जाता है। कभी सिनेमा जीवन में घुस आता है तो जीवन सिनेमा में। अदालत के भीतर-बाहर खड़े लोग स्तब्ध थे। कोर्ट परिसर में सन्नाटा खिंच गया... क्षणों के लिए। वहाँ कोई घटना न घटित हो जाए इसलिए सुरक्षा बढ़ाने का आदेश दे दिया गया।

महीनों तक वे दोनों घर में बन्द रहे। सुनने में आया था कि गरिमा बुरका पहनती है। नमाज पढ़ती है। रोजा रखती है। उसने जफर के पूरे परिवेश को अपना लिया था और इधर यानी गरिमा के परिवार ने उसे पूरी तरह से त्याग दिया था।

तब ललिता ने गरिमा को स्वीकार किया था। वह उसकी अभिभावक बन गयी थी और उसी नाते वह बिलकीस की समधिन बन गयी थी...

ललिता जल्द से जल्द तैयार होकर सारी रस्मो-रिवाज के साथ गरिमा के घर जाना चाहती थी। पच का सामान, परिवारवालों के लिए कपड़े, बच्ची के लिए झूला, गहने, सोने की चैन-अँगूठी... मिठाइयाँ... फल। समधिन होने का फर्ज जो निभाना था। किसी तरह की कमी न रह जाए, बस ललिता को इसी बात की फिक्र थी। गरिमा को अपने परिवार से निष्कासित करने की व्यथा और ग्लानि से उबारने की कोशिश ही वह कर सकती थी।

पर उस घटना के बारे में बताए बिना वे न रह सकीं। हुआ यूँ कि गरिमा जफर के साथ उसके परिवार में चली गयी थी। विवाह की खुशियाँ मनाई जा रही थीं। गरिमा के घर में न खतम होने वाली खामोशी छा गयी थी। हारे हुए योद्धा की तरह छुपकर पड़ा था पूरा परिवार... और एक एरिया विशेष की

झुग्गी बस्ती में आग लगा दी गयी थी, जिसमें सैकड़ों परिवार बेघर हो गये थे, सैकड़ों लोग झुलस गये थे... और ये वे लोग थे जिनका न जफर के परिवार के साथ कोई सम्बन्ध था, न गरिमा के परिवार के साथ... पर हमेशा की तरह उन्हें अपनी जान और माल की कीमत चुकानी पड़ी थी... उनकी उजड़ी कराहती दुनिया में जफर और गरिमा और अब अनीसा की हँसी अंगारों की तरह धधकती हुई जलती हुई चीज़ों में गूँज पैदा कर रही थी।

# तमाशा

सुबह के नौ बजे थे। ठंड के कारण धूप भी ठिठुरी हुई लग रही थी। सूरज को सीधी आँखों से देखा जा सकता था। हवा में सुई की तरह चुभनेवाली ठंडक थी। लोगों का आना-जाना कम ही था। सड़कों पर पत्ते बिखरे थे। घर में सारे लोग रजाईयों में दुबके टी.वी. देख रहे थे या चाय पी रहे थे। वह बेटे के साथ कालेज जाने के लिए निकल पड़ी। तन-मन भारी होने के बावजूद कालेज जाना ज़रूरी था। पेट्रोल भरवाने के लिए बेटे ने अपना पर्स खोला तो झुँझला पड़ा—''माँ, पैसे घर में ही छूट गये हैं।''

''कार्ड से निकाल लो।'' उसने पर्स से कार्ड निकालकर बेटे को थमा दिया।

पलटकर उसने गाड़ी एटीएम की तरफ मोड़ दी। बाहर एक स्त्री खड़ी थी। उसका सिर ढँका था। भीतर दोनों मशीनें व्यस्त थीं, इसीलिए बेटा बाहर खड़ा रहा।

बेटा कब भीतर गया और क्यों तीर की तरह बाहर निकल आया यकायक ही..., उसका ध्यान तब गया जब एक लड़की और एक आदमी को एक-दूसरे पर चीखते हुए उसने देखा। लड़की ज़ोर-ज़ोर से चीख रही थी। उसके गले से फटी-फटी आवाज आ रही थी...। उसके हाथ-पाँव काँपने लगे। दिमाग़ की नसें चटकने लगीं। पिछले दो हफ्तों से वह जिस मानसिक पीड़ा से गुज़र रही थी, उस सारे घटनाक्रम को लेकर एक भय भीतर तक धँस गया था... दिल्ली गैंगरेप के बाद जैसे विश्वास तार-तार हो गया था। अपने लोग पराये लगने लगे थे। हर पल शंका, भय और क्षोभ...।

क्या हुआ... उसने गाड़ी का काँच उतारा। देखा सामने एक आदमी... जिसके बाल फौजियों जैसे थे। कद लम्बा था। बदन इकहरा। चेहरे से वह गम्भीर दिखाई दे रहा था। वह लगातार समझाने की कोशिश कर रह था। पर लड़की उसकी बात को अनसुना करके बाहर निकलकर बिल्ली की तरह उछल-

उछलकर बोले जा रही थी—"होगा तू कर्नल... मुझे क्या? बदतमीज़ आदमी... तुझे लड़कियों से बात करने की तमीज नहीं है..."

"तमीज से बात करो मुझसे। मैं कर्नल हूँ। मुझे तुम जैसी बदतमीज़ लड़कियों को ठीक करना भी आता है...।"

"तो करके बता न... चुपचाप क्यों खड़ा है?"

"मैं बार-बार कह रहा हूँ कि मैंने ऐसा कुछ भी नहीं कहा है... तेरी उम्र की तो मेरी बेटी है। मैं आपको रिस्पेक्ट से बात कर रहा हूँ और आप हैं कि मुझ पर आरोप-पर-आरोप लगाये जा रही हैं...।"

"बेटी है तो क्या हुआ... क्या तेरी शराफत पर विश्वाास कर लूँ... कर्नल होगा अपने घर में..."

"देखो ज़बान सँभालकर बात करो। क्या तुम्हारे माता-पिता ने तुम्हें यही सिखाया है... चलो मैं तुम्हारे कालेज चलता हूँ... तुम्हारी प्रिंसिपल से बात करूँगा।"

"हाँ, हाँ... जहाँ चलना हो वहाँ चलो। मैं किसी से डरती नहीं हूँ... समझे..."

उसकी तेज़-तेज़ आवाजें सुनकर सड़क पर आने-जाने वाले लोग इकट्ठे हो गये... थोड़ी देर में ही कैमरामैन, पत्रकार और भीड़ एकत्रित हो गयी। पुलिस ने भीड़ को इधर-उधर बिखेरने की कोशिश की पर भीड़ ताकतवर लहरों की तरह बढ़ती जा रही थी... युवकों का झुंड... कर्नल की तरफ बार-बार झपट रहा था। सबक सिखानेवाले जुमले हवा में उछाले जाने लगे। मामला गम्भीर था। कर्नल को कभी भी कोई भी मार सकता था। घसीट सकता था। उसकी पहचान को कोई भी मानने को तैयार न था। उसने घबराहट के मारे बेटे को आवाजें लगानी शुरु कर दीं...

"क्या हुआ...? तुम जल्दी से गाड़ी में आ जाओ पता नहीं कब क्या हो जाए?"

"पर माँ... ये लड़की जबरदस्ती चीख रही है, झूठ बोल रही है... बेचारा वो कर्नल आदमी अकेला पड़ गया। उसकी बात पर कोई यकीन नहीं कर रहा है... मैं तो उनका साथ दूँगा।" कहकर बेटा भीड़ में घुस गया पुलिस और मीडिया के बीच...

"ये झूठ बोल रही है। मैं भी अन्दर था। पहले अंकल यानी वो खड़े थे, फिर मैं, तीसरे नम्बर पर यह लड़की खड़ी थी... मैंने पैसे दूसरी मशीन से निकाल लिए। ये लड़की एकदम आगे निकलकर खड़ी हो गयी तो उन्होंने कहा कि मेरी बारी है। यह कहने लगी कि नहीं मेरी बारी है। मैं पहले से

खड़ी हूँ, बस इसी बात पर बहस हो गयी। तब से यह लड़की उनको गालियाँ दे रही है...''

''आप उन्हें जानते हो?''

''नहीं।''

''लड़की को?''

''नहीं।''

उधर कर्नल लगातार सफाई दिए जा रहे थे। लड़की की आवाज उस पूरी भीड़ में अलग से सुनाई दे रही थी। वह न किसी के समझाने से समझ रही थी, न चुप हो रही थी। लग रहा था पिछले हफ्तों का पूरा जोश... पूरी ताकत और प्रतिरोध की क्षमता उसके भीतर... भर गयी थी।

''आप उस लड़के से पूछ लीजिए... वह वहीं पर था...।'' कर्नल ने भीड़ को धकेलते हुए कहा। इस बेकाबू होती भीड़ के सामने कर्नल... एक कमज़ोर अपराधी व्यक्ति की तरह... अपनी सफाई देने के लिए विवश था...।

''रवि... रवि... इधर आओ... छोड़ो न... तुम क्यों इस झमेले में पड़े हो।'' उसने बेटे को पुकारा। पर बेटा भीड़ के बीच में घिरा था।

''आप भी तो झूठ बोल सकते हो...'' एक कैमरामैन रवि से बोला।

''मुझे झूठ बोलने से क्या मिलेगा?'' रवि ने तमतमाकर कहा।

''हो सकता है... तुम भी उसे छेड़ रहे हो...'' उन्हीं में से किसी एक ने कहा।

''क्या बकवास कर रहे हो। वह झूठे आरोप लगा रही है।'' रवि ज़ोर से चीखा।

''वह मेरी बहिन है। मैं तुम्हें भी नहीं छोड़ूँगा।...'' कैमरामैन तैश में आकर बोला।

''होगी।'' कहकर रवि ने ज़ोर का तमाचा कैमरामैन के गाल पर दे मारा... ''जो मन में आ रहा है बके जा रहा है। ले कैमरे में दिखा मुझे मैं सामने आता हूँ...।'' रवि ज़ोर-ज़ोर से चिल्लाने लगा। तभी कुछ युवक और पुलिसवाले बीच-बचाव करने आ गये। कैमरामैन... रवि पर झपट पड़ा था... और कई युवकों ने उसके हाथ पकड़ लिये थे।

भीड़ से पूरी सड़क अट गयी थी। गाड़ियाँ... मोटर साइकिल... पैदल चलनेवाले लोग इकट्ठे होते जा रहे थे... तमाशा चल रहा था।

''अंकल... ये लड़की झूठ बोल रही है। झूठे आरोप लगा रही है।'' रवि ने... लड़कों को धक्का देते हुए कहा।

''मैं जानता हूँ बेटा... तुम तो जाओ...।'' पुलिसवाले ने रवि को गाड़ी

में बैठाते हुए कहा—"चलो हटो... दूर हटो।" पुलिस भीड़ को तितर-बितर करने लगी। लग रहा था कोई बड़ा हादसा न हो जाए!

"तुम्हें हाथ उठाने की क्या ज़रूरत थी...!" वह भी बेटे पर चिल्लाने लगी।

"माँ आप भी कैसी बातें करती हो? कितना डरती हो? तभी तो लोग सिर पर चढ़ जाते हैं... वह आदमी बिना बात के इतनी गालियाँ खा रहा है, क्योंकि उसका यहाँ पर कोई नहीं है। क्या मुझे उसका साथ नहीं देना चाहिए...?"

"तुम्हें कुछ हो जाता तो...।" उसने काँच चढ़ाते हुए कहा।

"कुछ नहीं होता।"

भीड़ उन दोनों के पीछे चलने लगी।

वह चाहती थी रवि को लेकर जल्द से जल्द वहाँ से निकल जाए। पर गाड़ी को निकालने में दिक्कत हो रही थी, क्योंकि चारों तरफ गाड़ियाँ खड़ी थीं, लोग खड़े थे। फ़ोटोग्राफ़र और पुलिस के लोग थे। पूरा देश जिस तकलीफ से गुज़र रहा था उसकी परिणति फिर न हो इसलिए हर चौराहे पर, कालेज और स्कूलों के आसपास पुलिसवाले दिखाई दे रहे थे, ऐसे में यह दिखाना कि ए.टी.एम. भी सुरक्षित नहीं है... काफी चिन्ताजनक और सन्देहास्पद था।

कर्नल की आवाज भीड़ में दब गयी थी। अब भी लड़की की आवाज ही गूँज रही थी। नाटे कद की वह लड़की जीन्स और जैकिट पहने थी। उसने अपने कटे बालों को रबर से बाँध रखा था।

वह पुलिस में रिपोर्ट लिखाने की ज़िद कर रही थी। उसके साथ उसका ड्राईवर था। उसके दोस्त आ गये थे। परिचितों ने उसे घेर लिया था। कर्नल अकेला था... बार-बार फ़ोन लगा रहा था। उसकी पत्नी के चेहरे पर हवाइयाँ उड़ रही थीं...। कैमरे में यदि वह आ गया या इस लड़की ने उसके ख़िलाफ़ रिपोर्ट लिखवा दी तो... तो कितनी बदनामी होगी। छुट्टियों पर वे दोनों आये थे। आज उन्हें शॉपिंग करनी थी। दोनों को सात तारीख को वापस लौटना था... मगर यहाँ यह सब इतने आकस्मिक ढंग से हुआ गोया... मधुमक्खियों ने उसे चारों तरफ से घेर लिया हो... इतनी पीड़ा...! इतनी छटपटाहट! इतना अपमान! तिस पर उसकी कोई बात सुननेवाला नहीं। यकीन करने को तैयार नहीं...

थोड़ी दूर चली होगी भीड़... कि कर्नल ने दौड़कर उसकी गाड़ी की तरफ इशारा किया।

"माँ, वो मुझे बुला रहे हैं।... मैं आता हूँ।"

रवि में इतना जोश उसने पहले कभी नहीं देखा था। न उसने यह देखा

था कि उसका बेटा एक अनजान व्यक्ति की मदद करने के लिए इतना अडिग होगा। गुस्सा तो उसे भी आ रहा था कि जाकर लड़की को समझाए और दो तमाचे जड़ दे कि... इतनी पुरुष-वाली गालियाँ देने की क्या ज़रूरत है...

"क्यों बेटे, आप चलोगे थाने... गवाही देने के लिए?"

"श्योर अंकल...। मैं मॉम को छोड़ दूँ... आप चलिए मैं आता हूँ।"

"आ तो जाओगे...?" कर्नल के चेहरे पर बेचारगी थी। युद्ध में पराजित होने से कहीं ज़्यादा दुख! अपमान!

"अंकल, मैं आपके पीछे आ रहा हूँ, आप मेरा मोबाइल नम्बर ले लीजिए।"

"थैंक्स बेटे... थैंक्स...।" कर्नल ने पसीना पोंछते हुए कहा। इतनी ठंड में भी उसके माथे पर पसीना दीख रहा था। वह खासा परेशान था।

"बेटा..., तुम्हीं क्यों शामिल हो रहे हो इस झमेले में!"

"माँ..., मैं उन्हें अकेला कैसे छोड़ दूँ जबकि वो सच्चे हैं... लड़की को बखेड़ा करने में शर्म नहीं आती है। सोचती होगी कि सबका ध्यान उसकी तरफ चला जाएगा। कैमरे के सामने आ जाएगी और यह जता देगी कि लड़कियाँ इनसिक्योर हैं। आपको क्या लगता है कि वह इस लड़की को छुएँगे... या कोई गन्दी बात कहेंगे... उसने इनकी इन्सल्ट कर दी तो वह बर्दाश्त नहीं कर पाये और डाँट दिया। मैं जाऊँगा..." रवि बोले जा रहा था।

"उस लड़की के दोस्त... वे गुंडे तो नहीं हैं?" वह अपनी घबराहट छुपाकर बोली।

"माँ, आप कितनी डरपोक हो। अच्छा, मैं अपने दोस्तों को बुला लेता हूँ।" रवि ने खटाखट नम्बर मिलाने शुरु कर दिए।

उसने तत्काल वैभव, लाला और सार्थक को फ़ोन लगाया... और थाने पहुँचने की बात कही।

वह गाड़ी से उतर तो गयी पर उसका मन बेटे के साथ हो लिया। तरह-तरह के बुरे दृश्य, अनहोनी बातें, घटनाएँ याद आने लगीं। क्या पता लड़की उस पर हमला न करवा दे। यही तो एकमात्र गवाह था.... नहीं... नहीं... कुछ नहीं होगा। पुलिस तो है... लेकिन बाद में दुश्मनी निकाल सकती है, बदला ले सकती है। जो लड़की थाने तक घसीट सकती है, वह इसे क्यों छोड़ेगी? उसने मोबाइल लगाया... उधर से कोई जवाब नहीं आया।

लाला को लगाया... "आंटी, हम लोग पहुँच रहे हैं।"

"ध्यान रखना बेटा...।" उसने काँपती आवाज में कहा।

"आंटी, आप चिन्ता मत करिए। हम लोग की भी पहचान है... भइया

के बँगले से फ़ोन करवा देंगे।'' लाला ने उसे दिलासा देते हुए कहा।

एक-एक घड़ी मुश्किल से कट रही थी। भीड़ में लड़की का चेहरा नहीं देख पायी थी। क्या जानबूझकर यह तमाशा खड़ा किया है? कोई भी समझदार आदमी ऐसे माहौल में कोई भी ऐसी हरकत नहीं करेगा, जिससे उसे फँसना पड़े, उसकी बदनामी हो! फिर ए.टी.एम. में तो सी.सी. कैमरे भी लगे होते हैं।

उसने एक बार फिर फ़ोन लगाया। बेटे ने झुँझलाकर फ़ोन काट दिया।

''क्या पता बात कितनी आगे बढ़ गयी होगी...'' वह बुदबुदायी।

''तुम्हें भी जाना चाहिए था।''

''मुझे... क्यों, मैं क्या करूँगी जाकर...''

''तुम बाहर थीं। बाहर तुमने लड़की को गालियाँ देते सुना था।''

''हाँ... कोई क्या कहेगा कि मैं लड़की का विरोध कर रही हूँ...''

''लड़की का नहीं... झूठ का विरोध कर रही हो।''

तब तक बड़े बेटे ने अपने दोस्तों को फ़ोन लगा दिया। सात-आठ लड़कों ने थाने जाने का प्लान बना लिया। वह बेटे तथा उसके दोस्त के साथ गाड़ी मैं बैठ गयी... सचमुच उसे सच का... आँखों देखे सच का साथ देना चाहिए। जब तक वह थाने पहुँची छोटा बेटा वहाँ से निकल आया था...

''क्या हुआ...?''

''कर्नल साहब के दोस्त आ गये थे। माँ, मैं नहीं जाता तो उनकी तरफ से बोलने वाला कोई था भी नहीं। वो तो इतना थैंक्स दे रहे थे... घर पर बुलाया है। कह रहे थे इस शहर में मेरा अपना कोई भी नहीं है। अगर मैं गवाही न देता तो उन्हें झूठी बातों में फँसा दिया जाता। सोचो माँ, टी.वी. पर दिखा देते तो उनकी क्या हालत होती... वो भी झूठी बातों के कारण। उनकी तो सर्विस पर आ जाती। मैं उनसे मिलने जाऊँगा... आप सोच सकती हैं... बाप रे, एक मामूली बात ने कितना बड़ा रूप ले लिया। उनकी पत्नी तो रोने लगी थी।''

उधर लड़की अपने दोस्तों के साथ खिलखिलाकर हँस रही थी... 'क्या सीन था...?'

''बेचारे की इज़्ज़त... रुँआसा हो गया था... मेरा प्लॉन कामयाब हो गया...।'' कहकर वह ज़ोर से हँसी और... गाड़ी में बैठकर अदृश्य हो गयी।

# अपराधी

अचानक ब्रेक लगने से एक के पीछे एक अनेक गाड़ियाँ रुकती गयीं। एक झटके के साथ। कुछ गाड़ियाँ एक-दूसरे से टकराईं तो कुछ टकराते-टकराते बचीं... तो कुछ को उनके मालिकों ने सुरक्षित बचा लिया।

'क्या हुआ...? हरेक की जुबान पर एक ही सवाल था... जिज्ञासा थी... यहाँ क्यों रोक दिया? क्या कोई वी.आई.पी. (राज्यपाल, मुख्यमन्त्री वगैरह) निकल रहा है... या एक्सीडेन्ट हो गया है... ट्रेफिक सेंस तो लोगों में है ही नहीं। ओव्हर टेक करके आगे निकलने के चक्कर में! सब हवा में दौड़ते हैं...।' लोग आपस में आगे-पीछे, अगल-बगल में बात कर रहे थे। बार-बार घड़ी पर बेचैन निगाहें दौड़ा रहे थे क्योंकि किसी को दफ्तर पहुँचना था, तो किसी को हॉस्पिटल, तो किसी को स्कूल-कॉलेज। बेचैन लहर-सी चल रही थी। फिर शुरु से लेकर आखिर तक यह खबर फैल गयी कि किसी की गाड़ी की टक्कर से एक छोटी बच्ची उछलकर दूर जा गिरी थी। उसका सर फट गया है... उसकी माँ जो कि पागल है... बीच सड़क पर बच्ची को ज़मीन पर डालकर बैठी है और किसी को भी निकलने नहीं दे रही है।'

'ओह गॉड! उसकी बच्ची को इसी वक्त सड़क पर आकर मरना था। मेरा बॉस जान खा जाएगा। मीटिंग का समय निकला जा रहा है। बच्चों और जानवरों में क्या अन्तर है? जहाँ देखो वहाँ दौड़ते, सड़कों पर खेलते, घिसटते, भीख माँगते मिल जाएँगे... कई बार तो अचानक गाड़ी के सामने से निकल जाएंगे। ब्रेक लगाओ तब तक गायब... ये ट्रेफिक पुलिस क्या कर रही है...? क्यों नहीं पगली को पकड़कर अलग करती है। यहाँ तो सबका राज चलता है, जो चाहे सो धरना दे, जो चाहे सो रैलियाँ निकालें। जो चाहे सो प्रदर्शन करे... कानून है कोई या नहीं। फालतू लोग...।' एक अफसरनुमा व्यक्ति गुस्से में बोले जा रहे थे। इस अन्दाज़ में कि आसपास वाले उनकी बातें को सुनें।

'वह पगली उठने को तैयार नहीं...।'

'पुलिस को बुलाया है...?'

पुलिस तो नहीं आई। कैमरामैन और टी.वी. वाले जरूर आ गये हैं।

'आजकल तो मीडियावालों को खबर चाहिए। जब तक वे उसे शूट नहीं कर लेंगे तब तक हटेंगे नहीं। किसी का नुकसान हो तो हो...।'

कुछ लोग गाड़ी से उतरकर घटनास्थल तक चले गये थे। चारों तरफ अच्छी खासी भीड़ इकट्ठी हो गयी थी। टी.वी. वाला शूट कर रहा था... वह किसी तरह भीड़ को चीरते हुए, धक्का खाते हुए धक्का देते हुए सामने की लाइन में जा पहुँची... दृश्य देखो तो अनायास ही आँखों पर हाथ चला गया... दूसरे क्षण स्वयं पर काबू पाकर उसने देखा एक अधेड़ उम्र की औरत जो कमर तक निर्वस्त्र थी, जिसने नीचे पेटीकोट पहना हुआ था... जिसके बाल पुरुषों के समान कटे थे। जो आधे काले और आधे सफेद थे... जिसके कन्धे चौड़े-चौड़े थे। जिसके स्तन दूध भरा होने के कारण लटके हुए थे, जिन पर नीली धारें दीख रही थीं... और जिसका पूरा बदन... फफूँद लगा शुष्क था...। चौड़ा चेहरा... हलकी सी कंजी आँखें... दोनों होंठ फैले हुए और नीचे के दाँत पीले थे। वह फटी-फटी आँखों से चारों तरफ चेहरा घुमा-घुमाकर भीड़ देख रही थी...। बहुत से लोग उसके उघड़े हुए बदन को देख रहे थे, तो बहुत से उसके भावशून्य चेहरे को...!

'क्या चीज़ रही होगी... अपने ज़माने में!' किसी ने पीछे से फिकरा कसा...

'आज भी शक्ल-सूरत कितनी अच्छी है।'

'चेहरे से तो भले घर की लगती है।'

'भले घर की होती तो क्या यहाँ होती? पता नहीं किसने इसे सताया होगा? लोग तरह-तरह की बातें कर रहे थे पर वह सबकी बातों से निर्लिप्त-बेअसर बैठी थी। कैमरों की चमक, टी.वी. कैमरों की आँखों का भी उस पर कोई असर नहीं पड़ रहा था। हाँ, जब भी कोई उसकी बच्ची के नजदीक जाता तो वह झपट्टा मारने के अन्दाज में पलटवार करने को तैयार हो जाती। चौकन्नी हिरणी की तरह!'

'हाथ नहीं लगाने दे रही है बच्ची को।'

'किसका पाप होगा यह।'

'कोई तो होगा... हरामी।'

'माँ की ममता देखो... कैसे अपनी बच्ची को बचाकर बैठी है।'

'अरे भई हटाओ... क्या तमाशा है...? आप लोगों को मज़ा आ रहा है, यह सब देखने में?' दिल दहला देनेवाली चीत्कार से लोग थरथरा गये और

थोड़ा पीछे हट गये।

तभी किसी ने उसके पास जाने की हिम्मत दिखाई... लेकिन उसको भी वह चीखकर मारने दौड़ पड़ी।

'पुलिस को बुलाया है...।'

अब तक कुछ लोग अपनी गाड़ियों की तरफ लौट चुके थे। दूसरा रास्ता पकड़कर जाने के लिए। गाड़ियाँ मोड़ रहे थे।

अब तक पुलिस भी आ चुकी थी। साथ में महिला कान्स्टेबल भी। भीड़ को एक तरफ करते हुए ताकि रुकी हुई गाड़ियाँ निकल सकें...। महिला कान्स्टेबल उसकी बच्ची के पास गयी तो... पगली उसी तरह चीखी— आसमान को थर्रा देनेवाली चीख के साथ...। वह उनके काबू में नहीं आ रही थी...। इतनी ताकत उसकी देह में कहाँ से आ गयी थी कि... वह उनकी पकड़ में नहीं आ रही थी...। 'बच्ची को मत छुओ... किसी ने कहा— पहले उसको कंट्रोल में करो...।' बच्ची का सिर एक तरफ से फट गया था। चेहरा नीला पड़ गया था- खून का काला थक्का जमा था... धूल मिट्टी से सनी उसकी नन्ही सी देह जैसे... तपकर सूखने लगी थी... पगली को जबरदस्ती पकड़ा जा रहा था कि तभी एक युवक दौड़ता हुआ आया— 'रुकिए... रुकिए साब... रुकिए...।'

उसने बच्ची को टटोला थपथपाया... ऊपर नीचे किया... फिर चारों तरफ देखकर बोला- किसने मारी टक्कर...। कन्धे पर पड़ी टॉविल में उसने घायल मृत पड़ी बच्ची को लपेटा... और पगली के पास जाकर बोला— 'कुछ नहीं हुआ... ठीक हो जाएगी...। उठो...। छोड़ दीजिए साहब। वह मान जाएगी...।' टी.वी. कैमरा सामने आ गया। माइक लेकर टी.वी. वाला पूछने लगा—

'आप कौन हैं? कैसे जानते हैं? ये पगली आपकी कौन है? कहाँ से आयी?' लड़का हाँफ रहा था...। पसीना-पसीना हो रहा था। विस्फारित नेत्रों से देखती पगली का मिजाज कब आपे से बाहर हो जाए... उसे खुद अन्दाज नहीं था...। उसकी गोद में बच्ची थी और पीछे पगली!

'पहले रोड खाली करिए... बाद में बात करना। गोद में उठाये लड़के के पीछे पगली चल रही थी... आसपास के लोगों को गुस्से में देखती।'

'यही होगा इसका बाप...।' किसी ने उसकी तरफ देखते हुए कहा।

'शक्ल से साला सीधा लगता है पर देखो... कैसा कलियुग आ गया। लोग पगली तक को नहीं छोड़ते हैं... फिर किसी के ठहाके सुनाई दिए... और अश्लील मज़ाक भी...।'

युवक बता रहा था— 'साब मेरी चाय की दुकान है... जहाँ मेरी दुकान

है, वहीं एक खाली जगह पड़ी है। डेढ़ साल पहले मैंने इस औरत को वहीं देखा था...। वहाँ आकर यह चुपचाप कुछ बड़बड़ाती रहती थी। कभी गाती तो कभी हँसती तो कभी कुछ नाम लेकर कुछ-कुछ बोलती रहती थी...। इसका बढ़ा हुआ पेट देखकर हम लोगों ने इसे कुछ-कुछ खाना देना शुरु किया। चाय, पाव भाजी या ब्रेड...। फिर मैंने और मेरी मिसेज ने... इसकी डिलीवरी करवायी...। आपने देखा कितनी सुन्दर बच्ची थी... यह अपनी बच्ची को लेकर बैठी रहती थी। इसे तो कोई होश रहता नहीं था। मैं ही उसकी देखभाल करता। बच्ची को नहलाना, धुलाना, कपड़े पहनाना। उसकी देखभाल करना। वह कहीं भी जाती पर बच्ची के कारण लौट आती थी। बच्ची को दूध भर पिला देती थी। बस...। इससे ज़्यादा मैं कुछ नहीं जानता... इस बच्ची के बिना... वह कैसे रहेगी... और अभी तो मेरे हाथों में बच्ची को देख रही है... सोच रही होगी बच्ची है ज़िन्दा है...। मैं दफनाने ले जाऊँगा तब क्या करेगी... नहीं बता सकता।' एक तमाशे का अन्त टी.वी. वालों के लिए इतना ही हो सकता था और अखबार पढ़ने वालों के लिए सहानुभूति के दो शब्द बोलकर अफसोस जाहिर करने का लेकिन उसके बाद क्या हुआ? क्या हुआ उस युवक का और क्या हुआ होगा पगली का? यह जानने का न तो किसी के पास समय था न जिज्ञासा... कुछ दिन बाद यह घटना भी स्मृतियों में चली जाएगी और खत्म हो जाएगी पगली की कहानी।

लेकिन... उसे याद रहा... याद रहा इसलिए कि वह... उस पगली को भूल नहीं पा रही थी... उसकी आँखों को... उसके खुले होंठों को... उसके कन्धों को, उसके दूध भरे स्तनों को! बच्ची को... कोई छू न ले... इस भय में निकली उसकी चीख को। इसलिए उस रोड से गुजरी तो निगाहें रमेश की दुकान पर पड़ गयी। रमेश ग्राहकों को चाय दे रहा था...

'वह पागल औरत... कहाँ गयी... है...' रमेश ने प्रश्नसूचक निगाहों से उसको देखा...। क्या फिर अखबार में खबरों की कमी हो गयी है।

'क्या फायदा पूछने से? आप लोगों को पागल और में दिलचस्पी है?'

'क्यों! क्यों नहीं हो सकती जिज्ञासा?'

जिसने टक्कर मारकर एक नन्ही बच्ची को मार दिया वह तो आज तक पकड़ा नहीं गया न किसी ने... कोशिश की उसे ढूँढ़ने की...। क्योंकि वह पगली की बच्ची थी?'

रमेश ने बताया... 'कि जब वह बच्ची को दफनाने के लिए ले जा रहा था... वह नहीं चाहता था कि पगली उसके पीछे आए और उस स्थान को देखे जहाँ बच्ची को दफनाना था, बच्ची का शव बदबू मारने लगा था। मक्खियाँ

और चीटियाँ लग गयी थीं...। उसे भय था पगली बच्ची का शव न निकाल ले। लगभग दूसरे दिन की शाम से पहले... क्योंकि वह एक पल के लिए उसे नहीं छोड़ रही थी। किसी तरह वह छुपते-छुपते... दफनाकर आया... तो देखा... वह मुझसे नाराज़ है... उसके ऊपर सामान फेंककर मार रही है... चीख रही है... लोट लगा रही है। दो-तीन दिन तक यह नाटक चला फिर उसने खाना-पीना छोड़ दिया...। बीच में वह गायब हो गयी और फिर जब आई तो उसके हाथों में दो देसी पिल्ले थे... उन पिल्लों के साथ वह कुछ दिन दिखाई देती रही लेकिन रात-दिन अपनी बच्ची की खोज में भटकती वह एक दिन उस पेड़ के नीचे मरी पड़ी थी। अन्त तक उसने मुझे माफ नहीं किया। बच्ची को मारा किसी ने और उसकी नज़रों में अपराधी था मैं! बताइए, पगली और उसकी बच्ची के जीवन की इस दुर्दशा के लिए कौन जिम्मेदार है?'

# अपनी दुनिया

वह सामने खड़ा था सिर झुकाये पर सिर पर उगे बाल झाड़ू की मानिन्द बिखरे... खड़े रूखे मैले थे। दोनों हाथों की उँगलियाँ चटकाता आँखें मिचमिचाता या ज़ोर-ज़ोर से नाक सुनकता आँसू पोंछता, अपनी उपस्थिति से दया कम घिन ज़्यादा पैदा कर रहा था।

"मैं कितनी बार तुम्हारा बचाव करूँगी। मेरी इज़्ज़त का ख़्याल नहीं रहता तुम्हें?

इससे अच्छी जगह तुम्हें मिल सकती है? अगर नहीं रहना है तो साफ-साफ बोलो न। मेरा दिमाग खराब क्यों करते हो? मैंने भी कहाँ का टेंशन पाल लिया।"

बीना की आवाज तीखी होती जा रही थी। मन में भरा क्रोध उनकी आँखों और चेहरे की रेखाओं में साफ दिखाई दे रहा था। उनकी बड़ी-बड़ी आँखों में तैरता घृणा का भाव सिहरन पैदा कर रहा था।

"अब नहीं जाएगा कसम से...।" साथ में खड़ा बूढ़ा आदमी विश्वास दिलाने की कोशिश करता हुआ कातरता से बोला- "बस एक मौका और दे दो मैडम जी।"

"तुम दबाव डाल रहे हो इससे पूछो कि वह यहाँ रहना भी चाहता है या नहीं। मैं तुम लोगों के तमाशों से तंग आ गई हूँ।" बीना की झुंझलाहट बढ़ती ही जा रही थी।

बूढ़ा आदमी उसको घसीटता हुआ गेट के बाहर ले गया। उसके हाव-भाव देखकर लग रहा था कि वह लड़के को गन्दी गालियाँ देता हुआ डपट रहा है। सख़्ती से समझा रहा है। धमकी दे रहा है क्योंकि बूढ़ा ज्यों-ज्यों बोलता जा रहा था लड़के का चेहरा बेरंग होता जा रहा था। उसकी गर्दन झुकती जा रही थी। अपनी इस छोटी-सी उम्र में सीखी तमाम चालाकी झूठ और चकमेबाजी इस शातिर बूढ़े के सामने काम नहीं आ रही थी।

बीना से रहा नहीं गया तो बूढ़े को आवाज लगाते हुए बोली— "सुनो दयाप्रकाश, तुम उसके साथ जबरदस्ती मत करो। कभी रात-बिरात उठकर फिर चला गया तो मुझे टेंशन हो जाएगा। मैं कहाँ जाऊँगी इसे ढूँढ़ने। मैं अब और इसके नखरे नहीं उठाना चाहती।"

जो लड़का गेट के बाहर खड़ा इस डूबती शाम में इस खडूस बूढ़े की डाँट-फटकार और नसीहतें सुन रहा था वह उसके पास चार महीने पहले आया था। दयाप्रकाश बीना के घर में माली का काम करता था। तीन-तीन बाईयों, माली, जमादार, प्रेसवाला, दूधवाला, कचरावाला इन सबके होते हुए भी बीना को एक ऐसे लड़के की ज़रूरत थी— वो भी बच्चेनुमा लड़के की— जो चौबीस घंटे उनके घर में रहकर घर-बाहर का काम कर सके। उनकी हर आवाज पर रोबोट की तरह खड़ा हो सके।

लड़का जिसका नाम मोहन है। मोहन जो, दुबला-पतला दिखता है पर जिसकी रगों में युवावस्था का खून दौड़ रहा है। जो अपनी दुनिया का बादशाह था। करामाती था। जिसने कई घाटों का पानी पिया था। जो अपनी मक्कारी, धूर्तता और चपलता के लिए अपने दोस्तों में सबसे लोकप्रिय था, वही मोहन यहाँ आकर ऐसे रह रहा था मानो मेहमान हो। भूला-भूला सा। सहमा-सहमा सा। चुप-चुप। कोने में जाकर छुपकर बीड़ी पीता। गुटका खाता। न उसे नियमित रूप से नहाने की इच्छा होती थी न साफ कपड़े पहनने की। यह तो बीना का धैर्य था या कहें मजबूरी कि उन्होंने धीरे-धीरे उसे नहाने, साफ कपड़े पहनने... तरीके से खाना खाने और बुरी आदतों से छुटकारा दिलाने की मशक्कत की थी। लेकिन जब मोहन उन कायदों को तोड़ने लगता तो बीना को उसके खानदान उसके जाति-धर्म और पूर्व जीवन के बारे में जानने की इच्छा हो उठती थी। वे उसके बारे में सब कुछ जानने के लिए व्यग्र हो उठी थी, लेकिन वह बूढ़ा पक्का खिलाड़ी था।

यानी दयाप्रकाश ने साफ झूठ बोल दिया था कि मोहन उसी के गाँव से आया है। विश्वसनीय है। आपकी सारी बातें मानेगा। चोरी-चकारी नहीं करेगा जबकि हकीकत इसके विपरीत थी। दयाप्रकाश मोहन को, स्टेशन से पकड़कर लाया था। रेलवे स्टेशन की भीड़ में मोहन भी रहता था। वह उस जवान होती भीड़ का सदस्य था जिनका वर्तमान, भविष्य और जीवन रेल की पटरियों पर दौड़ता था। और बच्चों की तरह वह भी दिन भर ट्रेनों में घूमता। कभी सफाई करने के बहाने तो कभी कुछ सामान बेचने के बहाने। कभी गूँगा बनकर यात्रियों से भीख माँगता तो कभी स्वाँग रचकर यात्रियों का मनोरंजन करता। उस दिन वह ट्रेन में ही था। पानी की खाली बोतलें बटोरता हुआ। उसके दुबले काले

गन्दे हाथ... मशीन की तरह चल रहे थे!

ट्रेन के रुकते ही इन बच्चों का झुंड टूट पड़ता था। ट्रेन के दरवाजे पर लटकते बीच पटरी पर दौड़ते चलती ट्रेन से कूदते... इन सबको मौत से ज़रा भी डर नहीं लगता था न अपने गिरने, गिरने पर हाथ-पाँव टूटने, कटने का खौफ होता। इधर यात्री अपना सामान समेटते उधर उनकी टोली हर कम्पार्टमेंट में घुसकर कब्जा जमा लेती क्योंकि विरोधी टोली से पहले पहुँचकर सामान इकट्ठा करने की होड़ भी रहती थी...। विरोधी टोली को मात देने के लिए ये सब कितना भी बड़ा खतरा मोल ले लेते थे। उस दिन भी मोहन ने नया रूप धारण किया हुआ था यानी मैली, चीकट, फटी, चिथड़ी शर्ट बदन से उतारी उससे पोंछा लगाया, भिखारियों की तरह चौड़ा मुँह करके, आँखों में दारिद्र्य का भाव लाकर, हाथ फैलाये एक-एक यात्री से भीख माँग रहा था।

दिसम्बर की कड़कड़ाती सर्दी में नंगे बदन सफाई करते इस लड़के की पीठ पर पड़े निशानों को देखकर कितनों को रहम आ जाता। उसकी नंगी काली-दाग-धब्बों वाली पीठ पर तरह-तरह के निशान बने थे मसलन महीनों से खुरदरी ज़मीन पर लेटने के निशान। गर्मी बारिश में फोड़े-फुंसियों के निशान। वक्त बेवक्त चोरी-चमारी या लड़ाई-झगड़े के कारण या नशा करते हुए पकड़े जाने पर पुलिस की लाठियों के निशान और वे निशान जो धूल-मिट्टी और मैल के कारण जम गये थे। हफ्तों बीत जाते नहाये हुए। मंजन किए हुए। कपड़े धोए हुए। पीले दाँत। काले होंठ। नशीली आँखें। भूख और लालसा के भावों से भरा चेहरा। दयाप्रकाश उसकी सारी गतिविधियों को गौर से देख रहा था...। उसका दिमाग शैतान की तरह जाग उठा..। वह अपनी आवाज में मिठास घोलकर, संरक्षक की तरह प्यार और आत्मीयता दिखाता था। दयाप्रकाश की खोज पूरी होने वाली थी यहाँ। वह मौके की तलाश में था... भागते हुए मोहन को दयाप्रकाश ने बचाया था। बचाने के पीछे कोई सहृदयता की भावना नहीं थी... बल्कि बीना मैडम को खुश करने की मंशा ही प्रमुख थी।

"कहाँ का रहने वाला है?" बीना का पहला सवाल यही था।

"मेरे गाँव का।" दयाप्रकाश ने चालाकी से झूठ बोला था। मैडम के सामने मोहन को चुप रहने की हिदायत दी गयी थी क्योंकि इस घर में रहने वाले लड़के के खुद के तो सपने सँवरने वाले थे ही दयाप्रकाश का काम भी स्थायी रूप से चलनेवाला था।

दयाप्रकाश जान चुका था कि मोहन पिछले वर्ष अपने गाँव से भागकर आया था। घरवालों से झूठ बोलकर। स्कूल का बस्ता और किताबें फेंककर। गाँव में उसे अपना कोई भविष्य नज़र नहीं आ रहा था। स्कूल में उसके लिए

कोई जगह नहीं थी। न फीस के पैसे थे। घर में आये दिन झगड़े होते रहते। कर्ज़दार दरवाजे पर खड़े होकर उसके माँ-बाप को गालियाँ देते और माँ-बाप अपने भाग्य को कोसते हुए आकाश की तरफ देखते आँसू बहाते या सारा गुस्सा अपने बच्चों पर निकालते होते। उनका जीवन मुसीबतों का पर्याय था।

कभी उनके खेत में सोयाबीन खराब हो जाता तो कभी गेंहूँ काला पड़ जाता कभी ज्वार की फ़सल नष्ट हो जाती तो कभी टमाटर खेत में पड़े-पड़े सड़ जाते। अजीब जीवन था उनका। कभी भरपेट खाना नहीं मिलता था। मोहन को लगने लगा था कि गाँव में रहकर वह यूँ ही खतम हो जाएगा आवारा लड़कों के बीच। तब उसे शहर का आकर्षण खींच लाया था... कुछ नाम रहते थे सबकी ज़बान पर कि फलाँ-फलाँ आदमी वहाँ जाकर पढ़-लिखकर अच्छा आदमी बन गया है या पैसे कमाने लगा है।... कुछ नहीं तो खाने पीने लायक तो बन ही जाएगा। लेकिन घर से बाहर जाना असम्भव था।

जानता था माता-पिता जाने नहीं देंगे। कई बार उसने माता-पिता से कहा भी पर वे नहीं माने। न भविष्य में मानने वाले थे। तब उसने भागने का निर्णय लिया था। भागना जितना रोमांचकारी लगा था... सपनों को साकार करनेवाला लगा था, अपने कुछ होने को सिद्ध करने की कल्पना साकार होती लगी थी। स्टेशन से उतरकर वे तमाम सपने, वे कल्पनाएँ... वे बातें वहीं हवा हो गयी थीं। इस शहर में मोहन का अपना तो कोई था नहीं। न घर न ठिकाना न हाथ में पैसे। यहाँ आकर दुनिया का दूसरा ही रूप नज़र आया था। वह कहाँ जाए और क्या करे इसी चिंता में स्टेशन पर पड़ा रहता था। उस दुख और घनघोर निराशा में, उस भीड़ भरे अपरिचितों के संसार में वे सब मिले थे, जो उसी की तरह घर से भागकर आये थे। भागने के कारण लगभग समान थे। कोई घोर विपन्नता के कारण तो कोई कामचोरी के कारण तो कोई माँ-बाप की बेरहमी के कारण तो कोई बंधुआ मजदूरी के कारण तो कोई विस्थापन के कारण तो कोई बालगृह से मुक्त होकर भागे हुए थे। उन भागे हुओं का भाग्य यहाँ एक डोर में बँध गया था। वे भागे हुए यहाँ स्टेशन पर चाय बेचकर, सफाई करके, गूँगे-बहरे का अभिनय करके खाली बोतलें बीनकर अपना काम चला रहे थे। यहीं पर मोहन की दोस्ती पूर्व में भागे हुओं से हो गयी थी। टूटे हुए सपनों के पंख जहाँ क्षत-विक्षत पड़े थे...। अधमरी आशाएँ थीं... और भविष्य का कोई टुकड़ा उनके हाथ में न था!

"घरवालों ने थाने में रपट लिखवा दी तो पकड़े जाओगे।"

"किसे चिन्ता है हमारी। दो-चार दिन चिन्ता करेंगे और भूल जाएँगे।" मोहन ने हिकारत से कहा।

"हमारे यहाँ खाने की रोटियाँ नहीं मिलती। बाप के पास कोई काम नहीं। पढ़ाई-लिखाई, सरकारी घोषणाएँ-साइकिल किताबें अच्छा भविष्य सब अखबारों की बातें हैं भईया। ये जो पोस्टर में दाँत दिखाते लोग हैं न सब पैसा इनके पास जाकर इनके गड्ढों में समा जाता है। देखो सालों के क्या गाल फूले हैं क्या तोंद निकली है...।" दीपक... थूकता हुआ बोला। वह इन सबमें बड़ा था। अनुभवी था। सबका अभिभावक भी था। इस सच को स्वीकारते ही उनका जीवन न ज़मीन पर अपनी जड़ें जमाता न आकाश से तारे माँगता, न उनके भीतर सपने जन्म लेते न बाहर से कोई अपेक्षा होती। वर्ल्ड बैंक यूनीसेफ, यूनेस्को... और तीसरी दुनिया के लिए काम करने वाली संस्थाओं के सर्वे में इनकी गिनती न होती। ये किसी पार्टी के वोट बैंक भी न होते। इनके हिस्से में कोई आरक्षित कोटा भी न होता। हाँ, शाम होते ही स्टेशन के पीछे वाले एरिया में जहाँ कुछ खोलियाँ बनी हैं... खोलियाँ... जो टाटपट्टी से लेकर, पन्नी और पत्थरों से लेकर कच्ची मिट्टी की बनी... अपनी जगह पकड़े होती। आसपास नाले-नालियाँ होते, गन्दगी के ढेर होते, बारिश का पानी इन्हें बार-बार हिलाता-गलाता, पर वे बेशर्मों की तरह अपनी जगह न छोड़तीं। इनमें जीवन की खिलखिलाहट, जीवन की रंगीनी... जीवन की तपिश, जीवन की भूख-प्यास और... जीवन-मृत्यु के सफेद-स्याह रूप... हर पल अपना रूप बदलते रहते थे। उन्हीं के आसपास स्टेशन की पटरियों पर दूर जाकर शौच कर आते। पटरियों की सफाई के लिए बने नलों और पाइपों से नहा धो लेते...। कपड़े धो लेते या आसपास बहते नाले से अपना काम चला लेते। ट्रेन में रईसों द्वारा छोड़े गये मिनरल वॉटर से पानी का काम चला लेते! जहाँ रात में जगह मिल जाती वहीं रात बिताकर सुबह अपनी यात्रा पर निकल जाते। एक पटरी से दूसरी पटरी पर दौड़कर ट्रेन में चढ़ जाना-उतर जाना... इनके लिए बायें हाथ का खेल होता। धड़धड़ाती ट्रेनें इनके पाँवों को न रोक पातीं। ये ट्रेन की गति को कैद कर लेते... यात्रियों के आसपास जब ये ज़्यादा मंडराते या उनका पीछा करते नज़र आते तो पुलिस का खुले हाथ का डंडा इनकी पीठ पर पड़ता... जिसे ये रोकर नहीं, कड़वी मुसकान के साथ सहलाते हुए भीड़ में अदृश्य हो जाते।

मोहन ने देखा... दस-बारह लड़कों का समूह जो रात में एक बड़े परिवार में बदल जाता था। इस परिवार में जाति, धर्म, वर्ग, राज्य, ऊँच-नीच सबका निषेध था। ये भारतीय संविधान के सच्चे अनुयायी थे। ये नागरिकों का एक ऐसा समूह थे जिनका काम था अपने लिए रोटी की व्यवस्था करना। जिनका धर्म था मिल-बाँटकर खाना।

इनके सपनों... इनकी उम्मीदों... इनकी नींदों... इनके अपनों... इनके

परायों... इनके आज... इनके कल और इनके जीवन में सबका एक ही केन्द्र था स्टेशन...। अपार जनसमूह से पटा पड़ा स्टेशन।... हर पल स्पन्दित रहता स्टेशन।... इन्हें न कचरे से घिन लगती थी न बदबू का एहसास होता था... न मरियल बीमार कुत्तों से परहेज था न चूहों, मच्छरों, कॉकरोचों से कटकर बीमार होने की चिन्ता रहती थी... न गाय, भैंसों, साँड़ों और बकरों से डर लगता था... न गन्दा पानी... जूठा खाना इन्हें बीमार करता था, न गुंडों-बदमाशों का भय सताता था। ये सब मिलकर ऐसे रहते थे मानो एक ही पेड़ की शाखें हों...। इनका जीवन उन सबके लिए चुनौती था, उन सबके गाल पर तमाचा था जो इनके नाम पर अपना घर भर रहे थे। इनके उद्धार की बातें करके अपना उद्धार कर रहे थे।

पर कई बार उनके मन में भी सवाल उठ खड़े होते—

"क्यों रमेश, क्या हम लोग हमेशा ऐसे ही रहेंगे?"

"तो कहाँ जाएँगे... कौन है हमारा जो हमें अपने घर में ले जाकर रखेगा... पढ़ाएगा-लिखाएगा?"

"हम अपने-अपने घर तो जा ही सकते हैं। अपने बूढ़े होते माता-पिता की देखभाल कर सकते हैं।"

"वहाँ क्या मिलेगा और करेंगे भी क्या?"

"कुछ अच्छा काम तो ढूँढ़ना ही होगा।"

"ढूँढ़ो, किसने मना किया।"

मोहन के दुबले-पतले चेहरे पर चिन्ता की रेखाएँ खिंच आईं। उधर गड्ढा था इधर खाई। कई बार माता-पिता का चेहरा सामने आ खड़ा होता... जैसे पूछ रहे हों कि इसी दिन के लिए पैदा किया था। ऐसे ही निरालम्ब क्षणों में मोहन और मोहन के साथी अपनी चिन्ताएँ... अपनी कमजोरियाँ... अपनी यादें, अपनी इच्छाएँ बीड़ी-सिगरेट या नशे में उड़ा देते। नशे की लत इनकी सारी जमापूँजी को धुआँ बना देती। ... उधर गाँव, कस्बे और थाने में लापताओं की संख्या बढ़ती जाती और इधर ऐसे लापताओं की संख्या में इजाफा होता जाता। फिर भी मन तो मन ही होता है। यादें तो यादें ही होती हैं। गाँव, घर माता-पिता की यादें खींचती हैं उसे। वह सोचता थोड़ा बहुत पैसा बच जाए तो वह घर पर भेज देगा।

वह देखता इस सारे खेल में होशियारी और तत्परता ज़्यादा है। यहाँ की प्रतिस्पर्धा किसी भी प्रतिस्पर्धा से कम न थी। जो पहले जाएगा वही सारी चीज़ें बटोर सकेगा। उन पर कब्जा जमा सकेगा। लूट का माल हड़पने चुराने या छीनने और बेचने के बीच कितनी गालियाँ खानी पड़ती हैं। यहाँ माँगने में कितनों

से मुकाबला होता है... बाबाओं से... बूढ़ी महिलाओं से, लूले लंगड़े और पूरी तरह से अपंगों से। शुरु-शुरु में मोहन के लिए यहाँ का जीवन सबसे कठिन जीवन था। यहाँ के नियम-कायदों और गुंडागर्दी से कई बार घबराकर वह भाग-भाग जाता था... और कोई ठिकाना न मिलने पर लाचार होकर रात में फिर लौट आता था। तभी दयाप्रकाश मिला था। भागते हुए देखा था उसने मोहन को।

''यहाँ जीवन बर्बाद हो जाएगा। कबाड़ी बन जाएगा। देखने से तो अच्छे घर का लगता है। तू इन सबका साथ छोड़ दे। मैं तुझे अच्छे घर में काम दिलवा देता हूँ। अच्छे इंसानों की तरह रहना...।'' तब मोहन को बूढ़े की बातें अच्छी लगी थीं।

''वहाँ पैसा भी अच्छा मिलेगा। रहने को छत मिलेगी। घर का खाना मिलेगा। चल मेरे साथ।''

''क्या सोच रहा है?''

मोहन सोच रहा था कि अगर वहाँ काम नहीं जमा और इन सबको छोड़कर चला गया तो ये सब मुझे निकाल देंगे। अपने साथ नहीं रखेंगे। फिर वह कहाँ जाएगा? खाली हाथ घर भी नहीं जा सकेगा।

''चल मेरे साथ। और सुन जैसा मैं कहूँ वैसा ही तू कहना...। बीच-बीच में मत बोलना समझा...।'' बूढ़े ने घुड़की दी थी।

''जी-साब...।'' मोहन ने हामी भरी थी।

दयाप्रकाश मोहन पर गहरी निगाह रखता था। आते-जाते उससे बात करता। हालचाल जानता और यह कहना न भूलता कि एक भी गलती की तो छोड़ूँगा नहीं।

मोहन के लिए नया घर, नयी मालकिन... नयी चीज़ें अकल्पनीय थीं। सर्वेन्ट क्वार्टर में रहने के लिए जगह थी। नाश्ता था। दोपहर और रात का बढ़िया खाना था।... बीच-बीच में मेहमानों के आने पर बनने वाली चीज़ें भी खाने को मिलती थीं।... मैडम सुबह से शाम तक अपने काम में लगी रहती। पढ़ना-लिखना-टी.वी. देखना... बाजार जाना... हर जगह साथ में मोहन होता।... मोहन पानी... मोहन चाय... मोहन दरवाज़ा खोलो, मोहन... मोहन बस यही सब चलता रहता। उसका अपना कोई समय ही न था...। हर बात पर टोका-टोकी यह काम ऐसे करना चाहिए। वह काम सलीके से करना चाहिए। मेहमान आएँ तो जल्दी से पानी दो। कपड़े गन्दे क्यों हैं।... यह क्या नमस्ते करनी नहीं आती? खाली समय में कुछ पढ़ा-लिखा करो। तुम अपनी हरकतों से बाज नहीं आओगे। फिर बीड़ी पीकर आए हो। दयाप्रकाश को कितनी बार कहा था कि मुझे ऐसा

नौकर नहीं चाहिए... जो इस उम्र में यह सब करता हो। चलो... आगे से ऐसी गलती मत करना। समझे।''

मोहन लेटता तो उसकी आँखों में नींद न होती। संगी-साथियों के चेहरे, उनकी हँसी ठिठोली... उनका नाचना-गाना... उनका भागना... दौड़ना... सब आँखों के सामने आता जाता। स्टेशन की वे लाइटें... रात्रि में कतार से सोए पड़े यात्री।... धड़धड़ाती ट्रेनें, उनमें आते-जाते लोग। ट्रेन की आवाजें... कुलियों की आवाजाही।... पेपर पत्रिकाओं वालों की आवाजें। चाय समोसे मूँगफली चना ज़ोर सन्तरे... केले बेचने वालों की आवाजें। सब्जी पूरी की खुशबू। चाय... की गन्ध। पकोड़ों की खुशबू... और... इतनी... आवाजें कि... आदमी को अपने बारे में सोचने की फुरसत ही न मिले। और इधर एक कमरे में अकेला पड़ा वह। न कोई बात करनेवाला... न उसका दुख-दर्द पूछने वाला। वह उठकर बैठ जाता। कपड़े समेट लेता। सामान भरकर रख लेता और बाहर तक निकल आता।

फिर दयाप्रकाश की बातें याद हो आतीं।... वह कितना डाँटेगा... या हो सकता है कि मैडम पुलिस में शिकायत कर दें और वह पकड़ा जाए... तब...। यह तीसरी बार था... कि वह जाने के लिए निकला था और दयाप्रकाश द्वारा पकड़ लिया गया था...।

''बोल, दुबारा ऐसी गलती तो नहीं करेगा।'' दयाप्रकाश ने ज़ोर का तमाचा मारते हुए कहा।

''मुझे यहाँ अच्छा नहीं लगता।''

''क्या अच्छा नहीं लगता... नरक के कीड़े बनकर कुत्तों की तरह जीना अच्छा लगता है। किसी दिन हाथ-पाँव कट गये तो भिखारी बनकर रह जाएगा।''

मोहन चुप!

''अच्छी रोटियाँ हजम नहीं हो रही हैं तुझे।''

मोहन कैसे बताये कि वह यहाँ क़ैद होकर मर जाएगा। उसे यहाँ का सन्नाटा पागल कर देगा। मैडम का चेहरा... मैडम की नसीहतें उसे छीलकर रख देती हैं!

उसे... इतनी बँधी-बँधाई ज़िन्दगी नहीं चाहिए।

उसे तो वही भागती दौड़ती ज़िन्दगी चाहिए...

रोशनियों में डूबी ज़िन्दगी शोर भरी ज़िन्दगी...

सबके साथ अपनेवालों की ज़िन्दगी भले ही वहाँ... यह सब न हो...।

''चल अच्छा... दो...चार महीने काम और कर ले।''

''क्यों...! इससे पहले नहीं जा सकता।''

''हाँ इससे पहले नहीं जा सकता...।'' बीना ने गुस्से भरी आवाज में कहा...।

''मैंने तो कुछ लिया नहीं।''

''तुम्हारे इस दादा ने, दयाप्रकाश ने सालभर का पैसा ले लिया था... यह कहकर कि वह तुम्हारे पैसे गाँव भेज रहा है। मेरा पैसा पटाओगे या नहीं...।''

मोहन स्तब्ध। रुलाई फूटने को है।

''जब तक मेरा पैसा वापस नहीं मिल जाता है मैं तुम्हें कैसे छोड़ सकती हूँ।'' मैडम एक सौदेबाज की तरह नज़र आ रही थी। उस साहूकार की तरह जो खाने-पीने के एवज में अपनी सात पुश्तों तक को नहीं छोड़ता है...। मोहन दो साहूकारों के बीच खड़ा था... एक ने उसे बेचा था। दूसरे ने उसे खरीदा था...। वह... भीतर-ही-भीतर मारे गुस्से के ऐंठ रहा था। फुँफकार रहा था। उसके भीतर... क्रोध... कोबरा साँप के ज़हर से ज़्यादा ज़हरीला था।

''जा, भीतर जा... और मन लगाकर काम कर। मैंने पैसे तेरे लिए ही लिए थे। इतना सामान जो दिलवाया। इस कमरे का किराया भाड़ा... सब...।'' बूढ़ा दाँत पीसकर बोला। तो क्या यह सब भी भाड़े पर था...। काम मैं करूँ और पैसा कमाये यह...। मोहन का मन बूढ़े की चालाकी पर रोने को हो आया। वहाँ अपना कुछ नहीं था पर अपने दोस्त तो थे... रात-दिन साथ देनेवाले दोस्त। इस तकलीफ में सान्त्वना देनेवाले लोग। यही होता है तूने अपने दोस्तों को धोखा दिया... इस बूढ़े ने तुम्हें... धोखा दिया...। मोहन भीतर चला तो गया... पर अपने मन से नहीं...। भीतर पहुँचकर उसका मन... दहाड़ मारकर रोने को हो आया। दयाप्रकाश की चोट उसे भीतर तक घायल कर गयी थी।

वह मैडम और दयाप्रकाश के बीच स्वयं को पिसता हुआ महसूस कर रहा था। उसके भीतर दर्द का दरिया बह रहा था। और एक दिन... दयाप्रकाश और बीना ने देखा कि... कमरा खाली है...।

सामान बिखरा पड़ा है... सब कुछ यथावत था सिवाय मोहन के...। मोहन वहाँ से नदारद था।

बीना... दयाप्रकाश पर चिल्ला रही थी... और दयाप्रकाश मोहन को गालियाँ दे रहा था...। उसके पैसे काटने की धमकी दे रही थी...। दयाप्रकाश रात भर... स्टेशन पर स्टेशन के आसपास... उसके संगी-साथियों से पूछताछ कर रहा था। जब मोहन उसके हाथ नहीं लगा तो उसने बीना के साथ मिलकर... पुलिस में शिकायत दर्ज करवा दी कि... एक घरेलू नौकर-चोरी करके घर से भाग गया है...। अब दयाप्रकाश और बीना के साथ-साथ पुलिस भी मोहन

की तलाश में थी... क्योंकि बीना को मोहन चाहिए था, दयाप्रकाश को पैसे और... मोहन को चाहिए थी इन दोनों से मुक्ति... इसी मुक्ति की तलाश में वह पता नहीं किस ट्रेन से किस वक्त... कहाँ चला गया था... शायद अपनों के बीच... अपने जैसों के बीच। या वहाँ... जहाँ उसको खरीदने बेचने वाला कोई न हो... या वहाँ... जहाँ... उसका सौदा पहले से ही किसी ने कर लिया हो...।

# रोटियाँ

यह तीसरा दिन था जब वह रोटियाँ वापस ले जा रही थी। रोटियाँ बेग में थीं... जिन्हें वह कभी अलमारी में रख चुकी थी तो कभी टेबल पर तो कभी हाथ में, लेकिन हर बार कोई आ जाता और वह पैकेट छुपा लेती। उसे अफसोस हो रहा था कि रोटियाँ सामने रखी हैं और वह रोटियों के लिए उसके आसपास मँडरा रहा है। यहाँ तक कि उसकी क्लास में आकर बार-बार झाँकता। कभी किसी की फटकार पड़ती और वह दुम दबाकर भाग जाता। उसका आना हवा की तरह होता बिना किसी आहट के... आवाज के। कई बार तो वह लहर की तरह दिखाई देता... उठी और छपाक से विलीन हो गयी। उसका यूँ बार-बार आना सबको झुँझलाहट से भर रहा था... इतना गन्दा... मरियल... बीमार, हड़ीला कुत्ता पढ़े-लिखे, साफ-सुथरे, सुन्दर, सजे-धजे, खिलखिलाते, इठलाते अपने-अपने स्टेटस में जीते प्रदर्शित करते, ज्योतिष के अनुसार प्रतिक्षण 'कलर काम्बीनेशन' की वाहवाही लूटते अभिजात्य समाज के बीच क्या कर रहा है।

"पता नहीं ये चपरासी क्या करते रहते हैं। इनसे कुत्ते भी नहीं भगाये जाते... बस अपना-अपना ग्रुप बनाकर गप्पें लगाते रहते हैं। कामचोर कहीं के। पूरा बरामदा पॉटी और पेशाब से भरा पड़ा है। एक बार तो वे सब स्टाफ रूप में बन्द हो गये थे और इतनी गन्दगी मचा दी थी कि घर से फिनायल और अगरबत्ती लानी पड़ी थी।" नगमा ने गुस्से में होंठ बिचकाते हुए कहा।

"वो ऐसे ही थोड़ी न आता है।" रंजना ने रहस्य खोलते हुए कहा।

"तोऽऽ...।"

"वो किसी से कुछ माँगने आता है।"

"क्या?... क्या माँगने आता है?"

"रोटियाँ।"

"किससे... कौन ये पुण्य कमाने का नाटक दिखाता है यहाँ पर! मैं भी तो सुनूँ।"

''मैडम वर्मा! मैडम वर्मा रोज उसके लिए रोटियाँ लाती हैं। अब उसको आदत जो पड़ गयी है बैठे-बैठाये खाने की। कामचोर, अलाल कहीं का।''

''बैठे-बैठाये क्या केवल कुत्ता खा रहा है। मुझे लगता है हमने उसकी आदतें बिगाड़ दी हैं।''

''यही तो मैं सोचूँ कि वह यहाँ क्यों मँडराता रहता है। हम लोग तो कभी घास डालते नहीं।'' मिसेज सक्सेना ने लिपस्टिक लगे होंठों को मरोड़ते हुए कहा।

''बेचारा भूखा रहता है। देखती नहीं उसकी हालत।'' मिसेज भंडारी ने चिच्च... चिच्च करते हुए सहानुभूति दिखाने का अवसर न जाने दिया।

''हालत की बात तो ठीक है पर कालेज के भीतर यह सब... आप जानती हैं न कुत्तों की आदतें...।'' मिसेज वर्मा को आते देखकर नगमा ने कहा—

''कुत्तों की आदतें या कुत्ता समाज की...'' एक ज़ोरदार ठहाका।

''रोटियाँ मैं अन्दर थोड़ी न डालती हूँ। बाहर मैदान में जाकर देती हूँ।'' मिसेज वर्मा ने सफाई देते हुए कहा। बाद में उन्हें लगा कि वे सफाई क्यों दे रही हैं, यह समूची सृष्टि ही परस्परता के सिद्धान्त पर चल रही है। जीव, जगत, ब्रह्मांड, फिर इस छोटे-से प्राणी के पीछे सब लोग हाथ धोकर क्यों पड़े हैं। उन्हें आज इन सभी वाक् योद्धाओं ने आड़े हाथों ले लिया था।

''लेकिन घूमता तो वह यहाँ है... सुबह से शाम तक यहीं पड़ा रहता है।''

''यहाँ मत डाला करिये।'' मिसेज सक्सेना बोली— ''गन्दगी फैलाता है, वैसे ही तो हम लोग गन्दगी से परेशान रहते हैं। कभी पानी नहीं तो कभी सफाई नहीं होती। ऊपर से इनका झमेला।'' उन सबकी बातें सुनकर मिसेज वर्मा की हिम्मत टूट गयी। उनके सामने ही आने-जाने वालों ने उसे दुत्कार कर भगा दिया। वह दुम दबाये डरा-सहमा पीछे मुड़-मुड़कर देखता भागता जा रहा था! वे मन मसोसकर रह गयीं। उसके पक्ष में एक शब्द न बोल सकीं। यही उनकी कमज़ोरी है कि वे कभी भी सत्य का पक्ष खुलकर नहीं ले पाती हैं, वरना कितने तर्क हैं उनके पास!

कुत्ता अपने समूह के साथ रहकर भी अलग-थलग रहता था। कुत्तों के समाज ने भी उसे दुत्कार दिया था। उसकी हैसियत सेवक से गयी-गुजरी थी... अन्यथा मोटे-ताजे, तन्दुरूस्त कुत्तों के बीच उसकी इतनी दयनीय हालत क्यों होती! वे सारे काले, गेहुँआ, भूरे रंग के देशी कुत्ते... धूप सेंकते सोये रहते या मस्ती करते आपस में अठखेलियाँ करते रहते। कभी वे एक-दूसरे का मुँह चाटते तो कभी पंजे उठा-उठाकर एक-दूसरे को छेड़ते, तो कभी खुलेआम प्रेम करते...

तो कभी... लम्बी दौड़ लगाकर मुड़कर देखते और फिर दौड़ लगा देते... सारी धरती उन्हें अपनी लगती और सारे लोग आत्मीय...। ऐसा नहीं था कि चपरासियों ने उन सबको डंडों से मारकर न भगाया हो पर... उनका आना सतत जारी रहता। कैंटीन से निकली जूठन और खानेवालों से छोड़ा गया अन्न उन्हें यहाँ खींच लाता था। बेशर्मों की तरह वे डाँट-दुत्कार खाकर यहीं जमे रहते, पर यह कुत्ता तो मात्र हड्डियों का ढाँचा था। उसकी पसलियाँ गिनी जा सकती थीं। उसका काला मुँह... सूखकर चपटा हो गया था। सींकियाँ पाँव और बाहर निकली आँखें देखकर लगता था कि वह मौत के मुँह से निकलकर आ रहा है और कभी भी मौत के मुँह में जा सकता है। ताकतवर कुत्तों का समूह उसे कभी भी कोई चीज़ खाने नहीं देता। अगरचे कभी-कभार उसके पास कोई चीज़ देखते तो छीन लेते या झपट्टा मारकर उसे घायल कर वहाँ से रुखसत कर देते। वह डरा-सहमा अलग पड़ा रहता। इतनी बड़ी दुनिया में उसका अपना कोई नहीं था। उसकी हालत उस बहिष्कृत तिरष्कृत एकाकी प्राणी के समान थी, जो विपन्न अवस्था में अकेला छोड़ दिया जाता है।

मिसेज वर्मा को लगता कि शायद कुत्तों में भी सवर्ण और दलित होते होंगे। इनमें भी ताकत और कमज़ोर का भेदभाव चलता होगा, वरना एक छोटा-सा मासूम कुत्ता बेवक्त बीमार और उपेक्षित क्यों हो गया। उस दिन मिसेज वर्मा बाहर धूप में बैठी थी कि वह... सामने आकर पूँछ हिलाने लगा...। उसकी पूँछ पर नाममात्र को बाल थे, घिसी-छिली त्वचा दिखाई दे रही थी। उसकी हालत देखकर उनका मन भर आया। घर में पला विदेशी कुत्ता सोफ़े पर सोता है। पलंग पर आकर जब चाहे सो पसर जाता है। सुबह-शाम दूध, अण्डे और पेडीग्री खाकर डकार भरता है। पपीता, प्याज, मटर और बाकी चीज़ें खाने के बाद वह रोटियों को ऐसी हेय दृष्टि से देखता था, गोया वह उसके लिए घास-फूस हों। बासी बची हुई रोटियाँ घर में इकट्ठी होती जातीं। गाय, भैंस और बकरियाँ कालोनी में दिखाई नहीं देती थीं। देशी कुत्तों का प्रवेश निषिद्ध था-रोटियों के उस भूरे पहाड़ को कम करने के लिए। कॉलोनी में सिर्फ भद्र किस्म के चेहरे पर चेहरा ओढ़े इंसान दिखाई देते, जो बड़ी गाड़ियों में निकलते या सुबह सैर करने के लिए उनके नौकरों के हाथों में उनके विदेशी नस्ल के कुत्तों की रस्सी होती। वे पुलिया पर बैठे बातें करते होते और कुत्ते आने-जाने वालों को देखते रहते।

कभी-कभार मिसेज वर्मा रोटियाँ दूधवाले को दे देती पर उसे भी रोटियाँ ले जाने में परेशानी होती थी। एक-एक रोटी मिसेज वर्मा को न जाने कितनी स्मृतियों और चेहरों की याद दिला देती... चटनी-रोटी खाकर उन्होंने बचपन

के कितने सुन्दर दिन बिताये थे... ऐसी रोटियाँ खेत-खलिहानों में अचार के साथ अमृत के समान लगती थीं... रोटी का एक-एक टुकड़ा अमूल्य होता था। उनसे बचता तो गाय-भैंसों को दिया जाता, गाय-भैंसों से बचता तो कुत्ते-बिल्लियों का उस पर अधिकार होता, कुत्ते-बिल्लियों से बचता तो... गुड़-शक्कर मिलाकर चींटियों के काम आता, उनसे भी बचता तो दिनभर कलरव करते परिन्दों के काम आता... पर यहाँ... यहाँ तो इन रोटियों की कोई कद्र ही न थी...। गोल-गोल... सफेद, सुन्दर इन रोटियों का पूरा इतिहास जीवन्त हो उठता।

मिसेज वर्मा को आश्चर्य होता कि जिन रोटियों ने क्रान्तियाँ करवाईं, जिन रोटियों ने युद्ध करवाया, जिन रोटियों के लिए इंसान रात-दिन मरता-खपता है, जिन रोटियों के लिए चोरी होती है, मालिक गिनकर रोटियाँ देता है... उन रोटियों को लोग यूँ फेंक देते हैं... तब मिसेज वर्मा को लगा... जिसको सबसे ज़्यादा ज़रूरत है, उसको क्यों न ये रोटियाँ खिलाई जाएँ। उस बीमार, भूखे, मरगुल्ले कुत्ते के लिए ये रोटियाँ प्राणदायक सिद्ध होंगी। वे अपने टिफिन के साथ चार रोटियाँ रख लेतीं। एक दिन उन्होंने सबके सामने रोटियाँ डाल दीं। देखती क्या है... मरियल कुत्ता डरता, सहमता, आसपास देखता, सूँघता उन रोटियों की तरफ बढ़ा चला आ रहा है। वह यूँ चल रहा था गोया युद्ध के मैदान में सिपाही दुश्मनों का पीछा करते हुए बढ़ता है। साथी दबंग कुत्तों का डर तो था ही उसे... लोगों का भी डर था... जो बार-बार पत्थर मारकर उसे भगा देते थे। उसके मैले-कुचैले बीमार शरीर को देखकर घिन करते थे, थूकते थे।

''देखो तो कितना दुबला है... बेचारे को कोई खाने को नहीं देता, जो मिलता है सो दूसरे कुत्ते छीन लेते हैं।''

''कमज़ोर और गरीब तो हर जगह मारे जाते हैं। चाहे इंसान हों या जानवर।'' मिसेज बक्षी ने अफसोस जताते हुए कहा।

कुत्ते ने चुपके से आकर पहले एक रोटी उठाई और इतनी तेज़ी के साथ भागा... मानो किसी ने उसके सामने बन्दूक की नाल तान दी हो। पर क्षणों बाद ही वह लौट आया। इस बार उसने दूसरी रोटी उठाई और झाड़ियों में जाकर छुपा दी। ...तीसरी रोटी भी वह बरामदे में कहीं छुपाकर आया था। यानी वह अपने लिए दिनभर की व्यवस्था कर रहा था। ...चौथी रोटी उसने वहीं मैदान में बैठकर मजे से खायी। वह रोटी खाता जाता था और आसपास सतर्क निगाहों से देखता जाता था। रोटी खाते समय उसके चेहरे पर, उसकी आँखों में असुरक्षा का भाव अलबत्ता साफ नज़र आ रहा था। पर थोड़ी देर बाद ही वह पूँछ हिलाता हुआ मिसेज वर्मा के सामने आ खड़ा हुआ। उसकी आँखों में कृतज्ञता का भाव था। ... भूख शान्त होने के बाद की तृप्ति...। उसने अँगड़ाई

ली और धूप में पाँव पसारकर लोट लगाने लगा — गोया कह रहा हो अब मैं भी ताकतवर बनूँगा, मेरा भी कोई अपना है। यह क्रम चल निकला था।

मिसेज वर्मा दो-चार रोटियाँ ले आती। कुत्ता उसी तरह से रोटियाँ यहाँ-वहाँ ले जाकर छुपा देता। उसका स्नेह और कृतज्ञता का भाव मिसेज वर्मा के प्रति बढ़ता जा रहा था। वह उनके आने की प्रतीक्षा करता... उनके आने पर पीछे-पीछे चलकर अपनी प्रसन्नता जताता, पर दूसरी तरफ एक अलग ही चर्चा चल निकली थी...। सीढ़ियों पर... बरामदे में... क्लास रूम में या... कहीं भी गन्दगी देखकर हर कोई उसी मरगुल्ले कुत्ते को दोषी ठहराता। उसे कोसता। गालियाँ देता। घिन करता।

''आपको बताऊँ,'' सुखदा ने बाहर देखते हुए कहा—''असल में मिसेज वर्मा ने इसको लपका लिया है। वो रोटियाँ लेकर आती हैं। दया दिखाती हैं, इसलिए ये उनके पीछे पड़ा रहता है। ... यह कोई दया दिखाने की जगह है। दया दिखानी है तो ले जाओ अपने घर। वहीं रखो। करो सेवा! मारे दुर्गन्ध के बैठा भी नहीं जाता।''

''पर सुखदा यही एक कुत्ता तो नहीं है— सात-आठ कुत्तों का ग्रुप है।''

''पर अन्दर तो वही आता है, देखा कितना चालाक है... रोटियाँ छुपाकर रखता है।''

''इसे चालाकी नहीं कहते, मजबूरी कहते हैं, सुखदा! छीना-झपटी में उसे कुछ नहीं मिलता। हर प्राणी अपने को ज़िन्दा रखने के लिए हाथ-पाँव मारता है पर... स्टॉफ-रूम में या क्लास-रूम में कुत्तों का आना... छिः-छिः...।'' मिसेज भंडारी ने मुँह बनाते हुए कहा।

''मैडम को बताना चाहिए।''

''इतनी-सी बात...।''

''इतनी-सी बात नहीं है यह।''

इधर कुत्ते की सेहत में सुधार आता जा रहा था। उसके पाँवों और शरीर पर माँस की परत दीखने लगी थी। चेहरा भी भरने लगा था। यानी सूखी-बासी रोटियाँ उसके शरीर को लग गयी थीं।

''मैडम, आपको प्रिंसिपल मैडम ने बुलाया है।'' दूसरे दिन चपरासी ने आकर कहा।

''आती हूँ।''

जब वह प्राचार्य कक्ष में पहुँची तो मैडम फाइलों पर साइन कर रही थी। मैडम के चेहरे पर गुस्से के भाव थे। हालाँकि उनकी बातों में कहीं कोई ऐसी बात न होती थी जो आहत या अपमानित करती हो, पर आज उनके तेवर बदले

हुए थे।

''मैडम, आपने बुलाया?''

''बैठो।''

''जी...''

''आपके खिलाफ शिकायतें आई हैं।''

''क्या... शिकायतें... कैसी शिकायतें?'' मिसेज वर्मा स्तब्ध रह गयीं, क्योंकि वे कालेज के सभी काम समय पर और समझदारी के साथ करती थीं। सभी गतिविधियों में भाग लेती थीं। उनकी क्लास में हमेशा छात्राएँ रहती थीं। वे भी छात्राओं के साथ पूरी मेहनत करती थीं। तृतीय और चतुर्थ श्रेणी कर्मचारियों के साथ भी उनके सम्बन्ध अच्छे थे। फिर आज ऐसी क्या बात हो गयी कि उनकी शिकायतें की गयीं।

''कैसी शिकायतें मैडम... किसकी तरफ से?'' मिसेज वर्मा से रहा नहीं गया तो पूछ बैठी।

''टीचर्स और स्टूडेंट्स की तरफ से।''

''किस बात को लेकर?''

''आप कालेज के माहौल को अनहाइजिनिक कर रही हैं। आपके कारण ही कालेज के अन्दर गन्दगी होती है।''

''कैसे...?''

''सुना है आपने किसी कुत्ते को लपका लिया है। उसको रोटियाँ डालती हैं, जिससे वह क्लास-रूम और स्टॉफ-रूम में आता-जाता रहता है।''

''मैडम बाकी कुत्ते भी तो हैं। मैं तो जब से इस कालेज में आई हूँ कई कुत्तों को देखती आ रही हूँ... ज़रूरी तो नहीं कि यही कुत्ता गन्दगी फैलाता हो... आपने देखा है उसे... बेचारा भूखा रहता था... इसीलिए मैं घर से रोटियाँ लाकर दे देती हूँ वो भी पीछे के मैदान में।''

''आपको यह सब कालेज के बाहर करना चाहिए।''

''मैडम।''

''मुझे भी जानवरों से प्रेम है पर...''

मिसेज वर्मा ने एक शब्द नहीं कहा। उनकी देह गुस्से के कारण काँप रही थी, आँखों में आँसू उमड़ आए थे। यह किस किताब में लिखा है कि किस स्थान पर कुत्ते को रोटियाँ देनी चाहिए किस पर नहीं।

''आगे से ध्यान रखिये कि कुत्ता अन्दर न आए।'' मैडम ने निर्णय देते हुए सख़्त आदेशात्मक लहजे में कहा।

''जीऽऽई'' भर्रायी आवाज में उन्होंने थैला उठाया और स्टाफ-रूम की

तरफ चल दीं। थैले में रखी रोटियाँ अलमारी में रख दीं। बगीचे में बैठा कुत्ता उन्हें देखकर दौड़ा-दौड़ा आया।

"देखिए, वो आ गया आपका सेवक। इसको तो नगर निगम वालों से कहकर पकड़वा देना चाहिए।" सुखदा ने हँसकर दम्भ के साथ कहा।

सुखदा की व्यंग्य और दम्भ भरी हँसी उनके कलेजे को चीर गयी।

आज उनसे टिफिन नहीं निकाला गया... कुत्ता बार-बार क्लासरूम के चक्कर लगा रहा था... कभी बरामदे में जाकर दुबक जाता तो कभी भागकर दरवाज़े के पीछे छुप जाता।

तेज़ सर्दी पड़ रही थी। आसपास के खेतों में जमकर ओस गिरी थी। पाले से तमाम पेड़-पौधे और फसलें नष्ट हो गयी थीं। कालेज के परिसर में लोग गरम कपड़ों से लदे, सिर पर टोपी लगाए, कान बाँधे, गले में स्कार्फ डाले, दस्ताने पहने धूप सेंक रहे थे या चाय पी रहे थे या गप्पें लगा रहे थे। उन सबके बीच मिसेज वर्मा को वह दुबला-पतला कुत्ता दिखाई नहीं दिया...। मिसेज वर्मा ने चारों तरफ निगाहें दौड़ाईं...। वे पीछे वाले भवन में गयीं, फिर लाइब्रेरी में, उसके ऊपरवाले कमरों में। पूरे भवन की सीढ़ियों के नीचे... कमरों के भीतर, दरवाज़ो के पीछे, झाड़ियों के बीच, कचरे के कंटेनर में, यहाँ तक कि कालेज के बाहर तक वे उसे खोज आईं, पर सेवक नहीं दिखा...। कहाँ चला गया... क्यों नहीं आया... क्या नगर निगम वाले पकड़कर ले गये... या मेरे डाँटने पर कहीं चला गया? बुरा मान गया होगा... मान भी सकता है... घर का डॉगी कितने जल्दी नाराज़ हो जाता है, मुँह लटकाकर आँखों में आँसू भर कर पसर जाता है। जब तक दस बार बुलाओ नहीं, पुचकारो नहीं, सिर न थपथपाओ, तब तक खाने की तरफ देखता तक नहीं। अपने सजातीय कुत्तों से कैसी-कैसी बातें करता है। उसकी भाषा समझने का प्रयास हर बार निष्फल ही रहता। तभी उन्हें चपरासी आता दिखा।

"शाहिद...!"

"जी, मैडम।"

"वह कुत्ता दिखा?"

"कौन-सा? वह सूखा-साका? नहीं, मैडम, दो दिन से दिखाई नहीं दिया... बीच में तो थोड़ा ठीक हो गया था।" शाहिद ने लापरवाही से कहा।

"ज़रा ढूँढ़ो तो।..." उनकी बेचैनी बढ़ती जा रही थी।

"देखता हूँ, मैडम।"

पन्द्रह बीस मिनट बाद मिसेज वर्मा देखती क्या हैं कि शाहिद सेवक को एक बोरे पर रखकर घसीटता हुआ चला आ रहा है।

"क्या हुआ?"

"मर गया।"

"मर गया... कैसे...?"

"भूख के कारण। देख नहीं रहीं उसकी अंतड़ियाँ तक निकल आईं।"

उन्होंने पास में जाकर देखा... कुत्ते की देह अकड़ गयी थी। उसकी पसलियाँ पहले की तरह गिनी जा सकती थीं...। उसकी खुली आँखें पथरा गयी थीं। जबड़ा ऐंठ गया था। पेट पिचक गया था।

"बेचारे को किसी ने कुछ खाने को नहीं दिया होगा। जानवर तो इंसानों की जूठन पर ही पल जाते हैं... पर" कहता हुआ शाहिद घसीटता हुआ उसे बाहर ले जा रहा था और वे थैले में रखी रोटियों को मसोसते हुए वहीं खड़ी रह गयीं... निस्पन्द... निस्तब्ध सी...। उन्हें सुखदा सहित स्टाफरूम में बैठी कई महिलाओं की सामूहिक हँसी सुनाई दी जो कह रही थी—"चलो झुटकारा मिला... उसको देखकर घिन लगती थी। पर अब मिसेज वर्मा के कुत्ता प्रेम का क्या होगा...?"

# एक और प्रतिज्ञा

राजा शान्तनु के समक्ष गंगा द्वारा की गयी प्रतिज्ञा—''मेरे किसी कार्य को आप नहीं टालेंगे और न ही कोई कार्य करने से मुझे रोकोगे, सो मेरी प्रतिज्ञा विरुद्ध कोई बात नहीं करेंगे तो मैं आपकी भार्या बनकर रहने को उद्यत हूँ और ज्यों ही आपने मेरी प्रतिज्ञा को भंग किया, मैं आपको छोड़कर चली जाऊँगी।'' (महाभारत, आदिपर्व)

''तुम मेरे किसी भी काम में, बात में, निर्णय में, रहन-सहन में दखलअन्दाज़ी नहीं करोगे। न मुझे रोकोगे-टोकोगे। न मेरे साथ कहीं आओगे-जाओगे। घर में कौन आता-जाता है... इस बारे में कोई सवाल-जवाब नहीं करोगे। यदि ये सारी शर्तें तुम्हें मंजूर हैं। तो मैं तुम्हारे साथ रहने के लिए तैयार हूँ। तुम अपना जीवन जिओ और मुझे अपना जीवन जीने दो।'' वह लगातार बोले जा रही थी और वह ठीक उसके सामने सोफ़े पर निर्जीव-सा बैठा सुने जा रहा था। चश्मे से झाँकती उसकी आँखों में निरीहता थी... खामोश रहने की विवशता थी और वह... वह अँगुली दिखाती, उसको धमकाये जा रही थी अपनी बातों से, अपनी भावमुद्राओं से और अपनी उपस्थिति से। उसकी आँखों में क्षोभ, घृणा और कठोरता थी। उसे यानी उसके पति सोमेश को लगा कि इस समय उसने एक भी शब्द प्रतिवाद में या सफाई में या यूँ ही बोला तो वह जानबूझकर शोर मचाएगी, चीखेगी और फिर से कोई ऐसा बहाना बना देगी जिससे उसे जाना न पड़े। यानी गलती वह करेगी और कसूरवार ठहराएगी उसको! सोमेश जानता है कि उसका व्यवहार ऐसे पलों में हिंसक हो उठता है— क्या पता वह पहले की तरह चीज़ें उठाकर फेंकना शुरु कर दे, दरवाज़ा बन्द कर ले या स्वयं को ही चोट न पहुँचा ले। ये सोमेश के ख़िलाफ़ सबको करने की उसकी साजिश होती थी।

''और अम्मा-बाबूजी के सामने बच्चों की तरह रोने की क्या ज़रूरत थी? उनसे दबाव डलवाकर तुम या तुम्हारे परिवार के लोग मेरे साथ प्यार से रह

सकेंगे।''

''मैंने उनसे कोई शिकायत नहीं की।''

''तो उन्हें क्या सपना आ रहा था कि हमारे बीच कोई सम्बन्ध नहीं है।''

''क्या उन्हें समझ में नहीं आता है?''

''उन्हें समझ में आता होता तो जीजी की ज़िन्दगी की बर्बादी दिखाई न दी होती...। मैं जीजी नहीं हूँ... समझे।'' इस बार मैं केवल उनका मन रखने के लिए जा रही हूँ... समझे।'' वह बैग में एक-एक सामान जमाती जा रही थी। उसका सामान रखने का ढंग ऐसा था मानो वह अपने घर नहीं जेल की सजा काटने जा रही हो।

रात के बारह बज चुके थे। चारों तरफ सन्नाटा छाया था। परिवार के सभी सदस्य सो चुके थे। इक्की-दुक्की गाड़ियाँ या साइकिलें आती-जाती दिखाई दे रही थीं। बच्ची निकिता सो चुकी थी। उसे नहीं मालूम था कि पापा के आने पर उसे कैसा व्यवहार करना चाहिए, उनकी गोद में चढ़ना चाहिए या नहीं, उनके गले में बाँहें डालना चाहिए या नहीं, उनके गाल चूमना चाहिए या नहीं। कभी-कभार आनेवाले पापा को उसने हमेशा उदास... खामोश... होंठ चबाते... आँखें मलते हुए ही देखा था। माँ और पापा उसके लिए दो खम्भों की तरह थे, जो अपनी-अपनी जगह जमकर खड़े हुए थे।

''मेरी किस्मत ही खराब थी कि ऐसा बेवकूफ़ घुन्ना पति मिला। जिसके कोई सपने नहीं हैं... जिसमें कोई रंगीनियत नहीं है, केंचुए की तरह एक ही जगह चिपका हुआ है... अम्मा-बाबूजी को इसी से मेरी शादी करनी थी... मैंने कितनी बार मना किया था कि पढ़ाई पूरी होने के बाद शादी करना... पर उन्हें तो अपना बोझ उतारना था... सो इसी को पकड़कर कर दी मेरी शादी... प्राइवेट कम्पनी में अदना-सा सब-इंजीनियर जिसके पास न खुद का मकान है, न पैसा, न कोई स्टेटस।'' वह मन-ही-मन बड़बड़ाती जा रही थी। टप्-टप् टपकते आँसुओं को आस्तीनों से पोंछती वह सचमुच अपने जीवन की इस बर्बादी का मातम मना रही थी।

उसने बिना सोमेश की तरफ देखे कमरे का दरवाज़ा लगाया, कपड़े बदले और सीधी... पलंग पर लेट गयी। उसकी गोरी सुडौल बाँहें माथे पर टिकी थीं और निगाहें छत पर। छत और निगाहें अपने-अपने सूनेपन के परस्पर एक-दूसरे की पर्याय लग रही थीं।

जाने के पहले अलस्सुबह उसने साइकिल उठाई और नरेन्द्र सर के घर जा पहुँची। नरेन्द्र सर जो बाबूजी के मित्र थे जिनका घर में आना-जाना था और जिनसे वह पढ़ा करती थी...। पढ़ाई के दौरान मन की बातें कर लिया

करती थी। नरेन्द्र सर उसे साहित्य, शिक्षा, जीवन, संसार और दुनिया जहान की बातें सुनाया करते थे... जीवन की बारीकियाँ बताया करते थे। उन बारीकियों को देखते-समझते कब वह उनके करीब आ गयी थी उसे एहसास ही न हुआ था। नरेन्द्र सर उसके जीवन का आईना थे। उसके सपनों को उड़ान देनेवाले स्वप्न-पुरुष थे। उसका मन उन्हीं के सामने खुलता था।

''आपने बाबूजी को कहा होगा कि हमें भेज दो। वह हमें लेने आया है।''

''तो इसमें बुराई क्या है? तुम्हें उसके साथ जाना चाहिए। रहना चाहिए। आखिर वो तुम्हारा ब्याहता पति है।''

''मैं उसका चेहरा नहीं देख सकती। आपको नहीं मालूम कि वह कितना दकियानूसी है, कितना शक्की। उसके साथ रहना है—इस कल्पना मात्र से ही पूरे शरीर में आग की लपटें उठने लगती हैं।''

''इस कस्बे के बाहर का जीवन भी तो तुम्हें देखना चाहिए। कब तक यहाँ रहकर तुम अपनी प्रतिभा का ह्रास करती रहोगी। तुम्हारे भीतर अनन्त सम्भावनाएँ हैं। सपने हैं और सबसे बड़ी बात कि तुम जैसा सोचती हो वैसे ही जीना भी चाहती हो! वहाँ तुम्हें खुला, पढ़ा-लिखा बौद्धिक समाज मिलेगा। काम करने का मौका मिलेगा... सोमेश की आँखें भी खुलेंगी वह तुम्हें समझ सकेगा।''

''वह तो चाहता है कि मैं गाँव की नयी-नवेली दुल्हन की तरह बनकर रहूँ... उसकी प्रतीक्षा करती... उसके लिए रोटियाँ बनाती, उसकी बात मानती रहूँ।''

''ये घिसी-पिटी बातें तुम्हारे मुँह से अच्छी नहीं लगती हैं। इन बहसों में व्यर्थ समय बर्बाद करने से बेहतर है कि तुम अपने भविष्य के बारे में सोचो। फिलहाल उसके साथ रहो, बाद में अपना रहने का ठिकाना अपने हिसाब से बना लेना।''

''तब आप और बाबूजी फिर आ जाओगे उसकी वकालत करने के लिए।''

''जानती हो न कि कस्बाई समाज में जवान वो भी शादीशुदा लड़की का माता-पिता के घर में रहना कितने सवाल पैदा करता है। बाहर से हम आधुनिक दिखते हैं। ढोंग है... यह सब... महज दिखावा। अन्दर से हम सब वही हैं दकियानूसी... या फिर हिम्मत दिखाओ... परवाह करना बन्द कर दो और अपनी मरजी से जिओ।''

''आप कब से समाज और परिवार की परवाह करने लगे हैं।''

''सो तो... नहीं करता... तुम भी जानती हो कि परिवार और समाज को मैं अपने जूतों की नोंक पर रखता हूँ... मैंने अपना जीवन अपनी शर्तों पर जिया है... पर हर वक्त... हर बात को दूसरे सन्दर्भ में नहीं देखना चाहिए।''

''मैं उसके साथ बन्धकर नहीं रहना चाहती।''

''आपकी स्वतन्त्रता कौन छीन रहा है सवाल यह नहीं है, सवाल यह है कि आप अपनी स्वतन्त्रता किसे छीनने देती हैं और क्यों?''

''बहलाने की बातें मत करिये। आपको कोई नयी लड़की मिल गयी होगी, इसलिए चाहते हैं कि हम चले जाएँ।''

''हम क्या यूँ दबनेवालों में से हैं। नयी लड़की आएगी तो तुमको खबर लग जाएगी। फिलहाल तो तुम अच्छे मन से जाओ। बाकी हम सब तो हैं ही तुम्हारी खैर-खबर लेने वाले।''

इस समय नरेन्द्र सर से बाकी बातों पर बहस करने का उसका मन नहीं था। उसे हर रास्ता टेढ़ा-मेढ़ा नज़र आ रहा था। रास्ते में उसकी साइकिल कई बार लड़खड़ाई। उसे लगा साइकिल की तरह वह भी अभी सीधे-साधे ढंग से नहीं चल पा रही है।

सोमेश ने किराये का छोटा-सा फ़्लैट लिया था। एक कमरे में उसने अपना सामान जमाया और दूसरे में बच्ची और आया का।

बड़े शहर की चकाचौंध...। जगमगाता शहर...। हलचल करती सड़कें... लोगों की अपार भीड़। मादकता बिखरेती रातें। नयी चीज़ों से पटा पड़ा बाज़ार! उसका मन खिल उठा। नरेन्द्र सर ने सही कहा था, शहर का माहौल ही अलग होता है। नरेन्द्र सर ने जिन परिचितों के नाम-पते दिए थे, उनसे मिलने जाना उसके लिए रोमांचक अनुभव था। नरेन्द्र सर ने कहा था कि अपनी अभिरुचि के अनुसार वह काम कर सकती थी। कोई संस्था ज्वाइन कर सकती थी। दुबली-पतली छरहरी काया की मलिका मानसी पहली नज़र में कस्बाई युवती लगती थी, पर उसकी देह में, आँखों में, मुस्कान में ऐसा जादुई आकर्षण था कि जो भी उसे देखता अभिभूत हुए बिना न रहता, ख़ासकर उस समाज में उसका आकर्षण आलोक की तरह फैलाने वाला था, जो कवियों, साहित्यकारों, चित्रकारों, थिएटर और बौद्धिकों का समाज था, जिनके लिए सौन्दर्य... प्रकृति... और स्त्रियाँ ख़ास मायने रखती थीं।

मानसी में बचपना था, चंचलता थी... वाक्चातुर्य था। वह यहाँ सोमेश के लिए नहीं परिस्थितियों के कारण आई थी, इसलिए घर से ज़्यादा वह बाहर रहना चाहती थी। उसकी प्रकृति स्वाधीन रहने की थी। वहाँ भी उसके किस्से चला करते थे। लड़कों के पत्रों का आना... उन्हें मज़े लेकर पढ़ना-पढ़ाना...

उन्हें बेवकूफ़ बनाना, छुपकर फ़िल्में देखना... नरेन्द्र सर के साथ घूमना और हर उस बात को, हर उस बन्धन को नकारना-तोड़ना, जो उसके जीवन में उसके ख़िलाफ़ जाता था।

"तुम नाटकों में भाग क्यों नहीं लेतीं?"

"तुम्हें तो मॉडलिंग करना चाहिए।" कोई दूसरा कहता।

एक युवा आकर्षक महिला को इस शहर ने हाथोंहाथ लेना चाहा था, बस उसे आगे बढ़कर पहल करने की ज़रूरत थी।

"मैं और नाटक...?" वह हँसती।

"देखो, अपना चेहरा देखो। अपनी खूबसूरती देखो, यह छुपाने की चीज़ नहीं है। तुम्हारी आँखों में गजब का आकर्षण है। जादू है...। तुम्हारी आँखें आमन्त्रित करती हुई आँखें हैं। हाँ... बुरा मत मानना, पर तुम्हें कपड़े पहनने का तमीज नहीं है, जो सिखा दिया जाएगा।" कहकर एक लम्बी खिलखिलाहट के साथ... गहरा कश खींचा संजना ने सिगरेट का।

"क्या आप सिगरेट सबके सामने पी सकती हैं? हमारे यहाँ की महिलाएँ तो बीड़ी पीती हैं। हमने भी एक बार बीड़ी पी थी, तो अम्मा ने जमकर चाँटा मार दिया था।"

"हाँ, क्यों नहीं। शराब... सिगरेट क्या मर्दों की बपौती है। क्या बुराई है।" मानसी को लगा यह जीवन तो उसने देखा ही न था... इतना उन्मुक्त... इतना सहज... इतना निश्चिन्त। फिर तो मानसी की बैठक संजना के घर में जमने लगी। जहाँ शहर और शहर के बाहर के लोग इकट्ठे होते, उनमें देर रात तक गप्पें चलतीं, बहसें होतीं। नये विषयों पर। नये आइडियाज़ बनाये जाते। दोस्तियाँ और गहरी और प्रगाढ़ होती गयीं। सम्बन्धों में ऊष्मा पैदा होती गयी और जीवन की धारा निर्द्वन्द्व बहने लगी। मानसी के लिए ये नया जीवन, नया काम, नये दोस्त और उनका अपनापन भीतर से ताकत देनेवाला साबित हुआ। कभी-कभी वह उन सबको अपने घर बुलाती पर... घर पर उसे हीनताबोध घेर लेता। छोटा-सा घर, छोटी-सी बैठक...। उसने आनन-फानन में एप्लीकेशन दी और उसके दोस्त समाज ने उसके लिए गवर्नमेन्ट क्वार्टर एलॉट करवा दिया। सोमेश के लिए नया क्वार्टर इस मायने में फायदेमन्द था कि उसका किराया बचनेवाला था। उसकी छोटी-सी आमदनी में इतनी बचत काफी मायने रखती थी। मानसी अपनी मर्जी की मालिक थी। वर्षों की दबी-छुपी इच्छा ने पंख पसार लिये। क्वार्टर में नये सोफ़े... नया पलंग... कलात्मक अलमारियाँ... नये परदे... नयी क्रॉकरी आ गयी! सब कुछ शानदार। सुन्दर। उसकी तरह आकर्षक।

अब बड़े-बड़े लोगों को बुलाने में उसे शर्म महसूस नहीं होती थी। संजना

के घर के अलावा मानसी के घर में कविताओं, ग़ज़लों, नाटकों और विमर्शों का दौर चलता...। शराब, सिगरेट और ड्रिंक्स बेहिचक पिये जाते...। मज़े की बात यह है कि उन सबके बीच उसकी बच्ची खिलौना बन गयी थी, सबका प्यार उसे... मिल रहा था। इतनी हलचल, इतनी उन्मुक्तता के बावजूद इन सबके बीच मानसी का आन्तरिक जीवन बड़ी धीमी गति से चल रहा था। रोमांचित होने... उत्तेजित होने... और सपने देखने का उसके पास आज भी कोई बड़ा फलक नहीं था। शादीशुदा होने का ठप्पा उस पर लगा हुआ था। हालाँकि उस शादी को न वह मानती थी और न ही महत्त्व देती थी, सो वह बिन्दास जीवन की राहों पर महिला मित्रों के साथ-साथ, पुरुष मित्रों के साथ दौड़ रही थी। मानसी को एक बात गहरे तक छू गयी कि वह जहाँ भी जाती वहाँ उसके सौन्दर्य की चर्चा होती, इसलिए उसने जाना, माना और महसूस किया... कि... वह बेशकीमती, बेइन्तिहा खूबसूरत देह की धारिणी है।

साथ की महिलाएँ उसको लेकर अकसर चर्चा करती रहतीं- ''बिन्दास है... अपने काम निकलवाने और करवाने की कला जानती है! हमेशा मस्ती करती रहती है। हँसेगी मुस्कराएगी क्यों नहीं? आप त्याग दो सारी चीज़ों को, मिडिल क्लास मानसिकता को, सबकी परवाह करना बन्द कर दो। खुलकर मर्दों से दोस्ती करो, उनके साथ उठो-बैठो, इतनी हिम्मत है हम सबमें? आपके जीवन में भी वैसी ही मस्ती आ जाएगी। यहाँ तो सपने तक में मियाँ दिखता है... दूसरे मर्द की तो बात अलग... वह तो... सरेआम सैकड़ों मर्दों को अपने इशारे पर नचाती हैं और मर्द नाचते हैं...। भई हमें तो उसका यह अन्दाज़ पसन्द है। कोई तो है जो अपनी शर्तों पर जीता है।''

''सुना है उसके कई लोगों से सम्बन्ध हैं... पति को पूछती नहीं है।''

''भई, अपना-अपना नज़रिया है। किसी की पर्सनल लाइफ़ में नहीं झाँकना चाहिए।''

सचमुच ही मानसी के बारे में इस तरह की बातें हमेशा चर्चा में रहतीं। मानसी की माया और कामना बढ़ती जा रही थी। उसके लिए बड़ी उम्र के सौन्दर्यप्रेमी पुरुष कुत्ते की तरह थे, जिनका वह भरपूर मज़ाक उड़ाती। उसको हमउम्र, खूबसूरत, पैसेवाले, समृद्ध लोग ही पसन्द आते थे... बल्कि ऐसे ही लोग उस पर जान न्यौछावर करते थे। सोमेश सुबह से जाता और रात नौ बजे तक लौटता। उसके आने तक यार-दोस्तों की महफिल सज जाती।

''उसको भी बिठाया करो, बेचारा अकेला घूमता रहता है बच्चे की तरह।''

''बच्चा ही तो है, आज्ञाकारी, संस्कारवान बच्चा... वो इस लायक नहीं है कि हमारी बातें समझे...।'' वह मज़ाक उड़ाती हुई कहती।

सोमेश अपने कमरे में छुप जाता कोई बहाना बनाकर। चश्मे के भीतर से झाँकती उसकी आँखें आँसुओं में डूबी होतीं। वो ऐसा बेवस बदनसीब पति था जो मानसी की शर्तों से बँधा था। वह जानता था कि जिस दिन उसने मानसी के किसी काम में, किसी बात में दखलअन्दाज़ी की, तो वह दो टूक जवाब दे देगी या बहुत सम्भव है कि उसे ज़लील करके घर से ही निकाल दे।

इधर मानसी की गतिविधियाँ लगातार बढ़ती जा रही थीं। नाटक और अन्य कार्यक्रमों में लगातार शिरकत। कभी-कभी तो वह रिहर्सल से या दोस्तों के बीच से रात बारह एक बजे तक लौटती। शराब के नशे में... सिगरेट पीती ठहाके लगाती। कभी कोई दोस्त छोड़ने आता तो वहीं बैठक में पड़ा सो जाता। ऐसे मामलों में उसकी उदारता बढ़ती जा रही थी। एक अच्छे इंसान और दोस्त के रूप में वह अपनी पहचान बना रही थी।

''अपनी मैडम से कहो कि समय पर घर आया करें... बच्ची का तो ख़्याल करे।'' सोमेश पिछले महीनों की भड़ास निकाल रहा था—''मैं कुछ बोलता नहीं हूँ तो इसका मतलब ये नहीं है कि मैं बेवकूफ़ हूँ।''

दूसरी सुबह वह सोमेश के सामने फट पड़ी—''जो बात कहनी है सीधे मुझसे कहा करो नौकरानी से नहीं। मुझसे बात करते हुए क्या डर लगता है या...।''

सोमेश खून का घूँट पीकर रह गया—''मैं केवल निकिता की बात कर रहा था। उसके बारे में सोचना चाहिए। क्या असर पड़ेगा उस पर इन बातों का?''

''निकिता को पालने वाली आया है, उसके लिए परेशान होने की ज़रूरत नहीं है। मैं समझती हूँ कि उसके लिए अच्छा-बुरा क्या है।''

चूँकि सोमेश और मानसी दोनों ही मध्यवर्गीय परिवार से आए थे, इसलिए उनके भीतर अपनी-अपनी कुंठाएँ तो थी हीं। उनसे बाहर निकलने की छटपटाहट भी थी। मानसी ने उस कुंठा के खोल को उतार फेंका था और वह अपर क्लास में शामिल होने, उनके बीच उठने-बैठने के लिए स्वयं को ऐसी विशिष्टता प्रदान करना चाहती थी जिससे लोग उसके इर्दगिर्द मँडराएँ।... उसे अपने समाज में शामिल करें। सम्मान दें। उसकी महत्त्वाकांक्षाओं को बढ़ने दें।

वह तरह-तरह के काम करती। मसलन, कुछ कच्ची-सी कविताएँ लिखती...कार्यक्रमों का संचालन करती, किसी पत्रिका के अंक का सम्पादन करती, कुछ नहीं तो बड़े-बड़े कलाकारों का इन्टरव्यू ले डालती। वह हर काम से, रिश्ते से अपने लिए ऐसी मजबूत दीवार बना लेना चाहती थी, जिसको कोई भी गिरा न सके। नारी सुलभ चंचलता उसके स्वभाव में थी... जिससे सारे

लोग सम्मोहित रहते। उसके स्वभाव की नरमाई और सहजता सबका मन मोह लेती।

एक दिन सोमेश ने देखा कि मानसी ने अपने लम्बे बाल कटवा लिये हैं। उसकी प्यारी-सी चोटी काटी जा चुकी थी। दरअसल, उसने बाल नहीं कटवाये थे, बालों के बहाने उन बन्धनों को काट डाला था जो उसे बचपन से बाँधे हुए थे। हर कदम पर उसको हर एक चीज़ से चिढ़ थी, जो उसके लिए दबाव का काम करती थी। वह जानती थी कि सोमेश उसके बालों को पसन्द करता है। यह पसन्द उसे तब अखरने लगी थी जब सोमेश उसे एक निहायत ही घरेलू कामकाजी पत्नी के रूप में देखने लगा था और उसके सौन्दर्य के प्रतिमानों में चूड़ियाँ, बिन्दी, बिछिया के साथ लम्बे बाल भी थे।

''यह क्या किया तुमने... अम्मा-बाबूजी देखेंगे तो क्या कहेंगे, कितना नाराज़ होंगे।'' सोमेश अपनी बात अम्मा-बाबूजी के नाम से कहा करता था।

''अम्मा-बाबूजी नाराज़ होंगे या तुम्हें बुरा लग रहा है...।''

''तुम्हारे बाल इतने लम्बे थे...।'' कहते हुए सोमेश की आवाज लड़खड़ाने लगी। बाल उसके कटे थे और दुखी सोमेश हो रहा था...। सोमेश को किसी ज़माने की उसकी दो चोटियाँ याद आ रही थीं...।

बात बालों तक रहती तब भी सोमेश शान्त रहता, अब तो उसका पहनावा भी बदलता जा रहा था... साड़ी तो लगभग उसने त्याग ही दी थी। कभी-कभार पहनती थी वह... हाँ घर में वह स्लीवलैस कुर्ता, टी-शर्ट या हाफपैंट पहनने लगी थी और बाहर जींस और टॉप। सोमेश के लिए यह एक और सदमा था। वह लड़की को समझाता। उसको ऐसी पोशाकें पहनने के लिए मना करवाता।

''मम्मी, आपकी खुली टाँगें अच्छी नहीं लगतीं।'' एक बार निकिता ने टोक दिया।

''तू मुझे सिखाएगी कि मुझ पर क्या अच्छा लगता है क्या बुरा...। तू खुद बोल रही है... या तेरा बाप बुलवा रहा है?''

निकिता सहम गयी।... एक बार सोमेश ने एक और गलती कर दी... उसकी छोटी-सी टीशर्ट, जिसमें पूरी देह चिपक जाती थी, उसे छुपाकर रख दी... बस फिर क्या था मानसी ने हंगामा मचा दिया— ''इस आदमी का मेरे कपड़े पहनने पर एतराज है। दुनिया कहाँ से कहाँ जा रही है और ये आदमी उसी दकियानूसी मानसिकता में जी रहा है। इतनी घटिया और ओछी मानसिकता... छि... छि...।''

सोमेश को काटो तो खून नहीं...। टॉप इतना छोटा था कि... लोग हँसी

उड़ाते... शरारत भरी निगाहों से देखते, उसको लगता जैसे तमाम लोग उसके मर्दानापन पर उँगुली उठाने लगे हों।

''मुझे शर्म आती है... तुम कोई बॉलीबुड की हीरोइन नहीं हो कि इस तरह के कपड़े पहनो।'' सोमेश ने हिम्मत करके कहा।

''शर्म तुम्हें आती होगी मुझे नहीं और यही सब फ़िल्मों में देखते हो तब... दूसरे की औरतें यही ड्रेस पहनें तो खुश होते हो।'' वह तुनककर बोली। सोमेश को छीलने में उसे आनन्द आता था।

''कुछ तो शालीनता होनी चाहिए। निकिता बड़ी हो रही है। घर में हर समय लोगों का आना-जाना... पड़े रहना...शराब पीना... धमा-चौकड़ी मचाना... मुझे कई बार नीचेवालों ने टोका है। मुझे अपनी बेटी की चिन्ता है।''

''तो तुम्हें कहना चाहिए था कि मुझसे बात करें। कालोनीवाले कौन होते हैं हमारी ज़िन्दगी में दखल देनेवाले। वे लोग फालतू के काम करते रहते हैं। मैंने तो कभी कुछ नहीं कहा। बताओ कौन कह रहा था मैं बात करती हूँ।''

''कोई नियम-कायदा होता है या नहीं!''

''तो तुम निभाओ।'' वह सोमेश पर चीख़ रही थी—''तुमने मेरी ज़िन्दगी बर्बाद कर दी है तुमने...। याद करो शादी के वे साल जब तुम मेरे पीछे पड़े रहते थे। हर बात में टोका-टाकी करते थे... गालियाँ देते थे... मुझे पढ़ने नहीं दिया था... अपने भाई की तरह तुम्हें एक बेवकूफ़ पाँचवीं पास गोरी-चिट्टी लड़की चाहिए थी...। मेरी सोच का दायरा क्या है, मेरा पहनावा... मेरे बाल मेरी ज़िन्दगी। इससे आगे तुम्हें सोचना ही नहीं है, तुम केंचुए हो, तुम्हें खाने-पीने और सेक्स से मतलब है, जो तुम्हें मुझसे नहीं मिलता... मैं ऐसे आदमी से प्यार नहीं कर सकती... नहीं रह सकती उसके साथ जिसकी कोई सोच ही न हो। और...''

''मैंने कहा था... मेरी ज़िन्दगी में दखलन्दाज़ी मत करना।''

मानसी चीखती-चिल्लाती घर से निकल जाती... और जब लौटकर आती तो सोमेश घर से जा चुका होता या अपना कमरा बन्द करके सोने का बहाना बना लेता। उसकी छाती धू-धू करके जलती रहती...। अपनी छोटी-सी प्राइवेट कम्पनी की नौकरी में उससे जो बन पड़ता था वह करने की कोशिश करता...। उसने तो आँख खोलते ही घर की स्त्रियों को घर सँभालते, बच्चों को पढ़ाते... पतियों की सेवा करते हुए ही देखा था...। वे स्त्रियाँ कभी भी अपने पतियों की, भाइयों की, पिताओं की, खिलाफत नहीं करती थीं। न खाने में, न पहनने में, न जीने में कोई इच्छा-अनिच्छा जाहिर करती थीं। यहाँ तक कि सेक्स के मामले में भी उनकी अपनी कोई इच्छा-अनिच्छा न होती थी। लेकिन उसकी

पत्नी— जो वह स्वयं को नहीं मानती थी— वह तो हर बात की खिलाफत करती है और उसे सबसे ज़्यादा दुख इसी बात का होता कि... वह अपनी आँखों के सामने सब कुछ होते हुए देखकर भी विरोध नहीं कर पाता था। विरोध करता भी तो नपुसक सा विरोध, जिसमें उसकी आवाज तक सही ढंग से नहीं उठती थी... उस मायने में वह घर का सबसे सभ्य पुरुष था जिसने कभी अपनी पत्नी को गालियाँ नहीं दीं और न ही 'मरखू गाय' को रस्से से बाँधकर रखा, हाथ उठाना तो दूर की बात थी।

दिन-ब-दिन चर्चा में आती मानसी अब सफलता और सौन्दर्य की पर्याय बन चुकी थी। उसके आत्मीय दोस्तों का— कहना चाहिए प्रेमियों का— एक सुन्दर संसार था... जिनके बीच उसका कैरियर, उसकी कामयाबी महफूज थी पर... एक भूख... एक अधूरापन... एक अभीप्सा उसके भीतर लगातार फैलती जा रही थी। हर रोज अपने पति की बाँहों में होने की कशिश... उसी की तरह खुला... बिन्दास आदमी... जो उसके भीतर के स्त्रीत्व को प्यार दे सके... उसके भीतर उठती उत्ताल लहरों को पी सके। जो बातें उसके लिए सामान्य थीं वही बातें उसके माता-पिता के लिए अपयश की प्रतीक थीं। उसकी तथाकथित हरकतों से माता-पिता बेहद नाराज़ थे। उसके नाते-सम्बन्धों और दोस्तियों की खबर नरेन्द्र सर को भी थी, पर उनकी सोच बड़ी थी, दिल बड़ा था। वह इतना स्पेस देते थे... कि चिड़िया आकाश में मनचाही उड़ान भर सके, उनका मानना था कि जितना उपयोग वे मानसी का कर सकते थे, कर लिया है, अब वह अपना जीवन जीने के लिए स्वतन्त्र है। मानसी को अब इन सबकी परवाह भी नहीं थी... उसे अपने अन्दाज़े-बयाँ और अन्दाज़े-जुनून में मज़ा आने लगा था। अपनी भाभियों, चाचियों और माँ की तरह वह एकरस एक ही स्थान पर बँधे सुबह-शाम खाना बनाते-खिलाते... टी.वी. देखते... डाँट खाते... पतियों के सामने हर बात के लिए गिड़गिड़ाते... लपलपाते जीवन नहीं जीना चाहती थी।

उसका बाहर जाना...शो करना... और घूमना सोमेश को भीतर-ही-भीतर ख़ाक किये दे रहा था। वह देख रही थी... समझ रही थी और मौके का इन्तज़ार कर रही थी कि सोमेश को कब छेड़ा जाए...।

"तुम्हें कुछ पूछना नहीं है?"

वह खामोश।

"नहीं पूछना कि मैं कहाँ आती-जाती हूँ।"

वह खामोश।

"तुम्हें अपने जीवन में कभी भी कोई भी चीज़ पाने की आकांक्षा नहीं

होती है?''

वह खामोश।

दरअसल, मानसी जानना चाहती थी कि उसे उसके नये प्रेम सम्बन्ध की जानकारी है या नहीं। जिस आदमी के साथ इन दिनों मानसी का प्रेम चल रहा था वह काफी अच्छी पोस्ट पर था। भरपूर पैसा था उसके पास। उसका रुतबा था। उसने अपनी पत्नी को तलाक दे दिया था और वह दोस्ती करने और सम्बन्ध बनाने की कला में माहिर था। उन दोनों का यह सम्बन्ध कुछ-कुछ स्थायीत्व की शक्ल अख्तियार कर रहा था।

''पापा, आप शादी क्यों नहीं कर लेते मानसी आंटी से?'' एक दिन उसके बेटे ने मज़ाक में पूछ लिया।

''तुम्हें और तुम्हारी माँ को बुरा तो नहीं लगेगा?''

''नहीं, वह अपनी दुनिया में खुश हैं।''

''अच्छा सोचते हैं... तुमको मानसी कैसी लगती है?''

''बहुत अच्छी।''

उन दोनों के लिए यही मौका था जब वे कोई निर्णय ले सकते थे!

मानसी भी शादी करना चाहती थी पर... सोमेश... उसका क्या किया जाए। यूँ तो पिछले बारह-तेरह वर्षों से वे अलग ही थे। दैहिक-आत्मिक सम्बन्धों से अलग। सोमेश इन दिनों एकदम चुप रहता था... उसके मुँह से एक शब्द न निकलता... उसकी चुप्पी ने सन्नाटे का रूप ले लिया था। जबकि मानसी चाहती थी कि वह कुछ बोले। विरोध करे। उससे छुटकारा पाने का रास्ता उसे नहीं सूझ रहा था। बिना तलाक लिए दूसरा विवाह नाजायज होता। एक दिन उसने सारे दोस्तों की पार्टी रखी, जिसमें देर रात तक हंगामा चलता रहा, खाना-पीना... नाच-गाना... चुटकुले... ठहाके। सोमेश उस रात बाहर से ही लौटकर चला गया। उसके भीतर का मर्द पूरी तरह पराजित हो चुका था...। अतीत की छाया उसके भीतर पसरी थी। मानसी की ज़िन्दगी उसको घुन की तरह खाये जा रही थी।

दूसरे दिन एक दोस्त शराब पीकर रात भर बड़बड़ाता रहा... उस रात भी सोमेश नाइट ड्यूटी पर चला गया। सवाल-जवाब... विरोध झगड़ा... सब बेअसर हो गये।

लेकिन... तीसरी रात...। उस रात वह अपनी भावनाओं पर... अपने गुस्से पर काबू न रख सका। एक कोमल जीव उसके भीतर भी साँस ले रहा था। थका-हारा वह आया था...। उसने देखा कमरे में उसका होने वाला पति सिगरेट पी रहा है यानी उसका कमरा भी अब उसके लिए न बचा था।

"यह सब क्या है?"

"क्या है? क्या मेहमानों को एक रात घर में नहीं रुकवा सकते हैं?"

"घर में या बेडरूम में?"

"तुम कहना क्या चाहते हो?"

"जो देख रहा हूँ। यह सब मेरे घर में नहीं चलेगा।"

"सुनो मिस्टर..., पहले तो यह जान लो कि यह घर तुम्हारा नहीं मेरा है। मैं अपने घर में अपने दोस्तों को रुकवाऊँगी। तुम्हें पसन्द नहीं है तो इसकी मुझे परवाह नहीं। मैं अपना पैसा खर्च करती हूँ।"

"पैसे की बात कहाँ से आ गयी?"

"पैसे की बात है...। तुम कुंठित व्यक्ति हो। कंजूस हो। किसी को चाय नहीं पिला सकते। तुम चार लोगों के बीच बैठ नहीं सकते। बात नहीं कर सकते। तुमने मेरी किसी बात में कोई रुचि नहीं ली, न तुम्हें खुशी हुई है। कुढ़-कुढ़ कर तुम्हारा दिमाग कुंद हो गया है। मुझे मालूम है कि तुम मेरी चुगली भैया-भाभी से करते हो, अम्मा-बाबूजी से करते हो। करो... खूब करो।"

"तो क्या मुँह सिलकर बैठ जाऊँ? लोग हँसते हैं।"

"हँसने दो।"

"तुम्हें पति की नहीं, पैसों की भूख है।"

"हाँ है... क्यों न हो! अच्छी ज़िन्दगी कौन नहीं जीना चाहता है।"

"इस कीमत पर।"

"किस कीमत पर? मैं अपना कमाती हूँ।"

"तो कुछ भी करो।"

"बकवास बन्द करो। मैंने यहाँ आने के पहले ही कह दिया था कि मेरे मामलों में नहीं बोलेगे। क्या तुम्हें मेरी शर्तें याद नहीं हैं?"

"बोलूँगा...। दस बार बोलूँगा।" आज सोमेश भी चिल्ला रहा था।

"अच्छा...!" मानसी उसे उकसाते हुए बोली।

मानसी ने पाँव पसारे और सामने बैठ गयी। उसकी पतली गोरी सुन्दर टाँगें पलंग पर पसरी थीं और हाथ हवा में लहरा रहा था—"तुमने मेरा जीवन बर्बाद कर दिया है। जीवन के बारह साल...। बारह साल कुछ होते हैं। अपनी ज़िद से शादी करके क्या साबित करना चाहते थे...। तुम किसलिए चिपके हो मुझसे। मेरी ज़िन्दगी से! हमारे बीच कुछ भी एक जैसा नहीं है। हमारी शादी एक धोखा थी..."

"तो अब क्या चाहती हो...?"

"छुटकारा! तुमसे मुक्ति! मैं अलग रहना चाहती हूँ।"

''ताकि किसी तरह की रोक-टोक न रहे।''

''रोक-टोक करनेवाले तुम कौन होते हो?''

''पति!''

''पति!'' मानसी ने पाँव मोड़े। हाथों को आपस में मिलाया। क्षणों तक सोमेश को देखती रही दुबला-पतला। सीधा-सादा सा दिखने वाला... यह आदमी कितना घुन्ना है... यानी उसका पति... पति... पति... मानसी उठी। अलमारी खोली। अलमारी में से कपड़े निकाले... उनको लपेटा और एयरबैग में ठूँसकर... उसको बाहर फेंकते हुए चिल्लाई— ''दरवाज़ा खुला है... निकल जाओ। यह घर मेरा है। मेरा। समझे। याद करो शादी के बाद किसी बात पर तुमने मुझे थप्पड़ मारा था... मारा था न... क्या मुझे वो थप्पड़ खाना चाहिए था... मैंने तुमसे कहा था न कि जब तक जिस दिन तक तुम मेरी ज़िन्दगी में दखलअन्दाज़ी नहीं करोगे तब तक इस घर में रह सकोगे।''

सोमेश हक्का-बक्का सा उसका चेहरा देखता रह गया।... मानसी की आँखों में, उसकी देह में, उसकी बातों में सोमेश के लिए वितृष्णा थी।

''अब इस वक्त मैं कहाँ जाऊँगा? यह तुम ठीक नहीं कर रही हो...।''

''कहीं भी मेरी बला से... मैं तुम्हारी शक्ल नहीं देखना चाहती हूँ। तुम्हारी शक्ल देखकर मेरे दिमाग की नसें फटने लगती हैं।''

सोमेश को लगा आसमान का कोई टुकड़ा धड़ाम से उसके ऊपर गिर पड़ा हो। कसमसाकर रह गया। उसका मन, उसकी आत्मा, उसका हृदय इस अपमान पर फटा पड़ रहा था। सँभलने और सोचने का समय भी उसके पास नहीं था। एक छोटा-सा एयरबैग बाहर पड़ा था... उसके सम्बन्धों की परिणति... यही एयरबैग था।

बाहर रोशनियों से सड़क जगमगा रही थी, लेकिन उसके भीतर उतना ही सघन अन्धकार फैला था। गहरा दर्द से धुनकता अँधेरा। अपनी ही आहों-कराहों से भीगता अँधेरा। हाथ में बैग लिये वह पैदल चल रहा था। उसे अब भी समझ में नहीं आ रहा था कि आखिर उसने कौन-सी प्रतिज्ञा भंग की थी जिसकी सजा उसे मानसी ने इस तरह दी है।

मानसी तो शुरु से ही ऐसी ही थी। वह बचपन से मानसी के पीछे भागता आ रहा था और मानसी उसको हर बार पीछे छोड़कर भाग जाती थी...। उसको लगता था कि शादी के बाद मानसी को वह बाँध लेगा, कंट्रोल कर लेगा, पर इस बार मानसी फिर उससे आगे निकल गयी...। उसे अब भी विश्वास नहीं हो रहा था कि मानसी उसकी सोच से ज़्यादा ताकतवर हो गयी है। उसे लगता रहा था कि रोज़मर्रा की लड़ाइयाँ एक दिन थम जाएँगी, उसका भी वैवाहिक

जीवन नॉर्मल हो जाएगा, पर.... वह...।

रात भर वह सोफ़े पर पसरी रही थी। उसका सिर भारी हो रहा था।... रोई तो वह भी थी। सुबह होते ही उसने गाड़ी उठाई और चल दी अपनी सहेली के यहाँ। वह अपना मन हलका करना चाहती थी।

"क्या हुआ? इतनी सुबह... तबियत तो ठीक है...।"

"आज मैंने फैसला ले लिया है।"

"किस बात का?"

"सोमेश से तलाक लेने का।"

"तलाक! क्यों? उस मूक प्राणी ने क्या बिगाड़ा तुम्हारा? बेचारा कुछ भी तो नहीं कहता।"

"उसका चेहरा देखते ही मेरा सिर घूमने लगता है। हर बात की चुगली करता है। रात में झगड़ा इतना बढ़ गया कि मैंने कह दिया मेरे घर से निकलो।"

"और वह निकल गया।"

"नहीं निकलता तो धक्का मारकर निकाल देती। मैं अपनी पसन्द से जीवन जीना चाहती हूँ। मुझे भी अपनी पसन्द का पति चाहिए।"

"मिल गया क्या?"

"हाँ... पहले इससे तलाक लूँगी... फिर शादी करूँगी।"

"यह अन्तिम फैसला है? सोच लो...।"

"एकदम अन्तिम। सोच लिया।"

"पहले चाय पिओ फिर आराम से बात करना।"

"हा आँ... सिर की नसें चटक रही हैं... अभी तो निकिता को बताना होगा। क्या पता वह उसके साथ रहने की ज़िद न करने लगे, जबकि पलाश का बेटा... पलाश से ज़िद कर रहा था कि पापा शादी कर लो। साला अपना पेट तो ठीक से भर नहीं पाता — निकिता को क्या खिलाएगा... कैसे पढ़ाएगा? दस साल से उसी एक कम्पनी में अटका पड़ा है। उसकी सोच... सोच कितनी घटिया है वो भी आज के ज़माने में। बात-बात पर उसका मुँह फूला रहता। घुन्ना कहीं का। पूरा विरोध उसका इस बात में रहता है कि मैं क्या पहनती हूँ, क्या खाती हूँ... किससे बात करती हूँ, कहाँ जाती हूँ...। कोई और सोच है ही नहीं उसके पास।"

...वर्षा जानती थी कि मानसी का गुस्सा शान्त होने में वक्त लगेगा...। वह वर्षों की लड़ाई को एक दिन में कैसे खत्म कर सकती है...।

घर पहुँची तो देखा सामने अम्मा-बाबूजी और नरेन्द्र सर बैठे हैं। यानी सोमेश सीधा इन्हीं लोगों के पास गया था।

‘‘शादी-ब्याह क्या गुड़ियों का खेल है। फैसला लेने के पहले किसी से सलाह लेनी थी?’’ बाबूजी चिल्ला रहे थे।

‘‘सलाह किस बात की? क्या आप लोगों को मुझसे सलाह नहीं लेनी थी? आपने कभी पूछा कि मैं उसके साथ खुश हूँ या नहीं?’’

‘‘खुशी की परिभाषा क्या होती है? तुम्हें कभी खुशी नहीं मिल सकती... इस तरह तो।’’

‘‘पतियों को देखा नहीं है कि वे कैसे रखते हैं पत्नियों को?’’

‘‘तो क्या मैं उसके अंडर में रहूँ? उसकी घटिया बातें मानूँ?’’

‘‘तुम्हारी वेषभूषा... तुम्हारी दोस्तियाँ... तुम्हारे जायज-नाजायज सम्बन्ध... क्या कभी कुछ कहा उसने?... इतना सीधा लड़का... तभी तो तू... सिर पर चढ़ गयी...’’ फिर उन्होंने अपना अन्तिम अस्त्र फेंकते हुए कहा इससे तो अच्छा था कि, तू होते ही मर जाती...। पैसे और प्रसिद्धि की भूख ने तुझे इतना गिरा दिया कि, हमारे साथ तेरा कोई सम्बन्ध नहीं रहा...। कर तू दूसरी, तीसरी... चौथी शादी। इस खानदान में तलाक होना भी लिखा था! हे राम! किसने तुम्हारी मति भ्रष्ट कर दी?’’ अम्मा रोते-रोते अनवरत बोले जा रही थीं। उनकी आँखों के सामने अँधेरा छाने लगा था। रोते-रोते गला रुँध गया था। इस लड़की ने उन्हें और उनके खानदान को कहीं का नहीं छोड़ा था... उनकी हर बात का यही निष्कर्ष था...। वह उन तीनों की बातें चुपचाप सुनती रही... उसे अब कोई सफाई नहीं देनी थी, न अपने लिए खानदान का ठप्पा चाहिए था उसे... पर उसकी ‘चुप’ को वे बेशरमाई समझ रहे थे।।’’

वे तीनों जिस तरह से आये थे, उसी तरह से चले भी गये। उसने न उन्हें रोका, न मनाया... वह नहीं समझा सकती थी कि देह की दुनिया के आगे एक और दुनिया होती है, जो जीने का सबब बनती है और जिसकी सत्ता किसी को गुलाम नहीं बना सकती...।

# दीवार के पीछे

''दीवार के पीछे क्या है?''

''दीवार के पीछे एक लड़का और लड़की हैं।''

''लड़का और लड़की दीवार के पीछे छुपकर क्या कर रहे हैं?''

''दीवार के पीछे छुपे हैं तो स्वाभाविक है कि प्रेम कर रहे होंगे...। इन दिनों प्रेम करनेवाले जोड़े ही नज़र आते हैं... इस उम्र में इसके सिवा करेंगे भी क्या...?'' एक खिसियानी-सी हँसी।

''प्रेम... किस तरह...?''

''मतलब... प्रेम किस तरह किया जाता है, आप भी कैसा मज़ाक कर रहे हैं?''

''मतलब, करीब-करीब बैठे हैं, आलिंगनबद्ध हैं, चुम्बनालीन हैं... या... ज़्यादा मुँह मत खुलवाओ, तुम भी पकी उम्र की डगाल पर खड़े हो... इशारा समझ गये होंगे...'' एक तंजभरा ठहाका। उत्सुकता भरी बातें और गहरी भेदती दृष्टि...।

''न वे आलिंगनबद्ध हैं... न चुम्बन में लीन... न संभोगरत... वे तो बेचारे डरे-सहमे... काँपते हुए एक-दूसरे का हाथ थामे धरती की तरफ सिर झुकाये... एक-दूसरे के पाँवों को देखते हुए... खामोश बैठे हैं। खामोशी का ये आलम है कि...''

''वाह, इस बुढ़ापे में भी तुम्हारी निगाह इतनी तेज़ है कि... अच्छा ये बताओ दरबान, कि लड़का-लड़की का रूप-रंग कैसा है?''

''हुजूर... जहाँ वे बैठे हैं, वहाँ हलका-सा अँधेरा है। उस जालीदार अँधेरे में लड़की का चेहरा चाँदनी-सा उजला दिखाई दे रहा है और लड़के का चेहरा श्यामल वर्ण का है, नाक-नक्श तीखे हैं... इससे ज़्यादा और क्या बयान करूँ हुजूर...?''

''दरबान, क्या लड़का-लड़की खूबसूरत हैं? क्योंकि खूबसूरती वो बला

है जो इस कायनात की सूरत बदल देती है। तूफान ला देती है। ईमान बदल देती है और तो और इंसान उसके पीछे पागलों की तरह भागता है।''

''हुज़ूर, प्रेम में खूबसूरती और बदसूरती कैसी... प्रेम तो अपने आप में खूबसूरत होता है... मलमल-सा कोमल। मैं अपनी धुँधली दृष्टि से जहाँ तक देख पा रहा हूँ लड़का बड़ा ज़हीन... लम्बा, छरहरा है और लड़की मध्यम कद की आकर्षक। शाम को जब सूरज डूब रहा था और वे दोनों मेरे करीब से निकले थे तब मैंने देखा था कि उसकी आँखों में प्रेम का सुरूर छलक रहा है, उसकी देह लड़के के स्पर्श के कारण काँप रही थी, वह उसके साथ यूँ चल रही थी गोया... धरती पर रहकर भी धरती पर उड़ रही हो... जैसे परिन्दे उड़ान भरते हैं...''

''बस... बस... ये शायराना बातें रहने दो... ये बताओ कि लड़का किस धर्म से ताल्लुकात रखता है?''

''हुज़ूर, वेशभूषा से तो वह हिन्दू लग रहा है। उसके गले में ताबीज पड़ा है... बायें हाथ की उँगुलियों में नग वाली अँगूठियाँ हैं। पर ये चीज़ें तो कोई भी पहन सकता है।''

''और लड़की...''

''लड़की मुस्लिम लग रही है, क्योंकि उसने अब भी बुरका पहन रखा है...।''

''अपनी पहचान छुपाने के लिए कोई भी लड़की बुरका पहन सकती है।''

''हो सकता है।''

''जाओ, देखकर आओ कि वे दोनों क्या कर रहे हैं और पता करो कि उनका मज़हब क्या है... उनका ईमान क्या है... वे किस जाति और क्लास से ताल्लुक रखते हैं।''

दरबान बाहर निकल आया और चन्द कदम चलकर एक कोने में स्वयं को छुपाकर खड़ा हो गया। उसकी चाल में वो नशा न था, जो उसे दौड़ाता था...।

लम्बी खामोशी... खामोशी में धधकते सवालों के नश्तर...। दरबान ने अपने दोनों पाँवों को रगड़ा... उँगुलियों को ऊपर-नीचे घुमाया... कमर में उठती दर्द की लहर को थामने के लिए झुककर दबाया, फिर अपनी टोपी को ठीक करते हुए अपनी निगाहें उस दिशा में बिछा दीं, जहाँ प्रकाश की झीनी परत पर लड़का-लड़की अधलेटे थे। उनकी परछाइयाँ टूटी दीवार की ईंटों पर पड़ रही थीं। ईंटों की दीवार झर रही थी। जगह-जगह खोखल बन गये थे, जिनमें कबूतरों ने अपना डेरा बसाया हुआ था। कबूतरों ने पर फड़फड़ाये तो वातावरण

भी फड़फड़ा उठा। खामोशी के भीतर से गोया... आह निकली हो, अनदेखे, छोटे-छोटे साये... पलक झपकते अदृश्य हो गये। यह जगह कोई पुरानी उजड़ी बगीची लग रही थी, क्योंकि कई वृक्षों के ठूँठ मात्र दीख रहे थे। ये ठूँठ गवाह थे कि यहाँ कभी चमन रहा होगा..., यहाँ बच्चों की किलकारियाँ गूँजती होंगी... ज़वान जोड़े यहाँ जीवन राग गाते होंगे और बूढ़े लोग जीवन की थकान कम करने के लिए... किसी वृक्ष की छाँव में सुस्साते होंगे... अब यहाँ परिन्दों के अलावा एक कोने में आवारा, बूढ़े, बीमार मवेशियों का ठिकाना था। लड़की ने लड़के के सीने पर सिर टिका लिया...। लड़की का चेहरा सुर्ख हो उठा। गुलाबी होंठों पर कम्पन की लहरें दौड़ गयीं। आँखों में चमकते सितारे और गहरी आभा बिखरने लगे... इन जादुई आँखों के सामने लड़के को प्यारी दुनिया फीकी और बेजान लगती है! लड़का अनिमेष... उसकी आँखों में देखता रहा... फिर फुसफुसाकर बोला— ''आखिर तुम्हें किस बात का डर है? क्या तुम्हें पछतावा है...?''

''तुम्हें नहीं पता?'' लड़की ने काँपती आवाज में कहा।

''पता है... इसीलिए तो सब कुछ सहने के लिए तैयार हूँ। हमारी स्थिति उफनती नदी की धारा के बीच फँसने जैसी हो गयी है।''

''लेकिन हमारी ज़िन्दगी... हमारी ज़िन्दगी का क्या होगा...?''

दोनों की निगाहें आसमान की ओर उठ गयीं, जहाँ नक्षत्रों की चमक से आसमान चमक रहा था। वही बेआवाज चमक उन दोनों की आँखों को सहला रही थी।

''क्या सब कुछ इतना आसान होगा?''

''होगा... भरोसा है? मुझे खुद पर यकीन है।'' लड़के की आँखें दो दिपदिपाते दीपों में बदल गयी थीं।

लड़की ने अपनी देह ढीली छोड़ दी। उसकी देह फूल की तरह नाजुक और खुशबू से भरी थी। उसकी देह से उठता खुशबू का झोंका लड़के के माथे... आँखों, नाक, बाँहों, कानों और मन पर मचलने लगा। उसकी चमकती आँखों में तैरते भय को लड़के ने अपने होंठों में छुपा लिया... उसकी बड़ी-बड़ी कज़रारी आँखें उसके होंठों के नीचे काँप रही थीं।

वे दोनों धरती और आकाश के बीच उड़ते रहे... उड़ते रहे... उड़ते ही रहते... कि एकाएक एक तेज़ झोंका उन दोनों के बीच से गुज़रा और वे धड़ाम से ज़मीन पर आ गिरे। सपनों ने उनका दामन छोड़ दिया था... अब वे हक़ीकत की दुनिया में आ पहुँचे।

''अभी तक तो घरवाले सोच रहे होंगे कि मैं अपनी फ्रेंड के घर में हूँ...

आठ... नौ.. फिर दस... फिर रात... याखुदा... अम्मी चीख-चीखकर घर भर देंगी... छाती पीटेंगी... अब्बू गुस्से से आग-बबूला होकर चीज़ें फेंकेंगे... अम्मी को गालियाँ देंगे कि वे ही ज़िद करके मुझे बाहर भेजती थीं। भाईजान अपनी मोटरसाइकिल उठाकर सबके घरों में जाएगा, पागलों की तरह पूछेगा... ढूँढ़ेगा... बाज़ार, तालाब, टॉकीज, कालेज़... फिर तुम्हारे घर भी जाएँगे।... तुम्हें न पाकर समझ जाएँगे... और गुस्से से पागल होकर तलवार और हॉकी उठा लेंगे।...'' कहते-कहते लड़की का गला भर्रा आया... आवाज काँपने लगी... वह हवा में तन्हा... पके पीले पत्ते की तरह काँप रही थी... आँखों में सिमटे आँसू ओस की बूँदों की तरह चमक रहे थे...।

''यह तो होगा ही... इससे भयानक दृश्य मेरी आँखों के सामने आ रहा है... पर... मैं डरूँगा नहीं...। भागूँगा नहीं...। हमने कसमें खायी हैं। हमने सपने देखे हैं... हमने अपनी राह आप चुनी है। अब हम पीछे नहीं लौट सकते।'' कहते-कहते लड़का सहसा चुप हो गया... क्योंकि सामने एक लम्बा साया खड़ा था... दुबला-पतला... लम्बा साया। दोनों हाथ घुटनों की ओर झुके हुए...। उसने कुरता-पायजामा पहना हुआ था। उसकी चाल-ढाल डरावनी लग रही थी। उसने अपनी उपस्थिति से पूरे वातावरण को किसी नाजुक पक्षी की तरह अपनी मुट्ठी में भींच लिया था।

''कहाँ से आये हो?'' सीधा सख़्त सवाल... ''खामोश क्यों हो... भागकर आए हो?''

''...!'' दोनों खामोश। भयाक्रान्त।

''तुम जैसी नालायक, बेगैरत... बेवकूफ़ औलाद ही घर से भाग सकती है... भागकर एक लड़की के साथ इश्क फरमा रहे हो... वाह क्या कमाल का काम किया है... दुनिया कहाँ भाग रही है और ये कमबख्त इश्क के लिए भाग रहे हैं। भागो-भागो कितनी दूर तक भागोगे... इश्क के अलावा तुम्हें कोई और काम नहीं सूझा।''

लड़का-लड़की चुप! अपनी-अपनी देह को समेटते हुए। अपने को बचाने की तरकीबें सोचते हुए।

''उधर तुम्हारे घर में कोहराम मचा होगा... माँ-बाप छाती पीट रहे होंगे... कल पुलिस में रपट लिखवाएँगे... दोनों खानदान शर्मसार और सन्तप्त होकर आग-बबूला होकर झूठे आरोप-प्रत्यारोप लगाएँगे, खून खराबे तक पहुँच जाएँगे उफ... आजकल की बेगैरत औलादें... बोलो... जबान पर ताला लग गया है क्या...? इसी दिन के लिए परवरिश की थी तुम्हारी?''

''जीईई... जी... हम एक-दूसरे से प्यार करते हैं...।'' लड़का बमुश्किल

बोला।

"इसीलिए भागकर इस खँडहर में छुपे बैठे हो? छि:-छि: घिसा-पिटा जुमला।"

"हमारे परिवारवाले रजामन्द नहीं हैं... वे कभी नहीं मानेंगे...।" इस बार थरथराती आवाज में लड़की बोली— "इसीलिए हम दोनों...।" कहते-कहते उसकी जुबान लड़खड़ाने लगी। आँखें झुक गयीं। हथेलियों में पसीना चिपचिपाने लगा...। ज़मीन को छू रहे दुपट्टे का सिरा... कँपकँपाती देह के कारण हिलने लगा... लगा आँखों के सामने अँधेरा घिर रहा है और वे दोनों अँधेरे में गुम होते जा रहे हैं। साया एक बड़ी दीवार में बदलता जा रहा था... ऐसी दीवार जो चट्टानों से भी ज़्यादा मजबूत... खुरदुरी, काली और कुरूप थी।

"तुम्हारे इस नापाक इरादे के लिए मानेंगे भी क्यों और कैसे, इज्जतदार लोग होंगे।" साये ने वितृष्णा के साथ कहा— "तू बदजात लड़की, अपनी कौन सी नाक कटवा रही है, हमारी कौम मुसीबत में है, अलग-थलग है, आज उसे तुम जैसे लोगों की ज़रूरत है... मगर तुम तो इश्क फरमा रही हो बेहयाई से।"

अब तक उस साये का चेहरा दिखने लगा था... साफ... गोरा-चिट्टा चेहरा, हलकी-सी तराशी हुई दाढ़ी। तीखी नाक, हलके से मोटे होंठ, जो बन्द होने पर सूखी छाल की तरफ सिकुड़ जाते थे। उसके साफ-सपाट चेहरे पर क्रूरता के भाव साफ झलक रहे थे। उसका पूरा व्यक्तित्व ही खौफ और बर्बरता की अनुभूति करवा रहा था।

"देखो बरखुरदार, इससे पहले कि मैं तुम दोनों को पुलिस के हवाले करूँ चुपचाप अपने-अपने घर लौट जाओ, वरना तुम दोनों के परिवारों को बुलाकर तुम्हें सौंप दूँगा। प्रेम का भूत उतरने में समय नहीं लगता।" साये ने गरजती आवाज में आदेश दिया और पलटकर दूसरी तरफ चला गया। उसके पाँवों की धमक दोनों के दिलों में पत्थर तोड़ने की आवाज पैदा कर रही थी।

उन दोनों ने अपने-अपने सीने पर हाथ रखा और तेज़ होती धड़कनों को दबाया।

लड़का-लड़की एक-दूसरे का चेहरा देख रहे थे...। साये की उपस्थिति और बातों से उन दोनों की जान हलक में अटक गयी। जब साया अदृश्य हो गया तो दोनों ने एक-दूसरे को सँभाला।

"कौन था...? यहाँ से भागना चाहिए... जल्दी से भाग चलो।"

बदहवास से भागते वे खँडहर के दरवाज़े तक आ पहुँचे... दरवाज़े के बाहर सड़क पर लोगों की आवाजाही थी। गाड़ियाँ, स्कूटर, मोटरसाइकिल,

बसें... भागती जा रही थीं। किसी राजनीतिक दल का नेता उस रोड से गुज़र रहा था, जिसकी जय-जयकार से आसमान गूँज रहा था...। लेकिन उन दोनों के भीतर साये की बातें दरदरा रही थीं। आँखों के सामने हज़ारों साये आ-जा रहे थे। लग रहा था हज़ारों हाथ पीछे से जकड़ लेंगे।

''इस भीड़ में घुस जाते हैं।''

''नहीं...। उन लोगों ने हम दोनों को देखा है। हो सकता है वे हमारा पीछा कर रहे हों, इसलिए चलकर रात वहीं गुजारते हैं... दरबान को पटाते हैं... सुबह होते ही हम यहाँ से निकल भागेंगे।''

वे उलटे पाँव लौट पड़े।

खँडहर के भीतर अँधेरा बढ़ गया था। परिन्दों के परों की फड़फड़ाहट... कुत्तों के भौंकने की आवाज... सुअर के बच्चों का भुचुर-भुचुर करना... चूहों का रुक-रुककर भागना, चमगादड़ों का पंख फड़फड़ाना, साँप-बिच्छू, कीड़े-मकोड़ों के रेंगने की आवाज, घास-पत्तों की सरसराहट... एक नहीं कई-कई रहस्यमयी अनसुनी अजीब-सी आवाजों का हृदय भेदता-धमकता शोर... सब मिलकर डरावना माहौल बना रहे थे। पर इस समय यह माहौल ही उन्हें सुरक्षित और आत्मीय लग रहा था। दरबान अपनी जगह से गायब था... कहाँ गया... अब क्या होगा... चिन्ता मत करो... बस एक रात की बात है... जैसे वाक्यों को होंठों ही होंठों में बुदबुदाते वे दोनों पीछेवाले चबूतरे पर जा बैठे। यह जगह साफ थी। सुरक्षित थी। पेड़ की ओट थी... जिसके पीछे वे छुपकर बैठे थे। उनका बैठना भी क्या बैठना था... वे तो बस इस काली डरावनी रात्रि के बीतने की प्रतीक्षा कर रहे थे। ये रात निर्णायक रात थी। उन दोनों के सपनों की रात। उन दोनों के जीवन की रात। उन दोनों के प्रेम में सफल-असफल होने की रात।

''दरबान।'' साया चीखा। साये की आवाज से चारों तरफ हलचल-सी मच गयी। यकायक ही दरबान दौड़ा-दौड़ा आया। उन दोनों को समझ में नहीं आ रहा था, कब कौन कहाँ से निकल आता है और यकायक अदृश्य हो जाता है। यह ज़मीन थी... या दरिया या समन्दर... जिसमें से नयी-नयी चीज़ें उभरती थीं या डूबती थीं।

''जी, हुजूर...?''

''क्या वे दोनों चले गये?''

''चले गये होंगे... हुजूर... दिखे तो नहीं...।''

''ठीक से देखो... ऐसा न हो कि उन दोनों को पुलिस ढूँढ़ती हुई यहाँ तक आ पहुँचे... वे यहाँ तक पहुँचे कैसे... क्या पूरे शहर में यही एक जगह

मिली थी उन्हें? और हाँ, ज़रा भी हमदर्दी दिखाने की ज़रूरत नहीं है। समझे... ऐसे कई नौजवान मेरी निगाह में हैं... जो अपने प्रेम के लिए घर-परिवार को छोड़ भगौड़ों की तरह मुँह छुपाकर तबाह हो गये। दरबान, इन्हें मुआफी नहीं दी जाएगी। ये... किसी लक्ष्य के लिए नहीं अपने लिए जी रहे हैं... इनका अपने और अपने परिवार के लिए कोई सपना नहीं है, कोई जिम्मेदारी नहीं है, इन्हें कुत्ते की मौत मिलना चाहिए... ये उस परिवार के लिए, समाज के लिए बोझ हैं। कलंक हैं। इन्हें सबक सिखाना ज़रूरी है। इस लड़की को सजा मिलना चाहिए वरना न जाने कितनी लड़कियाँ इन आवारा छोकरों के साथ भागती रहेंगी।''

''........।'' दरबार मन-ही-मन बुदबुदा रहा था।

''जाओ ढूँढ़ो और मुझे खबर करो।''

''जी ई...''

दरबान लाठी टेकता हुआ उसी दिशा में इस तरह चल रहा था गोया कि चप्पा-चप्पा छान रहा हो...। लड़का-लड़की ने अपने को केंचुए की तरह समेट लिया... अगर दरबान ने देख लिया, अगर देखकर शोर मचा दिया, अगर शोर सुनकर वह साया आ गया तो, अगर साये ने उन्हें पुलिस को सौंप दिया तो... अगर पुलिस ने घरवालों को खबर कर दी तो... लड़का इससे आगे सोच नहीं पाया... उसका सिर चकराने लगा।

वे... खरगोश की तरह... धीरे-धीरे आगे बढ़ते जा रहे थे... दीवार के पार जहाँ सघन अन्धकार था। बढ़ते अन्धकार में यह भी दिखाई नहीं दे रहा था कि ज़मीन कच्ची है या पक्की, दीवारें ऊँची या नीची, दरवाज़े खुले हैं या बन्द और बाहर भागने के रास्ते खुले हैं या बन्द! उन्होंने एक-दूसरे को ज़ोर से आलिंगनबद्ध किया कि अगर कोई पीछा कर रहा होगा या यकायक हमला करेगा तो... एक साथ मारे जाएँगे या एक साथ पलटवार करेंगे। उनकी साँसें तेज़-तेज़ चल रही थीं। धड़कनें सुनाई दे रही थीं। लड़की का बुरका कहीं उलझकर फट गया था। उसके बाल खुल गये थे... चेहरे पर बदहवासी छा गयी थी। कभी लगता मौत सामने खड़ी है और कभी लगता जागते हुए सपना है।

''अब क्या होगा?''

''बस ये रात बीत जाए।''

''कोई आ रहा है... देखो... उधर से...''

उन दोनों ने देखा... जिस ओर लम्बा साया गया था, उसी तरफ कुछ लोग दबे पाँव चले जा रहे हैं, हलकी-सी रोशनी पाँवों की तरफ फेंकते हुए...।

उनके कद लगभग एक जैसे थे। उनकी काया इकहरी थी, वे लम्बे-लम्बे कुर्ते पहने हुए थे, उन्होंने अपने हाथों में कुछ बाँध रखा था।

''यह जगह सुरक्षित नहीं है, यहाँ ज़रूर कोई गैर-कानूनी काम चल रहा है...''

''हमें क्या... हमें तो यहाँ से निकल जाना है...''

''वो साया क्या कह रहा था कि... हमारा लक्ष्य क्या है... क्या केवल अपने लिए जीना... कैसी बकवास कर रहा था...।''

''चुप रहो...।'' लड़की घुटी आवाज में बिफरी।

फिर लड़के ने देखा दरबान एक लड़के को पकड़े हुए लिए जा रहा है। उसके पाँव रस्सी से बँधे हैं और हाथ पीछे। वह बेहद उदास मगर गुस्से में विफरता... दुबले-पतले शरीर को ऐंठता गोया खुद को तहस-नहस कर देगा का भाव लड़के के चेहरे पर नज़र आया।

''देखो... अगर पकड़े गये तो यही हाल तुम्हारा होगा... खुदा के लिए यहाँ से भाग चलो... भाग चलो... मेरी खातिर... वरना मैं कहीं की नहीं रहूँगी...।'' लड़की सिसक-सिसक कर रो रही थी। आवेश में उसकी देह काँप रही थी। सूखे फूल जैसे झरते हैं, वैसे ही उसकी आँखों से मौत का खौफ आँसू और देह से पसीना टपक रहा था...

''शबाना... प्लीज... शबाना...''

''मौका देखते ही भाग चलेंगे, मगर जाने से पहले यहाँ के राज तो जान लें...।'' लड़के को भीतर के राज जानने की उत्सुकता हो उठी। यह स्वाभाविक ही था कि अनजाने, अनदेखे और अस्वाभाविक चीज़ों, क्रिया-कलापों के प्रति उसका युवा मन दौड़ रहा था।

''तुम्हें क्या... कुछ भी हो।'' शबाना ने दर्द भरी आवाज में कहा— ''हम यहाँ कुछ जानने-समझने और देखने के लिए नहीं आए थे... हम तो...।'' कहकर उसने लड़के का हाथ ज़ोर से पकड़ लिया।

''मैं अभी आता हूँ'' कहकर लड़का तेज़ कदमों से उसी तरफ भागा, जिस तरफ लम्बा साया, फिर छः लड़के, फिर एक रस्सी में बँधा लड़का गया था...। एक दरवाज़े के पीछे सब खड़े थे उस रस्सी बँधे लड़के को घेरकर। सबके चेहरे तने हुए थे... आँखों में क्रोध था, आग थी। हाथ में पिस्तौल थी। उन चेहरों पर कुदरत की सारी बर्बरता चिपकी हुई थी। वे दुनिया से दूर होकर भी दुनिया को अपनी मुट्ठी में क़ैद किये हुए थे।

''बोलो... लड़की को कहाँ से भगाकर लाए थे?''

''मैंने नहीं भगाया... वह अपनी मर्जी से आई है।''

''झूठ बोलता है...।'' ज़ोर की चपत उसके गाल पर पड़ी। लड़का कराहा... रोया... तड़पा और फिर चुप हो गया। उधर परिन्दे फड़फड़ाये। कुत्ते भौंके-रोये। चूहे भागे। झींगुरों की आवाजें और तेज़ हो गयीं। आसमान में किसी परिन्दे ने पंख फड़फड़ाकर ज़ोर की कीक मारी।

बाहर से झाँकते लड़के की रूह काँप गयी... आखिर माज़रा क्या है... यह लड़का भी क्या मेरी तरह भागकर आया था... अपनी मोहब्बत को लेकर। अपने सपनों को पूरा करने के लिए। ज़माने से झूठ बोलकर वह भी अपनी राह चलना चाहता था, जहाँ लेन-देन न हो... सौदेबाजी न हो... बड़े-बड़े वायदे न हों... महँगी चीज़ें न हों। न लड़की का रूप-रंग, कद-काठी को लेकर नाक-भौं सिकुड़ने वाले मीनखेज दिखैये हों... पर उन सबको छोड़कर भागो तो इधर पकड़े जाते हैं... या पकड़वा दिए जाते हैं! जैसे ये रोता-गिड़गिड़ाता लड़का... जैसे मैं पकड़ा गया... लड़की... लड़की कहाँ है...? शबाना... शबाना को न पकड़ लें सोचते हुए वह उल्टे पाँव भागा...। देखा वहाँ शबाना नहीं थी। शबाना का बुरका उसके पाँवों में फँस गया। शबाना नहीं है... उस लड़की की तरह। लड़के को चक्कर-सा आने लगा।

''शबाना...! शबाना...!'' वह पागलों की तरह चीखा। उसकी पागल चीख ने खँडहर की दीवारों को हिला दिया। उसकी भय भरी चीख खँडहर के आँगन में बिजली की तरह दौड़ गयी...। उसकी चीख ने आसमान में दरार पैदा कर दी और धरती पर गड्ढे... पत्तों पर लहू जम गया... वह भागता-भागता सीधे उसी दीवार के पार उन लोगों के बीच जा खड़ा हुआ- ''मेरी शबाना कहाँ है... मेरी शबाना कहाँ है?'' वह लड़खड़ाकर गिर पड़ा। उसके मुँह से थूक टपक रहा था और गालों पर आँसू बह रहे थे।

''कौन शबाना...।'' एक आदमी ने ज़ोर से धक्का देते हुए कहा— ''तू यहाँ कैसे आया?''

''वह मेरे साथ थी... अभी-अभी... मेरे साथ थी वहीं, वहाँ।'' वह अँधेरे में उँगली दिखा रहा था। उन पर उसके आँसुओं का कोई असर न पड़ा, उल्टे वे सब उस पर टूट पड़े।

''लड़की को भगाकर लाया था...? यह उम्र लड़की को भगाने की है या... कुछ करने की। दग़ाबाज। पढ़ने-लिखने की उम्र में लड़कीबाजी करता है।''

''नहीं... वह मेरे साथ आई थी...।''

''जबरदस्ती लाया था। प्रेम-मोहब्बत का नाटक करके।''

''नहीं। मैंने कोई जबरदस्ती नहीं की।'' उसका काँपता... मैला हाथ गले

की कंठी पर जा टिका।

''हम अभी खबर करवाते हैं... जब घरवाले और पुलिस आएगी तो मोहब्बत का भूत उतर जाएगा। इनकी इश्कबाजी तो देखो...।''

''मुझे मेरी शबाना लौटा दो प्लीज।'' लड़का गिड़गिड़ाता हुआ बोला। वह घुटनों के बल यूँ बैठ गया गोया किसी बुत के सामने बैठा हो नतमस्तक... समर्पित कि प्राणों की भीख माँगता हुआ-सा...।

''यहाँ क्यों आए थे? किसके लिए काम करते हो? कौन हमारी जासूसी करवा रहा है... ये प्रेमी-प्रेमिका का ढोंग छोड़ो और सच बोलो वरना...।''

''छुपने के लिए।''

''झूठ बोल रहे हो।''

''माँ कसम सच बोल रहा हूँ।''

''पुलिस को क्या बताओगे? लोगों को क्या-क्या कहोगे?''

''कुछ भी नहीं। एक शब्द नहीं।''

''कैसे यकीन करें कि तुम खामोश रहोगे?''

लड़का टूटकर यूँ गिरा गोया कटी हुई शाख! लम्बी हरी-भरी शाख!

लम्बा साया एकदम सामने आकर खड़ा हो गया था। हलके से सिर उठाकर आँखें चौड़ी करके उसने देखा साये की आँखें चश्मे के भीतर से जानी-पहचानी लग रही थीं। ये वे आँखें थीं जो मोहब्बत की चमक को, रंग को, तासीर को, कामयाबी और खुशी को नहीं देख सकती थीं। दरिया समुन्दर में उठती मोहब्बत और मोहब्बत की इन्द्रधनुषी लहरों को नहीं देख सकती थी। ये अनन्त आसमाँ में उड़ते परिन्दों की उड़ान में झलकती मोहब्बत को भेद देती थीं। ये आँखें हर मस्जिद, हर मन्दिर और हर उस जगह पर तैनात थी, जहाँ मोहब्बत करनेवाले मिलते हैं... जहाँ दुआ और प्रेम का संगीत बजता है... जहाँ रंगीन फूल खिलते हैं... जहाँ सूरज और चाँद अपनी आभा बिखेरते हैं... जहाँ जन्नत-सा सुकून और सदाशयता की अनुभूति होती है... जहाँ साँसें पराग-कणों से महक उठती हैं... जहाँ आँखों में जलते दीये दिलों में उजास फैलाते हैं...।

''शबाना को छोड़ने की कीमत चुकाओगे...? शबाना... तुम्हारी राजदाँ है या प्रेमिका या हथियार... या खिलौना या मस्ती करने का शगल...। शबाना को मानव बम बनना होगा।''

''यह नहीं हो सकता। मैं और शबाना साथ-साथ जिएँगे-मरेंगे।''

''सच्ची मोहब्बत कुर्बानी माँगती है।''

''हमने गुनाह नहीं किया... मोहब्बत करके?''

''सच्ची मोहब्बत कुर्बानी माँगती है। या तो तुम मोहब्बत नहीं करते या...

या मोहब्बत की अहमियत नहीं समझते।''

''कैसी कुर्बानी...?''

''शबाना की सलामती चाहते हो? उसे ज़िन्दा देखना चाहते हो या उसे भेज दें कैम्प में?''

''नहीं... ई..ई...।''

''या चाहते हो कि तुम्हारे ऊपर कोई केस न चले लड़की को अगुवा करने का... और बलात्कार करने का... मारने-पीटने का... उसकी भी बदनामी न हो... मामला रफा-दफा हो जाए...। यह सब तुम्हारे ऊपर है सोच लो। नहीं सोचा तो...।''

''तो...।''

''तो तुम्हें हमारा काम करना होगा... हम शबाना को सही-सलामत उसके घर पहुँचा देंगे।''

उसकी आवाज अब धीमी हो गयी थी।

''मैं शबाना को देखना चाहता हूँ?''

''शबाना को लाओ...।'' उसने ज़ोर की आवाज लगाई। जैसे दीवारों के कान हो... और दीवारें उस पार उसका आदेश पहुँचा रही हों...। आदेश साँप की तरह खिसक रहा था।

लड़के ने देखा... मुँह पर पट्टी बँधी एक लड़की घसीटती हुई चली आ रही है। उसके चेहरे पर लाल-नीले निशान थे... आँखों में आँसुओं का सैलाब, खौफ के कारण वह नीली पड़ गयी थीं। इन कुछ ही पलों में वह फूल की तरह मुरझा गयी थी। उसकी देह, उसका चेहरा... पीला पड़ गया था। वह पहली बार घर से भागी थी और भागकर जीवन के सबसे खौफनाक और बदसूरत अनुभव संसार में आ गिरी थी।

''शबाना...।'' वह तड़पकर चीख पड़ा...।

''हम लोगों को छोड़ दो प्लीज।'' वे दोनों उसके सामने गिड़गिड़ा रहे थे। रो रहे थे।

उनकी आवाजें दबती जा रही थीं। उनका हौसला टूटता जा रहा था।

''दरबान, लड़की को वापस ले जाओ।'' वह आदमी बेरुखी से बोला।

लड़का एकाएक खड़ा हो गया और तेज़ी से लड़की की तरफ दौड़ा, लेकिन बीच में खड़े शख्स ने उसको पकड़कर दीवार से दे मारा... ऐसे जैसे गेंद को... शबाना चीख पड़ी... लगभग मूर्च्छित-सी होकर वहीं ढह गयी... कई लोग उसके आसपास कौओं की तरह मँडराने लगे... उसको नोंचने की मुद्रा में।

''नहीं, मुझे मंजूर है... आप शबाना को उसके घर भेज दीजिए।''

"मैं अकेली नहीं जाऊँगी... खुदा के वास्ते उसे छोड़ दो। छोड़ दो। रहम करो। मैं हाथ जोड़ती हूँ... प्लीज... प्लीजऽऽऽ...।"

"क्यों दरबान, ऐसा क्यों होता है कि एक प्रेम कहानी में लड़का हिन्दू होता है और लड़की मुस्लिम या... लड़का मुस्लिम होता है और लड़की हिन्दू... दोनों साथ में उठते-बैठते हैं, खाना खाते हैं, पिकनिक मनाते हैं, त्योहार मनाते हैं, दुआएँ लेते-देते हैं, पर जब प्रेम-मोहब्बत और निकाह की बात आती है तो दोनों को भागना पड़ता है... भागकर छुपना पड़ता है... झूठ बोलना पड़ता है और इस तरह के लोगों के बीच में आकर गिड़गिड़ाना पड़ता है... ऐसा क्यों होता है दरबान?"

"हुजूर... मैं अपनी अल्पबुद्धि से क्या बताऊँ... आप जानकार हैं। सब समझते हैं।"

"चलो ठीक है... कई दफे यह भी होता है कि लड़का अमीर है लड़की गरीब या लड़का गरीब है और लड़की अमीर... तब भी प्रेम और विवाह नहीं करने दिया जाता है... क्या दो प्राणियों के लिए प्रेम ही काफी नहीं होता! ये बन्धन क्यों! इन बन्दिशों के लिए कौन जिम्मेदार है?"

"हुजूर... आप बेहतर बता सकते हैं..."

"चलो ठीक है... ऐसा भी क्यों होता है कि लड़का उच्च जाति का होता है लड़की निम्न जाति की या लड़का निम्न जाति का होता है लड़की उच्च जाति की, तब भी प्रेम और विवाह क्यों नहीं होने देते हैं...? क्या खुदा ने ऊँच-नीच का ठप्पा लगाकर भेजा था... परमात्मा के यहाँ ऐसा भेदभाव तो नहीं होता... ये क्लास किसके दिमाग की उपज है? कौन है इनका मालिक?"

"हुजूर... मैं क्या जानूँ... न मैंने प्रेम किया है न विवाह..."

"तब भी तुम इन दोनों को भागने का मौका दे रहे थे... क्यों...! क्या लगते हैं ये तुम्हारे?"

"नहीं तो हुजूर... मैं तो इन्हें पकड़कर आपके हवाले करने जा रहा था...। आपको गलतफहमी हुई है... मैं तो आपका बन्दा हूँ... आपका गुलाम...।" दरबान पसीना-पसीना हो उठा।

"दरबान, अगर हमारी चंगुल से भूले-भटके, सताये, बेघर, बेसहारा प्रेमी-प्रेमिका इसी तरह भागते रहे तो हमारा काम कैसे चलेगा... प्रेम में पागल, प्रेम में असफल... प्रेम में जीने-मरने वाले ये अमर प्रेमी... हमारे लिए कुर्बानी देनेवाले बकरे होते हैं... बकरे! समझे दरबान। भागते हुए प्रेमी कच्ची मानसिकता के होते हैं। भावुकता से भरे सिर्फ अपने बारे में सोचनेवाले। दुनियादारी की तमीज नहीं होती। सब कुछ भूलकर वे एक-दूसरे के लिए फना हो जाते हैं...

बस... यही वो वक्त होता है जब इन्हें तोड़ लो... इनका इस्तेमाल कर लो। इनसे जो चाहो, जैसा चाहो काम करवा लो। इन्हें अपना प्रेम, अपनी मोहब्बत दुनिया में सबसे कीमती लगती है।''

''जी हुजूर...।'' दरबान के भीतर पसीना बह रहा था। इससे पहले कभी वह इतना न तो घबड़ाया था न पसीना-पसीना हुआ था और न ही उसने खुदा से माफी माँगी थी।

''तो अब क्या करना है?''

''आपके आदेश का पालन...!'' दरबान ने खँखारते हुए कहा।

शबाना... को दीवार के पार... एक अँधेरे बदबू भरे कमरे में बन्द कर दिया गया था और लड़के को वहीं छोड़ दिया गया था, जहाँ साया का हुक्म चलता था यानी लम्बे साये के सामने। अन्तिम प्रार्थना के लिए। अन्तिम कुर्बानी के लिए। अन्तिम इच्छा के लिए।

''तो तुम... शबाना को कितना चाहते हो?'' साया लड़के की आँखों के भीतर नश्तर चुभाती नज़रों से देखते हुए बोला।

''अपनी जान से ज़्यादा।'' लड़के ने हिम्मत दिखाते हुए कहा।

''शबाना तुम्हें कितना चाहती है?''

''अपनी जान से ज़्यादा।''

''क्या खूब... वाह क्या खूब... हाँ-हाँ... हाँ... दोनों एक-दूसरे को अपनी-अपनी जानों से ज़्यादा चाहते हो...। तो गौर से सुनो हमने फैसला किया है कि सुबह होने के पहले शबाना को उसके घर पहुँचा दिया जाएगा... और तुम्हें अपने मिशन पर...''

''मिशन...? कैसा मिशन...?'' लड़के की आवाज काँपने लगी।

''हाँ, तुम्हें हमारे मिशन को अंजाम देना है... वरना सोच लो शबाना के बारे में, अपने परिवार के बारे में...।''

''क्या करना होगा?'' लड़का जिज्ञासु हो उठा।

''तुम्हें इन बमों को भीड़ भरे बाज़ार में रखना है...।'' साये ने एक थैले की तरफ इशारा किया। ऐसे कई थैले तैयार किये जा रहे थे। थैले को देखकर लड़का भीतर तक सहम गया। सैकड़ों उजड़े-बिखरे, जले, कटे, फटे चिथड़े शरीर और सामान उसकी आँखों के सामने घूम गये। उसकी आँखों के सामने अँधेरा छाने लगा।

''नहीं... मैं ऐसा नहीं करूँगा... कभी भी नहीं करूँगा।'' लड़का हिम्मत करके बोला।

''तो शबाना... और तुम... दोनों का क्या हश्र होगा जानते हो... कल्पना

भी नहीं कर सकते।'' साये ने धमकी भरी आवाज में कहा।

''जानता हूँ...। आप हम दोनों को मार ही डालेंगे न...।''

''तुम्हारी मोहब्बत झूठी है, तुम झूठे हो... तुम मक्कार हो... तुम कमीने हो... तुम खुदगर्ज हो... तुम केवल अपने लिए जीना चाहते हो... तुम्हारी ज़िन्दगी का कोई मकसद नहीं है...। हमारा मिशन कितना बड़ा है...। कितना ज़रूरी है...।'' साये की आवाज ऊँची होती जा रही थी।

''हाँ मैं झूठा हूँ... मक्कार हूँ, स्वार्थी हूँ... पर इंसानियत का दुश्मन नहीं हूँ। मैं तुम्हारे मिशन का हथियार नहीं बनूँगा।'' लड़का भीतर से भयभीत होते हुए भी ऊपर से साहस दिखा रहा था। साये के आदेश पर कुछ लोगों ने उसको मजबूती से पकड़ लिया था।

लड़के ने हाथ-पाँव मारना शुरु कर दिए। बेदम होकर भी वह पूरी दम लगाकर अपने को छुड़ा रहा था। वह साये की तरफ झपटा... झपटता... हाथ उठाता... हाथ उठाकर उसको धकेलता, धकेलकर खुद अलग होता कि उसके पहले ही उसके सिर पर एक झटके से ऐसे वार कर दिया गया, जैसे जानवर की गर्दन पर पैनी छुरी से... हलकी-हलकी मूर्च्छा में तड़पता वह... शबाना...! शबाना...! पुकार रहा था। और उसे घसीटते हुए उधर ले जाया जा रहा था, जहाँ शबाना क़ैद थी। शबाना, तुम इसका मिशन पूरा मत करना। बिलकुल नहीं।'' कहते-कहते... लड़का नीम बेहोशी में डूब गया।

दूसरे दिन के अख़बार में खबर छपी थी... शहर को एक बड़ी घटना से बचा लिया गया है, दो संदिग्ध आतंकवादी पकड़े गये, जिसमें एक लड़की थी और एक लड़का...। लड़की शायद मानव बम भी हो सकती है, इसकी उच्च स्तरीय जाँच हो रही है।

णाणं

पयासयं

वीर नि.सं. 2470

ई.सन् 1944

भारतीय ज्ञानपीठ